LUA MENTIROSA

Obras da autora publicadas pela Editora Record

O atiçador de fogo

O ladrão da água

Lua mentirosa

Lumen

Ben Pastor

Lua Mentirosa

Tradução de
CELINA FALCK-COOK

EDITORA RECORD
RIO DE JANEIRO • SÃO PAULO
2013

CIP-BRASIL. CATALOGAÇÃO NA FONTE
SINDICATO NACIONAL DOS EDITORES DE LIVROS, RJ

Pastor, Ben, 1950-
P3271 Lua mentirosa / Ben Pastor; tradução de Celina Cavalcante Falck-Cook. – Rio de Janeiro: Record, 2013.

Tradução de: Liar moon
ISBN 978-85-01-08177-3

1. Guerra Mundial, 1939-1945 – Ficção. 2. Ficção americana. I. Falck-Cook, Celina Cavalcante, 1960- II. Título.

12-2782 CDD: 813
CDU: 821.111(73)-3

TÍTULO ORIGINAL:
Liar moon

Texto revisado segundo o novo Acordo Ortográfico da Língua Portuguesa.

Editoração eletrônica: Abreu's System

Direitos exclusivos de publicação em língua portuguesa somente para o Brasil adquiridos pela
EDITORA RECORD LTDA.
Rua Argentina, 171 – Rio de Janeiro, RJ – 20921-380 – Tel.: 2585-2000,
que se reserva a propriedade literária desta tradução.

Impresso no Brasil

ISBN 978-85-01-08177-3

Seja um leitor preferencial Record.
Cadastre-se e receba informações sobre nossos lançamentos e nossas promoções.

Atendimento e venda direta ao leitor:
mdireto@record.com.br ou (21) 2585-2002.

Àqueles que estavam nos caminhões
destinados aos campos de concentração

Não passam de um sopro os filhos do vulgo
e de uma mentira os filhos dos grandes.
Na concha de uma balança sobem;
Mais leves que um sopro todos juntos.

(SALMO 62:9)

*Luna Mendax**
"Uma Lua mentirosa"
(Provérbio latino)

---

* Na Roma antiga, considerava-se a lua mentirosa, *luna mendax*, em parte porque dava a impressão de ter o formato de um "C" na fase minguante e depois de um "D" na fase crescente. (*N. da T.*)

CAPÍTULO 1

Verona, norte da Itália, durante a ocupação alemã
9 de setembro de 1943

— *Si deve far coraggio, maggiore.*

Martin Bora estava sentindo dor demais para dizer que entendia.

— *Dobbiamo pulire le ferite.*

Com dor demais para dizer que entendia isso também.

Coragem. Era preciso limpar as feridas. O sangue pulsava nas suas pálpebras, em rápidos lampejos no brilho cego dos olhos hermeticamente fechados, e no fundo da boca, onde seus dentes estavam cerrados com toda a força, outra batida cardíaca varria um tempo frenético na sua cabeça.

— *Coraggio, coraggio.* Tente aguentar firme.

Sob sua língua, uma pocinha de saliva foi se formando, que ele deixou aumentar até o ponto de precisar engoli-la. Quando ergueram a maca, a agonia no seu braço esquerdo intensificou-se tanto que todo o corpo se encolheu. Ele só conseguia respirar, com a parte superior do peito, de maneira convulsiva, como quem precisa chorar ou gritar.

Estavam colocando-o na mesa da sala de emergência. Tirando-lhe as botas. Sua perna esquerda pareceu rasgar-se com a remoção do couro rígido, como se estivessem lhe arrancando o osso do joelho. Luzes explodiram sobre ele, vozes humanas vieram de um ponto muito distante, acima dele, até ele, penetrando nele.

O sangue jorrava enquanto os médicos cortavam suas roupas, mas Bora não entregou os pontos, ficou cada vez mais rígido, inflexível e desesperado, tentando resistir à dor. Tinha que lutar contra essa sensação — como se alguém conseguisse combatê-la — mesmo quando o lado esquerdo de seu corpo parecia ter sido esmagado por um imenso torno, e não havia esperança de escapar, a não ser que arrancasse o braço e a perna no processo. Sua mão esquerda, completamente estraçalhada e jorrando sangue, ia aos poucos lhe devorando a vida — pulmões, estômago, ossos —, tudo aparentemente pulsando do corte no fim de seu braço, uma mistura vermelha repugnante, composta do que até então preenchia seu corpo.

Abriram-lhe as calças da farda do exército. Mãos frenéticas penetraram o tecido manchado de sangue da sua virilha, apalpando-lhe a coxa e o joelho. Seu pescoço ficou rígido, quando ele fez força para erguer as costas.

— Segurem-no, mantenham-no deitado! — disse uma voz. — Vai ter que mantê-lo deitado, enfermeira.

Com as articulações contraídas, como se sofresse uma convulsão, Bora combateu a dor, e não se deixou ficar deitado.

Não conseguia engolir e nem podia dizer que não conseguia. Quando alguém lhe deu água — ele sabia que sua boca estava aberta, porque o ar saía dela em espasmos — ela voltou, escorrendo pela garganta, molhando-lhe as faces.

Em seguida, eles procuraram tratar de seu braço esquerdo. Ele se preparou para o que viria a seguir: um paroxismo de dor que o fez torcer a boca e tremer descontroladamente, mas sem soltar um grito. Tateou, procurando a beirada da mesa. Não queria gritar. Com o pescoço flexionado para trás, incapaz de fechar a boca — era difícil, dificílimo! —, ele lutava, batia a cabeça contra a superfície dura, mas não gritava.

— Coloque alguma coisa sob a cabeça dele, enfermeira, ou ele vai se machucar ainda mais.

As mãos que lhe escavavam a carne do braço, da virilha e da coxa aceleraram e depois pararam. Posteriormente recomeçaram, de forma lenta. De forma bastante lenta. Escavando, puxando, separando. Nascer talvez fosse assim, uma luta nauseante e desesperada para sair, em meio a um lugar repleto do cheiro opressivo de sangue, um cheiro de abatedouro, e uma dor incomensuravelmente forte.

Ele ia ceder. Se forçasse um pouco mais a passagem, iria se tornar um natimorto, mas morreria se não tentasse.

— Mantenham-no deitado!

Então, alguém puxou sua mão, que estava agarrada à beirada da mesa, à força e a segurou com firmeza.

Bora sentiu vontade de chorar pelo consolo que aquele gesto lhe trouxe, como se tudo aquilo fosse seu parto da morte, livrando-se das mãos e do ventre do Anjo Negro. Parou de lutar, e de repente começou a se libertar do torno.

As luzes o cegavam, mas ele via gente trabalhando naquela colcha de retalhos rubra com instrumentos cintilantes e chumaços de algodão.

Para fora, para fora. Ele ia conseguir.

A mão que apertava a sua o levou ao limiar da agonia, o fez avançar, e a dor foi extrema, insuportável, na hora da passagem. Bora gritou apenas uma vez, quando seu nascimento para fora da dor arrancou o que restava de sua mão esquerda.

Pela manhã, o céu estava com o tom roxo de uma contusão. Da janela do hospital vinha um ar triste e lívido, e foi nessa luz melancólica que Bora perguntou, inabalável:

—Vai ser necessário fazer um enxerto, ou sobrou pele suficiente?

— Conseguimos usar a pele que sobrou, major. Tentamos proteger o coto e retirar terminações nervosas suficientes para o senhor não sentir muita dor depois. Lamento muito pelo que aconteceu.

Bora desviou os olhos do cirurgião.

— E quanto à minha perna?

— Se não gangrenar, temos esperança de salvá-la.

De repente, Bora sentiu vontade de vomitar. Só que dessa vez não tinha nada a ver com a anestesia ou com a dor. Ele disse que entendia, mas não olhou para o braço esquerdo.

O cirurgião italiano, de alto escalão e com experiência suficiente para dizer a um oficial alemão o que era preciso ser feito, sacudiu a cabeça.

— A espera de duas horas para começar sua cirurgia não foi nada favorável para seu prognóstico.

— Meus comandados feridos vêm em primeiro lugar. Já foi o suficiente ter perdido dois deles.

— Perdeu três. De qualquer forma, como talvez o senhor esteja se perguntando, devo dizer-lhe que os fragmentos de metal na sua virilha não feriram os órgãos genitais.

— Entendo. — Bora não olhou para cima, fitou um ponto indeterminado da cama. — Obrigado.

A sala fedia a desinfetante e sangue. Era seu corpo que exalava esse fedor.

— Onde está minha aliança?

— Aqui.

Além da cama, tudo no quarto era de um branco levemente amarelado. A janela tinha um parapeito de mármore repleto de veias, como carne pintalgada. Pequenas rachaduras na parede sob ele desenhavam o perfil aproximado de um cavalo sem olhos.

— O senhor quer algum analgésico?

Martin Bora recusou, movendo a cabeça de um lado para o outro no travesseiro, pois estava fraco demais para dizer que não.

Lago, 30km a nordeste de Verona
21 de novembro de 1943

Dois meses depois, quando abriu os olhos na escuridão, Bora notou que estava prendendo o fôlego. Pensativo, passou a mão por seus membros. Verificou, hesitante, as partes que normalmente doíam na perna esquerda e no braço esquerdo: regiões obscuras, incertas em seus limites, como o corpo de alguém ao despertar.

Era raro não sentir dor alguma, e aquela fadiga agradável, derivada de não sentir *nada*, havia se tornado um verdadeiro luxo durante as últimas semanas. De barriga para cima, evitou qualquer movimento que pudesse pôr em risco o precioso e efêmero equilíbrio, embora não sentir nada estivesse longe de ser um bem-estar propriamente dito. Seria assim, teria que ser assim até o corpo perdoá-lo pelo que tinha acontecido em setembro.

A granada tinha sido inevitável, mas sua carne rejeitava esse pensamento, assim como rejeitava a verdade da mutilação. Ainda se sentia envergonhado por ter se deitado sem reação na mesa de abate da sala de emergência, sendo costurado, completamente imerso em sangue, como um recém-nascido, em todo o comprimento dos seus membros, cuja imundície uma irmã de caridade limpava com a esponja. A nudez mortificada do peito, do ventre, das coxas e do sexo sob os gestos pacientes das mãos castas da freira tinha-o deixado marcado. O perdão a si mesmo não viria por ter simplesmente sobrevivido àquela agonia sem gritar, como um animal de olhos esbugalhados.

Portanto, Bora acordava prendendo a respiração para não despertar a dor, enquanto fora do quarto — fora do posto de comando — o vento soprava com força, impelindo uma lua tão fina quanto uma sobrancelha.

Por volta das 7 horas daquela manhã, uma ventania ainda mais penetrante e gelada soprou do norte, esvaziando as ruas de Lago, uma cidadezinha como outra qualquer que, apesar do nome, não tem lago algum e se encontra perdida nos campos da região do Vêneto. Bora, sentado em seu gabinete e cuidando da papelada, ouvia o zumbido dos cabos telefônicos sendo balançados pelo vento do lado de fora. Ouviu também o motor de um automóvel em ponto morto, e depois sendo desligado diante do posto de comando, mas não teve curiosidade de ir à janela para ver quem era.

Não parou de escrever nem mesmo quando o ordenança veio bater à sua porta.

— Sim, o que é? — limitou-se a dizer. Depois que a visita foi anunciada, acrescentou: — Está bem, faça-o entrar.

O recém-chegado era moreno e bastante magro, com olhos negros penetrantes e um bigode semelhante a uma lagarta estacionado sobre o lábio superior. A mistura sinistra de cinza e preto da farda do Partido Republicano Fascista formava uma mancha que absorvia toda a luminosidade daquele dia de outono sem brilho. Caveiras e feixes de varas nas dragonas identificavam-no como um integrante das tropas de choque.*

— *Viva il Duce.*

Bora não retribuiu a saudação fascista, e encarou o homem com olhar indiferente, ainda sentado. Depois procurou esconder qualquer emoção, enquanto perguntava, num tom bastante profissional:

— Em que posso ajudá-lo?

— Centurião Gaetano De Rosa, do Batalhão Muti.

O visitante falava como se estivesse no campo de treinamento, projetando a voz por todo o cômodo.

— Major Martin Bora da Wehrmacht — respondeu Bora. E ficou surpreso ao ver aquele homenzinho apresentar o motivo por estar ali num alemão excelente, com uma ressonância pomposa e controlada ao flexionar os verbos.

Pelo que Bora entendeu, recostado em uma cadeira com o braço esquerdo mais baixo e o outro calmamente tateando uma caneta-tinteiro sobre o tampo reluzente da mesa, o homem tinha vindo falar com ele sobre um assassinato.

— Por que não fala em italiano? — perguntou, então, em italiano.

— Por quê? Ora, major, pensei que...

— Não há necessidade de se esforçar tanto assim. Como vê, também falo sua língua.

Ficou óbvio que De Rosa estava decepcionado. Bora conhecia muito bem esses fascistas fanáticos por coisas germânicas, que procuravam imitar o povo alemão ao ponto de se tornarem pedantes. Tinha aprendido a acabar com toda e qualquer tentativa de bajulação quando alguém demonstrava familiaridade com coisas e lugares da Alemanha. E agora ia direto ao assunto.

— Obrigado por vir falar comigo, centurião De Rosa, mas não vejo como ou mesmo por que devia ajudá-lo. A morte violenta de um

---

* O Fascismo incorporou antigos símbolos do Império Romano. Um deles foi o feixe de varas. Os antigos lictores, ou oficiais que acompanhavam os magistrados, andavam com um feixe desses (o *fascio*) para abrir espaço em meio ao povo. (*N. da T.*)

alto dignitário do Partido é algo muito grave. A polícia de Verona é muito mais qualificada para conduzir essa investigação do que eu.

De Rosa não desistiria com tanta facilidade.

— Achei que fosse pensar assim, major. Por isso, trouxe comigo esta carta. Leia, por favor. — Entregou um envelope a Bora. Abrindo-o com um canivete, este retirou de dentro um papel e começou imediatamente a lê-lo. Contra a luz da janela, De Rosa parecia brilhar de prazer ao ver no cabeçalho a águia angulosa de asas abertas, símbolo do Quartel-General Alemão de Verona.

Não havia como contestar a apresentação. Bora baixou a carta, olhou furioso para o homenzinho e preparou-se para escutar.

A vinte minutos de viagem pela estrada de Lago, as poucas casas de Sagràte eram castigadas pelo vento impiedoso. Os arbustos sem folhas chacoalhavam como se tivessem guizos quando Guide, o inspetor de polícia, saiu da sua velha viatura Fiat.

O cabo Turco apressou-se em abrir a porta da delegacia para seu superior, colocando-se ao lado dela, e deixando-o passar. Tinha a compleição robusta típica de um siciliano com sangue sarraceno, e quando seguiu Guidi para dentro da delegacia trouxe consigo uma lufada selvagem de aroma de roupas usadas ao ar livre.

— *Arsalarma* — disse ele no seu dialeto. — Sem um dos sapatos, inspetor, ele não pode ter ido muito longe.

Guidi nem se deu ao trabalho de virar-se. Tirou do pescoço o volumoso cachecol que sua mãe havia tricotado à mão para ele.

— Por quê, Turco? Você nunca andou descalço?

Turco ficou sem resposta, já que seu primeiro par de sapatos foi o que lhe deram quando ingressou no exército. Levou o pé de sapato gasto e sem cadarço que tinham acabado de encontrar até a mesa do inspetor, tendo o cuidado de colocar uma folha de jornal debaixo dele antes de depositá-lo no tampo.

— Sem um sapato, e além disso maluco — resmungou consigo mesmo. — *Marasantissima*.

Guidi começou a desenhar linhas em um mapa topográfico preso à parede do seu escritório. Em um amplo semicírculo que começava e terminava no rio, ampliando-se em leque a partir da margem direita, seu traçado abrangia o trecho de planície rural que eles tinham vasculhado na noite anterior. Parecia bem maior quando era preciso caminhar exaustivamente através dele, pensou.

Depois do rio, longos e estreitos campos, em sua maioria despojados, continuavam até o piemonte arrasado pela guerrilha, onde se escondiam os bandos da resistência armada. Guidi sabia que lá não havia casas de fazendas onde um fugitivo pudesse se abrigar, apenas campos delimitados por canais de irrigação e cortados por profundas valas ao longo de sebes intermináveis. Seu instinto policial lhe dizia para continuar a vasculhar aquela margem do rio. Ele marcou com um ponto o lugar onde encontraram o sapato, quase no meio do caminho entre Lago e Sagràte, onde bosques de salgueiros ladeavam a estrada da província.

—Vamos dar aos homens um descanso até amanhã — disse para o Turco. — Depois veremos o que mais pode ser feito. Os Carabinieri me garantiram que vão continuar a busca até o pôr do sol. Guidi quase riu ao dizer isso, pois Turco ficava olhando firme para o sapato enlameado, como se ao encará-lo ele fosse ceder e lhe dar alguma informação.

Bora suspirou profundamente para esconder seu tédio diante da narrativa de De Rosa. Como aquele discurso não dava sinais de terminar, ele resolveu interrompê-lo:

— O coronel Habermehl com certeza sabe que sou um homem muito ocupado. Não tenho tempo a perder.

Diante dele, a carta de Habermehl concordava que aquilo era uma grande inconveniência, mas também o aconselhava a agradar os fascistas de Verona. Bora sabia os argumentos de cor e salteado: estavam no norte da Itália, depois de quatro anos de guerra, e os aliados italianos haviam se tornado inimigos em potencial. Os americanos tinham desembarcado em Salerno e, aos poucos, estavam conseguindo avançar na península. Por que não, então, agradar os fascistas de Verona, que continuavam ao lado dos alemães? Habermehl pedia para ele atender ao pedido "por amizade, e não como uma ordem". Mas a ordem estava subentendida, é claro, e Bora não devia cair na armadilha de pensar que aquilo era pura cortesia.

— Veja — disse ele a De Rosa. — Se deseja que eu me envolva nesse caso, precisa me fornecer todas as informações já obtidas pela polícia italiana e pelos Carabinieri. Quando exatamente ocorreu o homicídio?

De Rosa franziu o cenho.

— Anteontem. Não leu no *Arena*? Foi a notícia mais importante do dia. Tomou quase toda a primeira página.

Bora tinha passado a última sexta-feira no hospital em Verona, pois o cirurgião ainda estava extraindo estilhaços em sua perna esquerda. Não tivera tempo nem a menor vontade de ler os jornais italianos.

— Devo ter me distraído — disse ele.

Imediatamente De Rosa retirou um recorte de jornal do bolso, colocando-o na mesa, diante de Bora.

Bora leu.

— Aqui diz que o *camerata* Vittorio Lisi teve um derrame na sua mansão no campo.

— Bem. — O italiano deu um sorrisinho sarcástico, praticamente uma careta. — O senhor deve entender que, quando se trata de um homem da fama e da importância de Lisi, não devemos levar os escândalos a público. Lisi era de Verona. Todos o conheciam, todos o amavam.

— Todos menos uma pessoa, pelo menos, se ele foi assassinado. — Bora devolveu o recorte, que De Rosa tornou a dobrar cuidadosamente, mas deixou sobre a escrivaninha. — Qual a chance de ter sido um assassinato político?

— Nenhuma, major Bora. Lisi não era um homem controverso. Era uma rocha, tinha um coração de ouro.

— Não acho que agentes da resistência ou adversários políticos iriam se deixar impressionar pelo "coração de ouro" de um fascista.

A careta de De Rosa fez a lagarta bem penteada sobre seu lábio superior tremer.

— Com todo o respeito, major, conheço o clima político desta região melhor que o senhor. Eu lhe garanto que é *fascistissimo*...

Bora sentiu-se tentado a telefonar para Habermehl e dar-lhe uma desculpa para evitar o mundinho incestuoso da política local. A vontade deve ter transparecido, pois De Rosa protestou.

— O coronel Habermehl me informou que o senhor já solucionou casos muito difíceis.

— Por mero acaso. — Bora fez pouco do relato. — Sempre por mero acaso.

— Segundo o coronel, não foi bem assim. Ele disse que o senhor foi fundamental no caso de um certo assassinato na Espanha, e no de uma freira assassinada na Polônia. E na Rússia...

As pequenas caveiras prateadas da farda de De Rosa reluziram debilmente. A águia com ares de zangada segurando um feixe de varas presa ao bolso do uniforme dele — além do fanatismo que ela representava — estavam começando a irritar o alemão. Ele respondeu:

— Está certo. Conte-me tudo o que sabe sobre a morte de Lisi, e me envie o dossiê assim que for possível.

— Posso pelo menos me sentar? — perguntou De Rosa, cáustico.

— Sente-se.

Naquele domingo, a mãe de Guidi estava descascando ervilhas em um escorredor sobre os joelhos, fazendo os grãos rolarem para fora das vagens com movimentos rápidos do polegar. Estas eram as últimas ervilhas da estação; impressionava o fato de elas terem conseguido amadurecer apesar das noites frias. Mas como iam bem com molho de tomate, e como Sandro as adorava!

Perto da porta da cozinha, ela mal conseguia distinguir as vozes dos homens conversando na sala de visitas. Seu filho falava baixo, como sempre. Ela entendeu apenas algumas das palavras que ele disse ao alemão, e quanto ao estrangeiro, falava ainda mais baixo que Sandro. A *signora* Guidi estava curiosa, mas continuou ali debulhando as ervilhas, com a dignidade ofendida dos excluídos.

Bora disse:

— Não, obrigado, estou com pressa.

Depois de ter recusado o convite para se sentar, ele ficou de pé todo empertigado, ao lado de uma mesa de jantar posta e diante de um consolo com espelho. Sobre o móvel, viu a foto do pai de Guidi trajando seu uniforme da polícia, ornada com uma fita preta com a data de 1924 escrita a caneta na parte de baixo, precedida por uma cruz.

— Foi isso que De Rosa falou, Guidi. E embora ele tenha vindo procurar-me em caráter confidencial, só Deus sabe o porquê — não me proibiu expressamente de conversar sobre o assunto com outras pessoas. Portanto, aqui estou.

Comparando suas roupas à impecável farda alemã de Bora, Guidi sabia que sua simplória camisa de mangas compridas lembrava a roupa de um mendigo, e talvez por isso Bora parecia estar avaliando-o. Era capaz de sentir o exame atento de seu desmazelo sem graça, das suas feições melancólicas e abatidas sob os cabelos louro-escuros escorridos e penteados para trás. Bora, por outro lado, era só aço, couro e punhos imaculados.

Talvez ele devesse se sentir honrado com aquela visita.

— Major — disse Guidi —, antes de mais nada, já foi provado que a morte de Lisi não foi acidental?

— Parece que sim. O carro esporte da esposa dele tem um amassado bastante pronunciado no para-choques dianteiro. De Rosa está convencido de que ela avançou de propósito com o veículo na direção da cadeira de rodas de Lisi. Como já lhe disse, a morte ocorreu na área da mansão de campo da vítima. É improvável que ele tenha sido atropelado por um motorista de passagem.

Distraidamente, Guidi concordou. Da cozinha vinha o aroma de cebolas sendo refogadas, portanto ele se levantou para fechar a porta.

— Estão vigiando a viúva?

— Ela está praticamente em prisão domiciliar.

— No campo?

— Não, ela mora em Verona. — Sem dar nenhum passo adiante, Bora entregou ao policial uma pasta fina presa com um elástico. — Aqui estão as anotações que fiz depois da visita de De Rosa.

Enquanto Guidi lia, o alemão tirou o quepe e meteu-o debaixo do braço esquerdo. Os oficiais italianos não ganhavam muito, ele sabia.

Móveis velhos, livros escolares usados organizados zelosamente em uma estante, um tapete puído de tanto ser varrido. A modéstia escrupulosa daquela sala falava sobre a luta sempre fadada ao fracasso da classe média em parecer respeitável. Ainda mais importante, podia ser encarada como um testemunho da honestidade de Guidi.

Do espelho do aparador a imagem do próprio e severo olhar surpreendeu Bora. A palidez refinada e abatida daquele rosto que sua esposa dizia ser bonito pareceu-lhe nova e rígida, como se a Rússia e a dor o tivessem matado e transformado em um outro alguém. Ele deu um passo para o lado a fim de evitar seu reflexo.

Guidi falou:

— Vamos precisar do laudo médico e da necropsia.

— Já solicitei.

De onde estava agora, Bora notou como a foto do pai de Guidi ocupava o centro de um trabalho de crochê, entre dois vasos cheios de flores artificiais. Um verdadeiro altar doméstico, até mesmo com velas acesas. Lembranças da morte de seu irmão caçula o assolaram (Kursk, o lugar da queda no campo de girassóis, o sangue cobrindo toda a cabine do avião), de modo que Bora baixou o olhar, entristecido.

— Quando a criada saiu, após ouvir um barulho, a vítima se encontrava a vários metros da cadeira de rodas. Segundo De Rosa, Lisi só teve forças para traçar um "C" no cascalho e depois perdeu a consciência. Já estava em coma quando os paramédicos chegaram, e morreu em menos de um dia.

Guidi fechou a pasta.

— Não vejo como esse detalhe possa contribuir para nossa hipótese de que tenha sido a esposa.

— O nome dela é Clara.

— Ah. Mas, ainda assim, continuam sendo apenas provas circunstanciais. O casamento deles estava abalado?

Bora olhou-o fixamente.

— Eles não estavam mais morando juntos, e a separação não foi amigável. Ocasionalmente, ainda havia brigas violentas entre os dois. É claro que a viúva nega todas as acusações e insiste que não tem nada a ver com o assunto, embora ela não tenha sido capaz de fornecer um álibi para a tarde do crime. Já que não temos testemunhas, não há como saber se ela se dirigiu até o campo naquele dia ou não. O assassino de Lisi, porém, chegou e fugiu em poucos minutos.

Ouviram barulhos vindos da cozinha. Guidi lançou um rápido olhar para a porta, envergonhado por sua mãe estar batendo panelas e tampas para avisar, de forma nada sutil, que o almoço estava pronto. Bora inclinou imperceptivelmente a cabeça naquela direção.

— Bem, major, preciso pensar sobre isso...

Bora interrompeu-o.

— O que quer dizer com "pensar"? Que ainda não decidiu se vai colaborar comigo, ou que precisa de um tempo para me dar sugestões?

— Preciso pensar em um plano de ação. Irei até o posto de comando ainda esta noite.

Bora tinha um ataque aos grupos de resistência planejado para aquela noite e não estaria no posto. Apesar disso, concordou.

Ainda acompanhado pelo eventual barulho de uma panela, Guidi respondeu:

— Então está combinado. — E apressou-se em falar: — O que quis dizer, major, era que um preso foragido está à solta, entre Lago e Sagràte.

Inesperadamente, Bora deu um sorriso malicioso.

— Puxa, muito obrigado. Trancarei minha porta esta noite.

— Médicos do exército italiano diagnosticaram-no como insano e perigoso, e além disso ele porta um fuzil Carcano, o modelo que os atiradores de elite usam.

— Calibre de 6,5 ou 7,35mm?

— Oito milímetros.

Bora franziu o cenho.

— Ah! Aqueles feitos para a campanha russa. Eles têm um coice terrível. Bem, para nós é só mais um tiro do qual vamos ter que desviar, Guidi.

— Cumpri meu dever patriótico informando as autoridades alemãs.

Depois de um solo de percussão particularmente sincopado de panelas e tampas, a cozinha ficou silenciosa novamente. Guidi suspirou aliviado.

— De Rosa lhe informou por que querem evitar que o assassinato venha a público?

Dessa vez, Bora sorriu largamente.

— Pelo mesmo motivo pelo qual não há mais suicídios na Itália fascista — as pessoas apenas tropeçam nos trilhos diante de um trem em movimento. Parece que Lisi era um homem importante. *Um camarada de primeira*, nas palavras de Mussolini. — Bora tirou o quepe de baixo do braço e colocou-o na cabeça, dando um passo firme até a porta. – O coronel Habermehl recomendou meu nome para a Guarda Republicana pelo que considera meu envolvimento na resolução de outros pequenos problemas. Portanto, é natural que eu procure a sua opinião, visto que é o profissional da área. — E abriu a porta, através da qual se viu um BMW cinzento, com um motorista esperando em posição de sentido. — Minhas desculpas a sua mãe por atrasar seu almoço de feriado. Adeus.

Guidi esperou até a viatura militar se afastar antes de chamar a mãe.

— Ele já foi, mamãe. — Como ela não respondia, abriu a porta da cozinha e espiou. — Ele foi embora.

A mãe tinha tirado o avental e estava com os seus sapatos mais bonitos.

— Foi embora? Por que não o convidou para almoçar?

— Pensei que não gostasse de receber pessoas como ele em casa, mamãe.

— Ora, Sandro, francamente! Agora só Deus sabe o que ele vai pensar de nós, italianos, que nem mesmo o convidamos para o almoço!

O tiro foi disparado de longe, mas mesmo assim a janela sem venezianas da cabana se estilhaçou. Cacos grandes e pequenos formaram um caleidoscópio de reflexos quando Guidi se inclinou para examiná-los. Através da janela vazia, um dos seus homens, do lado de dentro, lhe entregou o projétil deformado que acabara de arrancar da parede.

Aparentemente, o projétil quase atingira a cabeça do fazendeiro, e isso apenas porque ele tinha virado o rosto para o outro lado a fim de se proteger do vento frio e cortante enquanto carregava lenha. Agora ele esperava, tenso, atrás de Guidi, com as mãos enfiadas no fundo dos bolsos.

— Foi ontem, enquanto estava cortando lenha, inspetor — explicou. — Mas não pude andar 5 quilômetros até Sagràte para lhe dar a notícia imediatamente. Está vendo, o machado ainda está aqui, como o deixei. Eu só virei o rosto por um instante, e a bala passou zunindo por mim. A primeira coisa que pensei foi: "Devem ser aqueles desgraçados dos alemães", porque os vi patrulhando os campos na semana passada. Na mesma hora me joguei no chão e esperei uns bons 10 minutos antes de me levantar. Nenhum alemão apareceu e, como já estava escurecendo, engatinhei até dentro de casa e passei a noite em claro, vigiando. A bala passou a um tantinho assim da minha cabeça, inspetor! Desde a Grande Guerra que não sinto tanto medo.

Guidi não prestava muita atenção. Tateou o projétil que tinha metido no bolso do casaco, ao lado do sanduíche que todo dia sua mãe colocava ali. A essa altura o atirador podia estar em qualquer lugar. A menos, é claro, que, naquele exato momento, ele estivesse enquadrando sua cabeça na mira do fuzil atrás de uma sebe distante. Automaticamente, Guidi encolheu os ombros. Estava ventando muito, sim, mas o tempo estava seco e sem neve. Seria difícil seguir alguma trilha.

Para calcular a direção do tiro, Guidi ficou de costas para a cabana e de frente para os choupos finos que demarcavam os limites da fazenda. Lá embaixo, o cabo Turco revistava os arbustos, a cabeça descoberta, com a coragem fatalista da raça siciliana que séculos de opressão haviam ensinado a fazer o que devia ser feito de uma maneira quase apática.

Guidi farejou o vento inodoro. Pensou que os cães do exército no posto de comando alemão de Lago seriam de grande ajuda. Como Bora não oferecera os cães a ele, precisaria pedir-lhe, se é que ele estaria disposto a ceder o soldado que era tratador dos cães.

Ele podia ver a silhueta corpulenta de Turco surgindo por trás da fileira de choupos e vindo em sua direção. Seus passos pesados e apressados fizeram Guidi ter esperanças de que ele tivesse recuperado a cápsula da bala, mas Turco vinha trazendo um objeto muito maior. Guidi foi ao seu encontro.

— Outro sapato, inspetor — anunciou Turco, segurando bem alto o que havia encontrado.

Guidi assentiu.

— Que, com o outro, forma o par.

— Que raio é que *stu lazzu di furca* está querendo, largando os sapatos no caminho? Não faz o menor sentido, inspetor.

— Não *mesmo*.

Seguindo o cabo e seu bigode de pontas caídas, Guidi examinou a área onde ele encontrou o sapato. Impossível de ver da cabana, e, além da fileira de choupos, havia uma vala de irrigação profunda, que um homem poderia facilmente atravessar. Já estava se formando gelo nas margens cobertas de capim amarelado.

— Não foi no chão, inspetor — informou Turco. — Foi lá em cima. — E apontou para a junção de um galho com o tronco de uma amoreira solitária atrás dos choupos. — O sapato estava metido ali, como se o maluco tivesse se sentado na árvore.

— Ele pode ter disparado contra o fazendeiro dali.

O primeiro sapato tinha sido encontrado a quase 300 quilômetros de distância, metido entre duas pedras em uma estrada rural invadida pelo mato. Guidi havia achado significativo o jeito como o primeiro sapato havia ficado preso. Agora aquilo.

— Não acho que ele tenha *perdido* os sapatos — disse ao Turco. — Deixou-os no caminho por algum motivo.

— Para que nós o encontrássemos?

Guidi encolheu os ombros, como costumava fazer quando não tinha certeza.

— Está nos informando de que esteve aqui, só isso.

Bora não estava no posto de comando de Lago quando Guidi passou lá. O tenente Wenzel, que respondia na sua ausência, não sabia falar italiano. Com seu rosto jovem, sardento e antipático, ficou encarando-o e não lhe deu nenhuma informação de livre e espontânea vontade. Quando Guidi lhe entregou um bilhete para o major, ele o pegou e, sem dizer uma palavra, colocou-o sobre a mesa de Bora.

Ao se retirar, Guidi parou para ouvir os grunhidos ameaçadores dos cães, que vinham de um pátio cercado atrás do prédio. Era ali que ficavam os pastores-alemães do major, pelo que o italiano sabia. Havia um soldado aparando os galhos dos salgueiros que ficavam ao lado do posto de comando.

Guidi teve o cuidado de não ficar examinando atentamente, mas notou que o BMW do exército, estacionado na rua, tinha um claro buraco de tiro no para-brisas. Havia terra seca em torno dos pneus, bem como sob o para-choque, como se o veículo tivesse saído da estrada. A observação silenciosa de Guidi foi interrompida por um soldado que balançou o fuzil como se dissesse para ele ir andando.

Bora entrou em contato com Guidi apenas na terça-feira, quando concordou em se encontrar com ele naquela mesma hora no centro de Verona.

— Você pode ficar um dia com os cães — disse, enquanto apertavam as mãos na calçada da cidade. — Se o foragido ainda estiver perto de Lago ou Sagràte, eles o encontrarão. Quanto ao tiro no meu para-brisas, já que você parece tão curioso, gostaria de poder dizer que foi obra do seu lunático. Mas, infelizmente, ele não teve nada a ver com isso. — Bora absteve-se de mencionar os guerrilheiros da resistência. — Ninguém saiu ferido, mas vamos ter uma enorme dificuldade para substituir o para-brisas.

Nas nove semanas desde que se conheceram, Guidi nunca tinha visto Bora envergonhado ou sem palavras. Nem mesmo quando ele fora se apresentar formalmente naquele fatídico 8 de setembro, o dia em que a trégua do governo real com os Aliados levara a Alemanha a invadir a Itália. Curiosamente, a primeira visita do major tinha sido ao monsenhor Lai, líder da paróquia local, onde passou o dobro do tempo que normalmente passaria na delegacia. Menos de 12 horas depois, um granadeiro da resistência atingiu o carro de Bora durante a patrulha. Eles se reencontraram duas semanas após o atentado, quando — contra os conselhos médicos — Bora saiu do hospital, pálido e abatido como a própria morte. Desde então, conversavam ocasionalmente, conforme seus cargos exigiam. E Guidi ainda se perguntava por que alguém com tantas condecorações como Bora teria sido designado para um lugar tão sem importância como aquele.

Enquanto aguardavam, em frente ao apartamento onde morava a viúva de Lisi, no centro da cidade, Guidi sentiu um certo desconforto provinciano diante daquele bairro elegante. Mesmo com o país em guerra há tanto tempo, as fileiras da frente das lojas e dos restaurantes chiques emprestavam cor às fachadas barrocas desbotadas dos edifícios. A graciosa praça do Mercado Natural, a praça dos Senhores, o portão romano conhecido como Porta Borsari estavam a pouca distância de onde ele e Bora se encontravam agora. Mas o alemão parecia bastante à vontade, e provavelmente continuaria mesmo se Romeu e Julieta em pessoa aparecessem diante dele para reclamar sua cidade de volta.

Guidi teve a clara impressão, ainda que sem fundamento, de que ele e Bora nunca iriam se dar bem. Mesmo que isso não fosse importante, ele sentia um pouco de vergonha, pois Bora era observador mas revelava pouco de si. Com exceção do fato de frequentemente ir à missa durante a semana, Guidi só sabia que ele pertencia à aristocracia e tinha procedência inglesa pelo lado materno. E era casado, a julgar pela aliança que trazia na mão direita.

Naquele exato momento, o major olhava com todo o carinho para o para-brisas do seu BMW, como se o buraco de bala fosse um bom assunto para uma conversa.

— Por que está me olhando desse jeito, Guidi? Tiros de fuzil são problemas meus, e ultimamente é mais fácil substituir um major alemão do que o para-brisas de um carro alemão.

— Na verdade, estava pensando na viúva de Lisi, e sobre o que devíamos perguntar a ela.

— Bem, ela mora logo ali. — A mão enluvada de Bora apontou para a esquina que uma das ruas paralelas que cortavam o Corso formava com a avenida que levava ao centro medieval. A sacada de ferro trabalhado de Clara Lisi ocupava todo o segundo andar do prédio. — Ali, onde as espirradeiras ainda estão em flor. Mas chegamos meia hora adiantados, portanto... venha comigo.

Tirando do carro a maleta de couro que raramente deixava de levar, conforme Guidi observara, Bora instruiu seu motorista que estacionasse no fim da rua, e, mancando rapidamente, foi na direção de um café próximo.

Guidi ainda olhava para a porta do prédio de Clara, onde um policial à paisana montava guarda.

— É, ele tem mesmo cara de policial. — Jovialmente, Bora leu seus pensamentos.

O local tinha janelas reluzentes, garçons de uniforme branco e o aroma delicioso de café de verdade. Guidi não pôde deixar de se perguntar o valor de um prato ali.

— Eu pago, é claro — disse Bora. — Não gosto de esperar na rua. — Guidi não deixou de perceber que, com a prudência natural de um soldado, Bora escolhera uma mesa de onde poderia ficar de olho na porta. Ali se sentou, sem dar nenhum sinal de ter notado os olhares furtivos dos outros fregueses à sua farda. — Por sinal, Guidi, fui analisar o carro da viúva no estacionamento público. De fato, há uma mossa funda nele, que poderia ter sido causada por uma colisão com uma armação metálica como a cadeira de rodas de um inválido. O ângulo e a altura da mossa também conferem. Obviamente, o senhor é bem-vindo para ir até lá inspecioná-lo. — Com um aceno de cabeça, Bora chamou o garçom. — Também posso acrescentar algumas informações ao que tenha lhe dito no domingo.

Depois de fazerem o pedido — um cappuccino para Guidi e café puro para Bora —, o alemão pegou uma folha de papel datilografada na maleta.

— Você queria saber como Lisi se tornou paraplégico. Segundo minhas fontes, foi durante a Marcha sobre Roma que os fascistas fizeram há 21 anos. O acidente não teve ligação alguma com política, foi uma simples batida de carro no caminho para a capital. Porém, isso atraiu o interesse de Mussolini, e recebeu muita publicidade na época. Na verdade, foi o início das atividades políticas de Lisi.

— Certo. — Guidi notou que Bora se referiu a Mussolini pelo nome e não pelo título, assim como ele tinha dito não uma, mas duas vezes "Hitler", em vez de "Führer". E falava com Guidi usando o pronome italiano *lei*, não o *voi* imposto pelo regime. Aquilo poderia parecer estranho, mas outros traços sutis estavam se combinando para fazê-lo questionar a ortodoxa política alemã. — Foi uma ótima opção de carreira para Lisi — observou. — Ele se deu muito bem depois disso.

— Ele se deu *muitíssimo* bem.

Bora provou o café, pousando um olhar nada comunicativo nas poucas pessoas das mesas em volta. Guidi teve certeza de que ele exibia essa cautela corajosa o tempo inteiro, talvez em relação a outros problemas que ele preferia não dividir.

Lendo as anotações de Bora, perguntou:

— Eles tiveram algum filho?

— Negativo, mas não pelos motivos que você poderia imaginar. — Bora colocou a xícara na mesa. Ele esboçou um sorriso jovial, porém cruel — apenas uma demão de verniz sobre sua circunspecção. — O velho era insaciável nesse assunto em particular. Chamavam-no de "O Sátiro Camisa Preta" em Verona. Parece que apreciava todas, mas criadas eram sua especialidade.

— Não diga. — Deixando a excelente bebida percorrer seu trato digestivo vagarosamente, Guidi notou que gostava muito quando o tratavam de forma nobre. — Tradicionalmente, um bom motivo pelo qual a esposa poderia ter pensado em acabar com ele.

— Eu já não tenho tanta certeza assim. Duvido que ela não conhecesse esses hábitos. Ela foi sua secretária antes de se casarem há cinco anos.

— Qual a idade dela?

— Vinte e oito anos. Trinta anos mais jovem que ele.

Guidi equilibrou a xícara na mão, inalando o morno e agradável aroma que dela emanava. Cada vez mais, a conversa descontraída de Bora parecia disfarçar uma tensão crescente, detectável apenas pelo contraste entre suas palavras e uma grande contração dos ombros e do pescoço. Olhando-o de relance, Guidi tentou passar a ideia de que estava consciente desse alarme, porém Bora não deu sinais de que tinha entendido, fazendo-o desistir.

— Ela é bonita, major?

— Logo descobriremos. Temos aqui uma foto *dele*.

Guidi recebeu o instantâneo de um homem robusto, cultivado pelo peso da inércia, mas ainda conservando sinais de um enorme vigor físico. Sua fisionomia era insolente, sem ser brutal.

— A boca de um hedonista, não acha? — Bora pronunciou essa frase com os olhos diretamente fixos no rosto de Guidi, sua visão periférica sem dúvida assimilando o que se passava na sala atrás das costas do policial.

— A fisionomia pode enganar.

— Você acha?

— Eu sei que sim. Crueldade e imoralidade não aparecem no rosto de ninguém mais do que a misericórdia e os bons costumes, major. Só podemos perceber as características físicas. Se a pessoa tiver a sorte de ter as características físicas *corretas*, não é preciso preocupar-se com detecção visual de defeitos psicológicos.

— Discordo, mas você é que é o especialista, afinal.

Guidi ficou brincando com a colher na xícara, irritado pelo exame que Bora fazia do lugar e sua falta de disposição em lhe dar um motivo para isso. Por fim, procurando ver o que chamava a atenção de Bora, percebeu que os olhos do major tinham se detido em um jovem de faces pálidas, com uma sacola de pano no colo, sentado a duas mesas deles. O rapaz parecia absorto na leitura de uma edição colorida de *La Domenica del Corriere*.

— Está vendo alguém suspeito? — Guidi inclinou-se para a frente a fim de perguntar.

— Não, não se preocupe.

— Tem que ser *alguma coisa*, major.

Bora colocou um cigarro norte-americano — um Chesterfield, pelo que Guidi pôde ver — na boca.

— Só me diga o que descobriu. Quer um?

— Não, obrigado. Bem, eu consegui verificar a conta bancária de Lisi. Ele de fato tinha muito dinheiro, mesmo para quem mamou nas tetas da política por anos. Não sei quais eram suas fontes de renda extra, mas ele inegavelmente as tinha. Imóveis, títulos do governo, investimentos nas colônias. Não importava quanto dinheiro sacassem da conta, os depósitos eram ainda maiores. Não tinham ordem estabelecida e não vejo qualquer ligação evidente entre eles. Não sei de onde vinha esse dinheiro, nem para onde ia. Ele devia gastar algum dinheiro com mulheres, mas sabe-se lá quanto.

— Talvez o bastante para que elas ficassem caladas. — Bora tirou mais uma folha de papel da maleta. — Esses são os endereços de duas parteiras. Falarei com elas amanhã ou depois de amanhã, conforme minha agenda permitir. Com a ajuda dos Carabinieri de Verona, consegui arrancar de uma subordinada a fofoca de que elas abortaram filhos de Lisi com duas garotas menores de idade da área rural há algum tempo. Uma prisão foi feita em relação ao segundo caso: a menina já estava além do quinto mês de gravidez e morreu de peritonite após a operação. Quando os Carabinieri a pressionaram, a parteira tentou se defender deixando escapar o nome do futuro pai, e perdeu a licença mais rápido do que o normal. O nome de Lisi continuou puríssimo perante o público, apesar de tudo. Isso ocorreu em 1940, e a mulher acaba de ser libertada. — Bora deixou escapar um pouco de fumaça entre os lábios, como se soprasse um inseto que estivesse voando ao seu redor. — Não fazia ideia de quantas pistas as faxineiras podem dar mediante um pequeno suborno.

O tabaco americano cheirava bem. Guidi arrependeu-se de não ter aceitado o cigarro.

— Portanto — disse ele —, pode ter sido vingança.

— Somente se a parteira tivesse um carro a disposição para poder atropelar Lisi.

Guidi não riu.

— Devíamos interrogar a criada da casa. De acordo com os Carabinieri, ela fala de Lisi como se ele fosse uma espécie de santo. Cortês com todos, bem-humorado, generoso. Bom como *um pedaço de pão*, segundo ela. Ela põe a culpa das discussões e da separação na esposa, que ela ouviu ameaçando-o.

— É mesmo? — Para horror de Guidi, Bora apagou o cigarro caro ainda pela metade. Relaxando um pouco os ombros, perguntou: — A mulher disse que iria atropelá-lo com um carro esporte Alfa Romeo?

— Quase isso. Há duas semanas, a criada teria ouvido Clara gritando que ia tratar de evitar que Lisi ficasse muito tempo naquela cadeira de rodas. Estavam discutindo sobre dinheiro, mas a criada não conseguiu chegar perto o suficiente para bisbilhotar o resto.

— Como está a conta bancária da esposa?

— Muito boa. Ela está feita, não tem motivos para reclamar. Lisi lhe deu uma pensão excelente quando se separaram, há quatro meses. Ela também ficou com as joias, as peles, a prataria e o carro, embora ele tenha lhe pedido para devolver o "broche de ouro da sua adorada mãezinha". Da mesma forma, ela ficou com o apartamento que estamos prestes a visitar.

— Me pergunto se *ela* não tem um ou dois amantes. — Bora olhou de relance para o relógio no pulso direito. Fez sinal para o garçom trazer a conta, pagou-a e levantou-se.

Guidi não apreciava esses métodos indecorosos.

— O senhor é fofoqueiro, hein, major.

— Por quê? Não estou julgando ninguém. Estou só cumprindo a ordem do coronel Habermehl, lembra-se? — Segundos depois, Bora falou, virando para o outro lado: — Guidi, fique sentado, não se mexa.

O italiano obedeceu, mas perguntou-se por que Bora precisou deixar a mesa assim tão rápido e para onde iria. Virando-se na cadeira, viu o jovem de faces pálidas andando em direção à porta, e Bora aproximando-se depressa dele. O alemão segurava o saco de pano que ele deixou para trás, e agora, com uma cortesia mandatória, obrigava-o a aceitá-la de volta.

— Você esqueceu isso.

Em seguida, houve uma confusão, pois o rapaz tentou se livrar do major e Bora evitou que ele saísse, empurrando-o contra uma mesa cheia de taças de vinho, que voaram em todas as direções. Guidi levantou-se para evitar um incidente e impedir Bora de usar sua arma. Porém, antes que pudesse intervir, o policial à paisana apareceu do nada e, sem que ninguém lhe pedisse, nocauteou o jovem com um soco. Clientes e garçons ficaram parados ao redor da cena, apatetados.

— Polícia. Ninguém se mexe — disse Guidi. Pisando em cacos de vidro, estendeu a mão para alcançar a sacola e olhar o que havia dentro. Dois relógios de prata foram colocados sobre a mesa mais próxima, além de um maço de dinheiro e meio quilo de café. — Temos aqui o suficiente para levá-lo preso.

Em poucos minutos, Bora e Guidi eram os únicos clientes do café, uma sala cheia de mesas abandonadas, que repentinamente parecia muito maior.

— Graças a Deus era só um contrabandista do mercado negro, major.

— Não consegui resistir, mas devia ter esperado um cúmplice vir pegar aquela sacola.

Guidi sentiu os olhares ressentidos dos garçons sobre eles.

— Foi muita imprudência da sua parte pegá-la. Por que simplesmente não me disse que o homem ia aprontar alguma?

— Apenas desconfiei de sua fisionomia. — Bora fitou o policial, seus olhos livres de qualquer emoção. — E você não acredita nisso.

— E se fosse uma bomba em vez de mercadorias?

— Então, eu teria explodido, certo?

— Sem dúvida. Mas e depois disso?

Bora riu, chamando o maître com um leve gesto da mão direita, a fim de pagar pelos copos quebrados.

— Depois disso você jamais conseguiria convencer o tenente Wenzel a lhe emprestar os cães.

Eles saíram do café ao som de cacos de vidro sendo varridos sob as mesas. Guidi não conseguia imaginar por que Bora não queria assumir o crédito por sua coragem, ou por que parecia estar achando graça. Perguntou:

— Como é que você pode levar essas coisas tão tranquilamente?

— Deus sabe que não tive a intenção de rir. Mas, se quer saber, se eu tivesse algum juízo, não estaria neste momento atrás de jovens viúvas assassinas.

CAPÍTULO 2

Clara Lisi, também conhecida como Claretta, tinha revistas — *Eleganze e Novità, Per Voi Signora* — espalhadas pela sala de visitas, e um cachorrinho lulu da Pomerânia vesgo que gostava de comê-las.

Era uma mulher de seios fartos, porém esguia, com um "gosto interessante para perfumes" como Bora comentou depois, rindo. Os cabelos oxigenados estavam presos de modo a formar um monte de cachos acima da testa, enquanto as unhas dos dedos das mãos e dos pés estavam pintadas para combinarem com o cor-de-rosa do roupão, dos chinelos e do papel de parede.

Ela sabia dessa visita e portanto tinha arrumado garrafas de licor e doces com todo o carinho em uma mesinha junto ao sofá — como se as circunstâncias justificassem essa amabilidade. Guidi, que não via uma garrafa cheia de *Vecchia Romagna* havia um ano, olhava para o risonho deus Baco no rótulo como se isso fosse um sinal de que a produção de conhaque, em algum lugar do mundo, ia de vento em popa.

Após os visitantes se apresentarem, ela falou:

— Espero que os cavalheiros tenham vindo aqui para escutar a minha versão. — Ela gesticulou de um jeito bastante dramático. — Por favor, sentem-se. Fiquem à vontade.

Ela sentou-se em uma ponta do sofá com o cachorrinho no colo, e Guidi sentou-se no outro lado. Depois de equilibrar precariamente o quepe entre as bugigangas sobre o guarda-louças, Bora foi sentar-se em uma poltrona mais distante. Quando olhou para cima, viu Guidi oferecer prontamente um fósforo aceso a Claretta, quando ela retirou um cigarro de sua cigarreira de madrepérola rosada.

Ela agradeceu Guidi com um sinal de cabeça.

—Vocês não imaginam pelo que estou passando.— Ela suspirou, inclinando-se ligeiramente para Guidi. — As últimas duas semanas foram um pesadelo.

— Entendo, *signora*.

— Como pode entender isso? — Claretta virou-se ansiosa de Guidi para Bora, e de volta para Guidi.—Acho que nenhum de vocês conseguiria entender. Os Carabinieri e a polícia vêm me atormentando persistentemente, e aquela camponesa detestável...

— A criada do seu marido? — interrompeu-a Bora, impaciente.

— Quem mais? Com certeza os senhores sabem por que ela está me acusando.

— Não, por quê? — indagou Guidi.

— Não — foi tudo que Bora disse.

Após lançar um olhar demorado e perturbado ao alemão, Claretta voltou-se para Guidi mais uma vez. E então hesitou.

— Os senhores já devem ter ouvido falar das aventuras de Vittorio com outras mulheres. — Sua boca tremeu, mas mesmo com todo aquele batom era uma boca jovem e encantadora.

Guidi concordou, compreensivo.

— Sim, ouvimos.

— Aquela criada, aquela megera da Enrica... Ela foi apenas a última de uma série, inspetor. Se não fosse com uma, era com outra. Viver com ele era impossível. Não sei o que me deu na cabeça para querer me casar com aquele homem.

Seus olhos pousaram na segurança de suas mãos entrelaçadas, onde o cigarro tremia entre os dedos.

— Então, qual era a fonte monetária de seu marido com exceção do cargo político? — perguntou Bora. A pergunta atingiu-a feito uma pedra atirada rudemente na água, espirrando em todos ao redor. Guidi se irritou com a falta de empatia dele, e, apesar disso, sua boa aparência, ainda que hostil, parecia estar afetando Claretta.

— Ora, major — respondeu ela. — Não faço ideia. Vittorio jamais discutia negócios comigo.

— Ainda assim, a senhora foi secretária dele.

Com certa amargura, Claretta confessou:

— Vittorio não queria secretárias que fossem boas com números. Ele só se casou comigo porque eu não quis lhe dar o que ele geralmente conseguia com tanta facilidade das outras.

— Ele foi casado antes? — perguntou Bora.

— Não.

— E a senhora?

— Eu? Eu não passava de uma *criança*!

— Segundo minhas informações, já era maior de idade.

Guidi lançou um olhar reprovador a Bora, mas este não lhe prestou atenção.

— Senhora — disse ele, num tom de voz de quem busca convencer —, seria tudo mais fácil se soubéssemos como foi que aquela mossa apareceu no seu carro.

— Eu *já contei* isso à polícia! — O tom de voz de Claretta aumentou como que para defendê-la. — Quantas vezes vou ter que repetir? Alguns dias antes de Vittorio falecer, bati em uma bicicleta estacionada entre dois postes. Aconteceu quando eu estava saindo da vaga depois de fazer compras em Verona. Vittorio e eu tivemos uma briga terrível, e eu sempre ficava muito irritada depois de discutir com ele. — Colocou o cigarro, com a mão trêmula, em um cinzeiro feito de ônix cor-de-rosa. — Vittorio ainda pagava minhas contas, e sempre criava caso por coisas pequenas como essa. Sei que devia ter tentado descobrir de quem era a bicicleta, já que a destruí. Mas Vittorio teria ficado uma fera, e o dono da bicicleta não parecia estar por perto, então eu simplesmente fui embora. — Um sorriso trêmulo entortou os lábios de Claretta quando ela olhou para Guidi. — Se tivesse sido mais honesta naquele dia, não estaria nesta situação.

Do outro lado da sala, veio o estalido do isqueiro de Bora.

— Mas a senhora se esqueceu da inicial no cascalho do jardim — disse, naquele seu italiano sem sotaque. — Pode ser coincidência, mas não conseguimos encontrar nenhum outro conhecido do seu marido cujo nome começa com "C".

A jovem — Bora era capaz de perceber muito claramente, por causa da forma como seus olhos focalizavam nele — acabara de notar que sua mão esquerda enluvada era uma prótese.

— Isso só mostra como mal conhecem o Vittorio — respondeu ela. — Ele se relacionava com muito mais gente do que o que está registrado em qualquer documento.

Depois de acender o cigarro, Bora jogou habilmente o isqueiro na palma de sua mão esquerda e depois o fez deslizar para dentro do bolso.

— Tenho certeza de que isso é verdade — disse.

Claretta colocou o lulu da Pomerânia sobre as flores magenta do tapete felpudo. O gesto de colocar o animal de lado não foi para disfarçar, nem para fazer nenhum suspense. Ela realmente se sentia fraca e atemorizada.

— Cavalheiros — disse —, entendo como são as coisas. Vittorio era poderoso e tinha muitos amigos, enquanto eu sou apenas uma pobre ex-secretária. No fim das contas, sei que sou dispensável. Mas não o matei, embora Deus saiba quantas vezes pensei nisso. Principalmente quando ele passava a mão em alguém na minha frente, com o maior descaramento, sem o mínimo respeito... — E então sua voz falhou e ela virou-se para o outro lado. Durante alguns instantes, ela soluçou, os lábios comprimidos, os olhos fixos em outra direção. Quando Guidi lhe ofereceu um lenço engomado, ela o apertou contra os lábios, e depois enxugou seus olhos, com muito cuidado para não manchar as faces com rímel.

Imóvel na poltrona, Bora suportou com toda a paciência enquanto o lulu da Pomerânia babava nas suas botas engraxadas. Mesmo antes de terminar o cigarro, ele se esticou para apagá-lo no cinzeiro rosado.

— Sra. Lisi, onde estava na hora em que seu marido foi morto?

Claretta soluçou no lenço de Guidi, mas Bora insistiu.

— O que quero dizer na verdade é: estava sozinha, ou tem testemunhas que possam corroborar seu álibi?

— Major — interrompeu-o Guidi —, dê-lhe um tempo para que ela possa recuperar o fôlego. Não consegue ver como está transtornada?

Bora deu um discreto chute no cachorro, que recuou, ganindo.

— Você faz as perguntas, então.

Quando saíram do apartamento de Claretta, Guidi já tinha desenvolvido silenciosamente uma enorme raiva de Bora, cujo coxear enérgico alcançou a calçada antes dele. Bora piorou ainda mais a situação, dizendo, bem-humorado:

— Que antipática, não?

Para Guidi, essa foi a gota d'água.

— A mim o senhor deu a pura impressão de ser um grosso.

— Ela é suspeita de um crime, então por que deveria ser educado? Ela nada significa para mim e suas lágrimas não me comovem.

— Mesmo assim, o major poderia ter atingido o mesmo objetivo sendo um pouco menos hostil.

Bora parou no meio-fio, onde o motorista e o BMW o aguardavam. Removera a luva direita para apertar a mão da viúva, e agora a recolocava com a ajuda dos dentes. Tudo aquilo foi feito com uma expressão impassível, porém Guidi não acreditava naquela calma toda e não sentia comiseração alguma pelo autocontrole que o gesto implicava.

Bora continuou:

— Francamente, não acho que haja muito mais para se investigar nessa história, mas vou continuar obedecendo às ordens do coronel Habermehl. Vou dar uns dias de trabalho intelectual aos fascistas. — Virou-se bruscamente para Guidi. — Vamos visitar De Rosa no escritório dele antes de voltar. O tanque do seu carro está cheio?

— Tenho mais ou menos meio tanque. Por quê?

— Leve esse cupom aqui e complete-o. Quero ir no seu carro para podermos conversar até o escritório. O que foi? — E riu diante da perplexidade de Guidi. — É que há menos chance de alguém jogar uma granada no meu colo quando a placa não é alemã. Ou confia nos seus compatriotas mais do que eu?

O centurião De Rosa não soube o que pensar de Guidi quando Bora o apresentou. Seu desagrado com essa interferência era perceptível apenas através de uma convulsão ocasional do lábio superior, fazendo seu bigode ora corcovear-se, ora esticar-se.

— O inspetor Guidi é um membro leal do partido — disse Bora, para convencê-lo.

Com desprezo aparente, De Rosa passou em revista as roupas civis de Guidi.

— Bem, imagino que saiba o que está fazendo, major Bora. O que posso fazer pelo senhor?

— Gostaria de saber um pouco mais sobre Vittorio Lisi.

De Rosa voltou para a escrivaninha. Atrás dela, estava pendurada uma bandeira italiana da qual havia sido recortado o brasão real. Como todo bom fascista republicano, ele havia substituído a insígnia por um retalho de seda branca.

— O que posso dizer mais, major? Lisi era um excelente homem. Tinha a cabeça boa.

Bora olhou de relance para Guidi, que não retribuiu o olhar.

— A "cabeça boa". Não entendo muito bem o que isso significa, De Rosa.

— Raciocínio ágil. Agilíssimo, major. E era um homem feliz, jovial. Adorava trocadilhos, humor e pregar peças de bom gosto. — Deixando Guidi de lado intencionalmente, De Rosa virou seu pequeno corpo para Bora, que diante dele parecia um gigante. Como se estivesse fazendo um relatório para um superior, prosseguiu: — Lisi achava Verona uma cidade meio sonolenta, por exemplo. Daí a apelidou de Cidade Veronal. Que senso de humor, não? — E como Bora não deu sinais de apreciar o trocadilho, continuou: — Vou lhe contar outra. Essa é a piada que todos aqueles que se dizem fascistas, mas sem estarem preparados para sofrer pelo ideal, deveriam ter em mente: Vittorio Lisi dizia que essas pessoas só apresentam uma fachada de convicção política, e os chamava de "fachistas".

— Fico impressionado com tal senso de humor — falou Bora.

— E não é só isso, major! Lisi também tinha uma extraordinária memória. Lembrava-se de qualquer coisa. Nunca ensaiava discurso nenhum, falava de primeira. Era capaz de conhecer o senhor em uma sala lotada e lembrar-se do seu nome seis meses depois.

Guidi já estava cansado de ouvir sem falar nada.

— E quanto às mulheres? — perguntou.

Como se o inspetor tivesse subitamente se materializado dentro da sala, De Rosa lançou um olhar irritado na sua direção.

— Que mulheres?

— Suas relações extraconjugais — corrigiu Bora, com uma expressão incerta. — Nosso inspetor é um bom católico. Ele está se referindo às amantes de Lisi.

— Ah, sim, isso. Sempre circulam boatos quando um homem tem sucesso na vida. As mulheres sentiam-se atraídas por ele. Ele não podia evitá-las; afinal, o que um homem de verdade faria? Ele era um homem e tanto, como sabem.

— Mesmo assim, deve ter decepcionado muitos pais e maridos.

De Rosa piscou de um jeito maroto para Bora.

— E isso não acontece sempre que o exército chega a uma cidade?

— Eu não saberia, sou fiel à minha esposa. Ora, vamos, De Rosa, se conhece algum nome ou alguém que pudesse estar ressentido com esse comportamento de Lisi, gostaria que falasse logo.

— Infelizmente, não posso lhe fornecer nenhum nome.

— Talvez o senhor devesse tentar se lembrar — disse Guidi.

— Sinto muito. Não posso inventar o que não sei, não é? Vou ver o que posso fazer. Perguntarei aos outros.

Bora percebeu a raiva de Guidi contra aquela reticência de De Rosa. Ele disse:

— E naturalmente ninguém sabe a fonte da fortuna de Lisi. Estou certo?

— Pelo contrário, major. Todos sabíamos que Lisi fazia ótimos investimentos. Bens primários e mercado imobiliário, prudente como era. Terrenos, casas. Gostava de coisas bonitas, refinadas. — Com essas palavras, De Rosa fez menção de curvar-se rigidamente diante de Bora como se para demonstrar a flexibilidade de suas costas. — Essas são as informações que tenho para dividir com o senhor, major. Se me der licença, preciso voltar a trabalhar.

No estacionamento público, para onde Bora e Guidi foram a seguir, o italiano foi até o para-lamas esquerdo do Alfa Romeo azul de Claretta e examinou-o. Tocou a mossa e mediu-a, levantando-se e agachando, até ficar satisfeito. Sim, o estrago poderia ter sido causado por uma batida contra um objeto preso entre postes. Apontando para o amassado visível, disse:

— Não há tinta no para-lamas, mas a *signora* Lisi disse que a bicicleta era cromada.

A princípio, Bora não teceu qualquer comentário. Mesmo antes de sair do gabinete de De Rosa, já começara a sentir uma dor no braço esquerdo e sabia que logo iria sentir pontadas. Ficou a uma certa distância de Guidi para evitar que ele notasse. Depois de um instante, disse:

— A cadeira de rodas do marido também era cromada.

— Tem razão. — Guidi fazia anotações em um caderninho. — E o que acha que *realmente* aconteceu com a cadeira de rodas?

— Você ouviu o que De Rosa falou enquanto estávamos saindo. Os inconsoláveis amigos políticos de Lisi a desmontaram para transformar as partes em relíquias da Marcha sobre Roma. Você é italiano, diga-me se acha isso provável ou não.

— Só sei que não poderemos comparar o dano causado a ela com o amassado no carro. Vamos dar uma olhada no porta-malas.

O porta-malas estava destrancado e vazio. No banco traseiro, porém, havia uma sacola de compras de uma loja chique do centro da cidade. Dentro dela havia um par de meias de seda. Guidi anotou o nome da loja no caderno, uma filial exclusiva da *La Tessile* de Milão em Verona, e depois se dirigiram até aquele endereço.

Guidi entrou sozinho na loja. A moça atrás do balcão, cheia de covinhas no rosto, lembrou que uma loura de casaco de pele tinha realmente comprado aquelas meias na semana anterior.

— No fim da manhã de sexta-feira. Eu me lembro porque ela queria uma dúzia de meias cor-de-rosa, mas estava em falta. Então ela só comprou um par dessas. Ela quer devolver a meia e pedir reembolso? Eu avisei a ela que achava essas muito compridas. Gostaria de um número menor?

Olhando o preço, Guidi calculou que nunca iria conseguir impressionar uma mulher como Clara Lisi.

— Não, obrigado — respondeu, e saiu com a visão da mão da moça acariciando a seda ainda diante dos seus olhos.

De volta ao carro, onde Bora o esperava, relatou a conversa.

— Não é exatamente um álibi, mas pelo menos confirma que ela disse a verdade sobre as compras na sexta-feira.

Bora não disse nada. Enquanto Guidi estava na loja, tomara três comprimidos de aspirina para controlar a dor crescente, e agora estava com a boca seca e amarga. Colocou um cigarro entre os lábios sem acendê-lo, para tentar se livrar daquele gosto de remédio e da náusea que acompanhava a dor. A face pálida e a rigidez de seu torso poderiam denunciá-lo.

— Enquanto esperava, fiquei pensando naquele seu preso lunático — disse Bora, para distrair Guidi. — Tem alguma outra pista, fora os sapatos?

Guidi assumiu seu lugar ao volante. Estava perfeitamente claro que Bora sentia dor, mas resolveu não fazer comentários.

— Infelizmente, não tenho mais nenhuma pista. Não faço a menor ideia de como ele se alimenta. Nesta época do ano, não há muito o que desenterrar nos campos para comer.

— Bom, isso depende. Se o seu maluco tiver treinamento militar, pode ser que consiga sobreviver com qualquer coisa que encontrar, seja qual for a época do ano. Isso não é nada! Eu estive em Stalingrado, no auge do inverno. Sei até como encontrar comida no lixo.

Guidi ligou o carro.

— Seja como for, se ele conseguir chegar às colinas, e dali for até a serra, nunca iremos encontrá-lo.

Pode ser que não tivesse pretendido fazer nenhuma referência aos guerrilheiros no seu comentário — e Bora poderia ter até relevado se estivesse se sentindo bem.

— A serra? — perguntou, em vez disso, ouvindo o rancor na própria voz. — A porcaria dessa serra não é nada. Sei exatamente como achá-lo.

* * *

O enterro de Lisi estava marcado para o dia 28 de novembro, o primeiro domingo do Advento. Enquanto Guidi retomava a busca ao preso com ajuda dos pastores-alemães, Bora vestiu sua farda de gala e viajou até Verona para comparecer à cerimônia. Tinha passado a noite insone, debruçado na beira da pia com ânsias de vômito, mas Habermehl queria que ele comparecesse.

O corpo de Lisi era velado com grande pompa no castelo medieval, na parte da cidade em que ficava o meandro mais acentuado do rio Adige. A guarda de honra era composta de voluntários com chapéus em estilo turco, vestidos com as melhores fardas do Batalhão M, e uma turba de meninos indisciplinados usando shorts do Partido e com os joelhos avermelhados no gelado salão de recepção.

O coronel Habermehl surgiu, enorme em sua farda azul-acinzentada da Força Aérea. Embora fossem pouco mais de 8h, ele já tinha se servido de alguns copos de *Fernet*; fedia a bebida e parecia corado. Ao ver Bora, sentou-se ao seu lado, na fileira de assentos reservada aos militares.

— E então — murmurou —, como está indo a investigação, Martin?

— Preferiria não me envolver nela, *Herr Oberst*.

— Bobagem. Você precisa de distrações. Viver correndo atrás de guerrilheiros não é bom. Deixa a gente melancólico.

De Rosa, que liderou a guarda de honra com a bandeira, agora assumia seu assento na fileira à frente dos alemães, aos quais cumprimentou com um movimento de cabeça pomposo. Habermehl retribuiu o aceno, e depois inclinou-se para o ouvido de Bora.

— Ele me contou que você não respondeu à saudação do Partido. Muito bem.

Bora corou.

— É mesmo? Devo ter me esquecido.

A cerimônia durou duas longas horas, durante as quais os meninos do Partido ficaram cada vez mais incontroláveis. Os que estavam no fundo começaram a se mexer e fazer caretas, enquanto os adultos na sala mantinham-se parados como estátuas, ouvindo todo o elogio fúnebre com os olhos vidrados.

Lisi não tinha parentes próximos, e Claretta não havia comparecido, a pedido de De Rosa. Colegas carrancudos de Lisi, usando estandartes negros desbotados dos velhos tempos, carregaram o caixão no lugar dos familiares inexistentes. Tendo engordado com o passar dos anos, as costas de suas camisas negras estavam esticadas a ponto de as costuras quase rasgarem.

A certa altura, Bora precisou cutucar Habermehl, que tinha caído no sono e estava começando a roncar. Embora estivesse entediado, tinha por hábito observar com toda a atenção as pessoas presentes. Em um canto, um colega da velha guarda, de fisionomia brutal, enxugava uma lágrima; em outro, as poucas mulheres presentes — esposas de oficiais e funcionários do Partido — choravam o morto em um aglomerado de chapéus e véus negros. Quantos daqueles homens teriam *amado* de fato Lisi? Quantas daquelas mulheres teriam ido para a cama com ele? Todos pareciam estar sentindo um tédio mortal. Bora até flagrou De Rosa bocejando.

Finalmente, a cerimônia terminou.

— Sim. Hã? Que horas são? — Habermehl começou a levantar-se e lançou um olhar sonolento a Bora. — Já podemos ir embora?

Seis guardas republicanos robustos já haviam erguido o caixão. Sob a escolta de mosquetes Beretta e armas do esquadrão paraquedista, estavam marchando pesadamente para a porta, quando um alvoroço de vozes revoltadas ergueu-se no fim do corredor. Passos farfalhantes atraíram a atenção de todos, principalmente de De Rosa, que era o responsável pelo bom andamento da cerimônia.

Acima do vozerio, destacou-se o grito histérico de uma mulher.

— Deixem-me entrar! Deixem-me entrar! Preciso vê-lo, deixem-me entrar!

Habermehl, que não falava italiano, perguntou a Bora o que estava acontecendo.

— Não faço ideia — respondeu Bora. Sendo bem mais alto que o restante das pessoas, porém, pôde ver as sentinelas à porta detendo uma mulher completamente vestida de preto e empurrando-a para fora. Teve certeza de que era Clara Lisi. — Deve ser a viúva — disse a Habermehl, e dirigiu-se à saída. Rapidamente, abriu caminho através da multidão, passando pelos guardas, que, incapazes de manobrar, ficaram parados com o pesado caixão sobre os ombros.

De Rosa deu um jeito de passar à frente de Bora, gritando:

— Todo mundo fique calmo! Voltem aos seus lugares, todos vocês. Acalmem-se!

Enquanto isso, a mulher tinha sido arrastada para a antecâmara, e o alemão conseguiu passar pelas sentinelas. De Rosa tentou fazer o mesmo, mas sua pequena estatura o impediu.

— Major, é a viúva de Lisi? — gritou, rabugento, lá de trás.

— Não, mas é engraçado — disse Bora. — É uma mulher mais velha com uma foto de casamento na mão.

Os cães chegaram diante da delegacia de polícia de Sagràte. Um soldado com ar pretensioso, que Guidi tinha visto com Bora algumas vezes, continha-os com uma correia comprida que os cães não paravam de puxar, rosnando. Farejaram ferozmente os sapatos de Guidi quando ele foi para a rua. Ele tentou, no seu alemão precário, explicar que a busca logo teria início.

— Lola-Lola — disse o soldado, concordando e apontando para um dos cachorros. Depois apontou para o outro e disse: — Blitz.

De volta ao escritório, viu que o cabo Turco estava com a cara fechada e ameaçadora de seus ancestrais, mas na realidade estava só preocupado.

— *Mara di mia*, inspetor, será que finalmente chegamos ao ponto em que precisamos trabalhar com *eles*?

— Precisamos dos cachorros. Passe na minha casa e pegue meu casaco de inverno. E não puxe conversa com minha mãe, senão nunca mais verei você.

Enquanto esperava a volta do siciliano, Guidi olhou pela janela do andar térreo para as árvores do outro lado da rua, sacudidas por um vento furioso. Na calçada e nas esquinas das ruas, folhas secas voavam, formando redemoinhos, girando como peões. O soldado de nariz empinado, verde como um lagarto na sua farda de inverno, também observava as folhas. O Turco era mesmo um idiota, pensou Guidi, se não percebia que ninguém estava mais envergonhado do que ele por ter que pedir ajuda a Bora.

Quando o casaco chegou, Guidi o vestiu com ajuda do Turco. Agasalhou-se bem e saiu. Logo, homens e cães se amontoaram em um caminhãozinho emprestado pelo estacionamento público, um veículo maltratado e velho, que os levou na direção das margens do rio castigadas pelo vento.

Parecia que ia nevar. Canais e valas exalavam vapor como se fossem válvulas de fundição, enquanto poças de água rasas congelavam. No terreno duro, Guidi, Turco e dois policiais, armados com fuzis, seguiram o soldado e seus cães, passando por fileiras de árvores sombrias e roseiras brilhantes por causa da geada.

Em Verona, apesar da interrupção, De Rosa conseguira encerrar a cerimônia fúnebre. Assim que o rabecão começou a descer a robusta ponte fortificada com ameias, seguido de perto pelo cortejo fúnebre, De Rosa virou-se para o pátio do castelo, onde Bora havia permanecido. Também as sentinelas estavam lá e, no meio deles, a mulher de preto.

Bora não viu De Rosa, pois estava ocupado despedindo-se de Habermehl. O superior sempre lhe dava conselhos. Naquele momento, ele lhe apertava a mão e lhe dava um forte tapa no ombro, do jeito amistoso e informal da Força Aérea.

— Não deixe os fascistas encherem seu saco, mas nos deixe com orgulho.

Bora ficou constrangido com toda aquela familiaridade, principalmente por causa dos italianos presentes. Ele respondeu, solenemente:

— Às suas ordens, *Herr Oberst.* — Então, como De Rosa pedira que uma cadeira fosse trazida para o lado de fora, e tinha obrigado a mulher a sentar-se nela, aproximou-se para ouvir as últimas notícias.

— Quem é você? — Andando de um lado para outro diante dela, De Rosa berrava com a mulher. — Como se atreve a causar um escândalo no meio de um funeral de honra?

A mulher, sem se deixar intimidar, ergueu o véu negro de seu chapéu para enxugar os olhos.

— Quem sou eu? Vou lhe dizer quem. Não tenho medo algum de estar aqui, tenho muito mais direito de estar aqui do que qualquer um de vocês.

Bora intrometeu-se.

— De Rosa, você confiou essa investigação a mim. Pode, por favor, me deixar cuidar disso?

— Mas major!

— Se preferir, vou me retirar do caso.

Subitamente, De Rosa pareceu estar mascando algo muito amargo na boca.

— Não, não — resmungou. — Vá em frente, veja se consegue descobrir o que essa maluca quer.

Sem perguntar, Bora estendeu a mão direita para receber a foto emoldurada.

A mulher a entregou. Com o rosto preocupado e franco, ela parecia ter uns 60 anos, mas talvez fosse um pouco mais jovem. Usava um vestido preto de ombros estreitos abotoado até o queixo, e um chapéu preto e fora de moda, que na confusão tinha sido amassado e estava torto. Sob o olho esquerdo, uma lesão recente denotava maus-tratos.

Bora observou o instantâneo.

— Quando isso foi tirado?

— Em 1914 — respondeu ela. — Um mês antes da última guerra. O senhor pode ver que Vittorio já estava usando sua farda da infantaria Bersaglieri.

Espichando o pescoço para olhar, De Rosa soltou um grito.

— O quê? Como? Lisi já era casado?

A mulher afundou na cadeira.

— Tive minha filha três meses depois que essa foto foi tirada. Não dá para notar? Bem, eu não fiz aquela menina sozinha.

— Que filha? — perguntou o militar italiano.

Bora fez sinal para que De Rosa se calasse.

— Não dá para continuar essa conversa aqui. Centurião, faça-me a gentileza de acompanhar essa mulher a uma sala privativa lá dentro. E chame também um estenógrafo.

Depois de farejarem os sapatos do presidiário, os pastores-alemães ficaram indóceis. Blitz era um jovem macho, comprido e magro, ao passo que Lola-Lola, uma fêmea robusta, parecia mais inteligente e dominadora. Ambos tentaram correr, mas o soldado os conteve com a correia, comandando-os com frases curtas e guturais.

Guidi observava os animais, pensando que qualquer um dos dois poderia arrancar o pescocinho peludo do cachorrinho de Claretta com uma só dentada. Blitz era mais distraído. A fêmea continuava concentrada na tarefa, puxando a corrente e atraindo o tratador para si. A súbita passagem de uma dúzia de corvos piando alto não a fez olhar para cima, nem a fricção de galhos secos ao vento. Ela liderou o grupo para leste, na direção da cidade de Lago, mas de repente deu meia-volta, quando Blitz começou a latir.

— Ela está indo na direção daquela amoreira — Turco cochichou para Guidi. Um após o outro — muito embora ainda não houvesse perigo aparente — os policiais empunharam suas armas.

Ao pé da árvore, Lola-Lola reconheceu a trilha descoberta por seu companheiro, mas continuava inquieta. O soldado mal conseguia contê-la. A cadela começou a seguir em linha reta, atravessando um milharal marrom onde tocos raquíticos eram tudo o que restava da colheita. Ali, ela começou a correr, até os homens serem obrigados a correr também.

— Ela vai nos levar para onde o outro sapato foi encontrado — previu Turco.

Assim, eles chegaram ao lugar onde os topos sem folhas dos salgueiros balançavam ao longo da estrada municipal. A princípio pálidos — como uma bruma distante —, eles ficavam mais distintos à medida que os policiais se aproximavam. Ali o rio formava uma curva acentuada e uma margem quase tocava a outra. A superfície da água, preguiçosa e lerda, era bastante enganosa. Guidi tinha ouvido dizer que embaixo dela havia correntes rápidas e lama funda.

Lola-Lola farejou o local onde haviam encontrado o primeiro sapato, preso entre as duas rochas. Depois sentou-se para que o soldado de nariz empinado a elogiasse. Blitz veio farejar logo após, e espirrou.

— *Da. Da drüben.* — Puxando a manga de Guidi, o soldado alemão apontou para o trecho na estrada a sua frente. O italiano entendeu que ele tentava lhe mostrar o lugar onde, em setembro, o comboio alemão havia sido emboscado. O primeiro ataque dos guerrilheiros tinha sido contra o carro de Bora, o primeiro da fila.

— *Da drüben wurde der Major verwundet.* — Com a mão direita, o soldado fez um sinal de corte de machado no pulso esquerdo, a fim de comunicar que o major tinha sido ferido naquele lugar.

O vento provocou sons lúgubres nos salgueiros e nos milharais. Blitz empinou as orelhas, mas Lola-Lola continuou ocupada. Seu queixo acinzentado tremia. Ela voltou a cabeça fulva contra o vento, semicerrando os olhos. Farejou o ar. De repente, recomeçou a andar, sem pressa mas com confiança, o focinho colado ao chão, enquanto Bliz trotava festivamente atrás dela.

Seguiu-se uma longa marcha através dos campos, ceifados havia tanto que pareciam terra abandonada, além de extensões de terra e trilhas esquecidas pelo tempo. Silenciosamente, os homens seguiram os animais até chegarem tão perto do objetivo de Lola-Lola que ela rosnou. Blitz imitou-a, rugindo ameaçadoramente. Turco, que até agora segurava seu fuzil como um caçador em busca de vingança, abaixou-o para poder ver melhor.

Em Verona, Bora disse:

— Não entendo por que você está tão irritado, De Rosa. Se ela estiver mentindo, vai ser fácil provar isso, embora a foto seja bem convincente.

— Não acredito em nada disso, major. Todos os soldados se parecem uns com os outros. Só vou me convencer quando ela mostrar a certidão de casamento.

— Isso vai ser difícil. Lisi não se casou na igreja. Como socialista — você sabia que ele foi um socialista apaixonado até a Grande Guerra, não sabia? —, ele procurava evitar ligações com a religião. Mas, como a mulher estava grávida, bem, ele — com o coração de ouro que tinha — consentiu em casar-se no civil. Aquela senhora afirma que a garotinha morreu de meningite depois de um ano, e a essa altura Lisi já tinha desaparecido. Você também ouviu o resto. Ele só voltou em 1920 para viver da caridade dos pais dela por outro ano. Outras longas ausências seguiram-se a esta, e depois veio a Marcha sobre Roma, o acidente de carro, a política. Para uma moça do campo, na fronteira de Friuli, que não sabe ler nem escrever, foi fácil aguentar esses abusos.

De Rosa tremia como um dardo prestes a ser lançado.

— E você acha que ela estava em Verona por coincidência, exatamente no dia do enterro de Lisi?

Pacientemente, Bora olhou para o italiano.

— Não. Não foi por acaso. Acho que alguém lhe disse para comparecer à cerimônia.

— Mas quem? Quem lucraria alertando-a?

Bora controlou a vontade de rir que sentia diante da frustração de De Rosa.

— Ainda não sei. Mas, como vocês dizem aqui na Itália, mais cedo ou mais tarde o pente desembaraçará os nós. Nós só temos que continuar penteando corretamente.

Nos campos de Sagràte, Guidi foi o primeiro a chegar ao local depois dos cachorros.

Um homem jazia de bruços em uma fossa, os ombros quase totalmente envolvidos pela lama que já congelava. Cristais de gelo criavam delicadas teias nas suas narinas sangrentas. Seus olhos, arregalados e opacos, mostravam pouco das íris, escondidas sob as pálpebras. Os cotovelos do homem, rígidos, estavam colados aos quadris naquela vala estreita, semelhante a uma tumba, embora seus antebraços se erguessem em um ângulo e as mãos estivessem encolhidas e voltadas para cima, como pernas de uma galinha no balcão de um açougueiro. Uma mancha negra no peito revelava o local onde a vida tinha sido expulsa dele a tiros. Na sua face esquerda, hirsuta devido à barba por fazer, um fio escuro e gelatinoso formava uma sinuosa trilha até a orelha, que estava cheia de sangue seco.

O cadáver estava descalço. Mergulhados, na água gelada e esbranquiçada da vala, os pés destacavam-se, erguidos, cobertos apenas por meias do exército de uma cor indefinível. O dedão do seu pé esquerdo podia ser visto através de um buraco na peça de lã. Uma mistura miserável de fardas italiana e alemã cobria-lhe o corpo inteiro. Se era guerrilheiro ou desertor, não tinha nenhuma arma visível com ele ou perto dele.

Guidi ordenou que retirassem o corpo da vala e fizessem uma revista com todo o cuidado.

Turco aproximou-se com um pedaço de pão seco e azulado pelo mofo, parcimoniosamente mordiscado em vários pontos. Mostrou-o a seu superior.

— Parecia que ele estava economizando, inspetor.

— Que mais encontrou?

Turco continuava a revista.

— Nada.

Guidi então ordenou aos homens que procurassem armas naquela área, embora não esperasse encontrar nenhuma.

— Ele não é o homem que estamos procurando. A descrição não corresponde nem de longe. Só Deus sabe quem ele é, mas aposto que os sapatos que encontramos eram dele. O lunático provavelmente tirou seus sapatos depois de matá-lo.

Turco concordou.

— É, ele já está morto há alguns dias. *Santi diavuluni*, por que alguém iria...?

— Se eu soubesse, lhe contaria, Turco.

Guidi, incomodado pelo modo como Blitz persistentemente farejava e cutucava o morto com a pata, afastou-se. Nesses momentos ele se cansava da tristeza da sua profissão e não sentia vontade de conversar. Atrás dele, o sol já estava quase completando seu arco e conseguira escapar de um grupo de nuvens grande o suficiente para lançar sombras incrivelmente longas sobre tudo o que fosse vertical. A sombra de Guidi passou dos limites da plantação e as sombras dos tocos de pés de milho formaram uma floresta azulada na superfície nua da terra.

— Vamos voltar a Sagràte — ordenou ao grupo. — Tenho outras coisas para fazer antes que anoiteça.

Depois da ostentação do funeral de Lisi, parecia a Bora que o lado pobre de Verona era algo de outro mundo. Com as luzes apagadas devido ao toque de recolher, os cortiços apertavam-se uns contra os outros logo atrás dos trilhos da ferrovia, formando um labirinto alto no qual o major precisaria entrar, estacionar e passar a pé.

Levou algum tempo para encontrar o endereço da parteira. Mesmo assim, a fachada leprosa da casa de vários andares era tão desanimadora que ele voltou a conferir o endereço com o brilho instável da chama do seu isqueiro. Era ali, não havia engano. Bora entrou, fechou a porta atrás de si e encontrou o interruptor. Olhou para cima, pelo poço da escadaria fétida, para os dez lances de degraus altos e gastos que levavam ao quinto andar, e começou a subir.

A tardia ceia dos italianos enchia a casa de sons e cheiros típicos. Através das portas finas, uma variedade de vozes chegava até os ouvidos de Bora. Crianças choramingando ou idosos reclamando, cada som — infeliz ou irado — se misturava ao fedor de sopa de repolho, latrinas e fogões que não funcionavam como deviam.

Bora precisou fazer uma pausa no terceiro andar por causa da dor excruciante no joelho esquerdo. Encostado no corrimão, prendeu a respiração para tentar recuperar o controle. Se fechasse os olhos, os cheiros e as vozes poderiam ser da Espanha, da Polônia ou da Rússia, ou de qualquer um dos lugares para onde ele levara a guerra nos últimos sete anos da vida.

Mas a dor era na Itália, aqui e agora.

— Tenha cuidado — alertou o médico (ele também usava o *lei* antifascista), reafirmando que o major deveria voltar ao hospital antes do sábado. — O senhor já teve infecção duas vezes, quer mesmo acabar aleijado? Precisamos retirar os restos de estilhaços do seu joelho.

O sombrio quinto andar parecia tão distante quanto a lua.

Quando Bora alcançou o último degrau, apenas o brilho fraco de uma lâmpada no andar de baixo ajudava-o a ver que estava diante de um curto corredor. O isqueiro foi necessário de novo, para ele ler os nomes nas placas, mas, mesmo assim, Bora foi na direção errada, a julgar pelo fedor de urina que chegou até ele da última porta.

Finalmente, bateu à porta certa. O ruído de uma cadeira raspando no chão foi ouvido em seguida, mas o inquilino demorou a atender.

— Quem é?

Bora não sabia o que dizer.

— *Öffnen Sie.* — Decidiu se identificar como alemão.

Imediatamente, a pessoa destrancou a porta e a abriu.

O sol já tinha se posto havia muito tempo, e estava escuro quando Guidi chegou a Verona. Nas trevas, as ruas pareciam todas iguais. Ele passou duas vezes sob as vastas arcadas medievais da elevada rota de fuga do castelo, e outras duas pelo elegante bairro comercial. Quando conseguiu chegar à rua de Clara Lisi atrás do Corso, dois policiais à paisana estavam vigiando o apartamento. Só depois de muita insistência Guidi os convenceu a deixá-lo visitá-la.

Ela não esperava por visitas. Foi a primeira coisa que ela lhe disse, afastando os cabelos cachedados do rosto.

— É por isso que estou assim, inspetor.

Porém, para Guidi, a blusa larga e as pantalonas pareceram elegantes do mesmo jeito. Na realidade, foi a falta de maquiagem que o surpreendeu. Mesmo sem ruge, o rosto de Claretta não estava longe de ser feio, mas diferente. O espanto nos seus olhos azuis era tão vazio quanto o de uma criança. Guidi não pôde deixar de se perguntar o que Bora diria daquele rosto.

— Meu Deus. — Andando à frente do policial até a sala de visitas, Claretta ficou remexendo sem parar nos cachinhos nas têmporas. — Eu devo estar horrorosa.

— Pelo contrário, está muito bem.

— Obrigada pela visita. — Ela o convidou para sentar-se. — Aceita uma xícara de chá? Café?

— Não, obrigado.

No tapete magenta, o lulu da Pomerânia dormia sobre a capa de uma revista de cinema, parecendo uma bola de pelos. Em um prato no meio da mesa de centro, papéis dourados dos bombons *Talmone* consumidos se destacavam entre os ainda embrulhados. Claretta os recolheu rapidamente.

— Não estava esperando visitas — repetiu. — E não devia estar comendo nenhum desses bombons. Eles não ajudam a minha silhueta.

Depois de se sentarem — mais próximo um do outro que da última vez — ela não disse absolutamente nada. Com as mãos relaxadas pousadas no colo, ela parecia esperar que ele dissesse alguma coisa. Mas Guidi não conseguia mais se lembrar de nenhum motivo para essa visita, a não ser revê-la. Tirou o maço de cigarros do bolso.

Prontamente, ela aceitou um.

— Muito obrigada, é muita gentileza sua. Os meus acabaram hoje cedo. Eles não me deixam sair, você sabe.

Galanteador, Guidi ofereceu:

— Pode ficar com o maço. — Ele comprara cigarros da marca *Tre Stelle*, já pensando nessa visita, um pequeno luxo para alguém que enrolava os próprios cigarros.

— O major alemão também vem?

Aquela menção a Bora fez Guidi retesar-se.

— Não. Por que pergunta?

— Porque acho que ele não gosta de mim.

— O major não tem interesse em gostar de alguém. — Guidi fez essa declaração sem saber se realmente justificaria o comportamento de Bora aos olhos da mulher.

As pálpebras de Claretta continuaram abaixadas.

— Entendo. De qualquer forma, nenhum dos senhores pode me ajudar agora.

— Como estão tratando a senhora?

— Não é ruim. Só não me deixam sair. Meu bebezinho é quem mais sofre, pois adora passear.

Ela estava se referindo ao cachorro, mas Guidi achou aquela frase artificial, oca. Havia alguma burrice ali, mas uma burrice que parecia um verniz, aplicado com pinceladas cuidadosas, e não substância. Era assim que as mulheres se protegiam. Ele já tinha visto prostitutas pegas em flagrante se fazendo de idiotas, e, tão diferente delas quanto a lua do sol, a própria mãe tinha o mesmíssimo olhar inexpressivo. Mas, ao contrário de Bora, ele era capaz de perdoar aquele artifício. Claretta estava lhe dizendo:

— Ninguém quer saber quem foi realmente o culpado. — Uma ruga surgiu entre as sobrancelhas cuidosamente feitas. — Se eles não encontrarem outra pessoa para culpar, vão me fazer pagar pelo crime. E ninguém vai dar a mínima para isso.

Guidi inclinou-se para ela, sem muito consolo para oferecer.

— A investigação mal começou — disse ele, tentando parecer otimista. — Para dizer a verdade, ainda nem começou. Essas coisas demoram. — Palavras eram inúteis quando se tinha uma mulher tão perto e com uma fragrância deliciosa. Mesmo assim, continuou: — Se ao menos a senhora pudesse nos dar uma pista, um nome, qualquer coisa que sugerisse um possível assassino, começaríamos a trabalhar imediatamente.

— Talvez *o senhor* começasse. O major não iria nem se mexer. — Claretta deu uma forte tragada no cigarro, sugando as bochechas para dentro da boca. Eles estavam sentados diante um do outro, e quando ela cruzou as pernas, a ponta de sua pantufa cor-de-rosa roçou na perna de Guidi, mas o agrado parou por aí. — Não faço a mínima ideia de quem pode ter matado Vittorio. Já lhe falei. Ele tinha pelo menos dois apartamentos em Verona, e passava dias e noites neles. Imagino que os usava para receber amigos, colegas e também mulheres, claro. Inspetor, só sei que, depois de me deixar infeliz em vida, ele está me deixando desesperada depois da morte. Além disso, acha mesmo que alguém acreditaria em mim, mesmo se eu indicasse nomes?

— Eu acreditaria — disse Guidi, calidamente, mais alto do que tinha planejado.

Ao pé do sofá, o lulu da Pomerânia subitamente despertou e pulou no colo de Claretta, afobado, rosnando para Guidi. Claretta acariciou-o, tentando sorrir.

Depois de deixar o apartamento, Guidi foi até o quartel-general dos fascistas, onde releu o processo e os poucos papéis que Lisi tinha deixado antes de morrer. Os originais ainda estavam com Bora, presumivelmente no posto alemão de Lago. Essas eram cópias, e Guidi só tinha conseguido pegá-las porque De Rosa não estava.

Mas De Rosa não iria demorar a retornar à sala dos arquivos, naquela farda lúgubre cheia de caveiras e feixes.

— O major Bora sabe que veio até aqui sozinho, Guidi? Ele não mencionou que viria.

Guidi não se deu o trabalho de erguer a vista dos papéis.

— Ele sabe.

— E quando você o informou?

— Na noite passada.

De Rosa lançou-lhe um olhar de desprezo.

— Então veremos. Telefonarei para o major e pedirei para falar com ele diretamente.

— Não é necessário — Guidi apressou-se em dizer. — Quero dizer, qual a necessidade de telefonar?

— Digamos que, se estiver falando a verdade, não tem nada a temer. Farei a ligação do meu gabinete.

Guidi tinha ocultado de Bora sua intenção de visitar Claretta. Esperou ansiosamente a volta de De Rosa, preparando-se para justificar-se ou discutir. Porém ficou claro pela conduta do militar italiano que acontecera algo que não o tinha deixado nada satisfeito.

— O major não estava — resmungou ele. — E não sabem dizer quando volta. Infelizmente, não posso expulsá-lo daqui como gostaria. Mas vou ficar de olho em você. Acredite em mim, Guidi. Ficarei aqui sentado observando você como um falcão.

— Faça como quiser. Considerando que esse dossiê devia estar nas mãos da polícia ou com os Carabinieri, o senhor não está em posição de apontar irregularidades.

Bora saía do cortiço naquele instante. Respirou fundo o ar frio da noite, para tentar purificar-se da opressão da visita.

Queria pensar. *"Sou um homem sem filhos, o que tudo isso significa para mim?"* Mas falar de aborto e morte de fetos deixavam o militar que havia nele revoltado, devido à fragilidade da vida de um soldado.

O BMW estava estacionado no fim da rua. Andando diretamente até o automóvel, Bora acolheu bem a escuridão e o frio ao seu redor, como se eles fossem um líquido denso no qual ele precisava se afundar para fugir. Na escuridão, fitou o céu, reduzido a um cinturão estrelado estendendo-se entre os beirais. A lua se transformara em uma foice fina, mas sua lâmina brilhava excessivamente na beirada de um telhado. Era a mesma lua clara, sem emoção, que ele tinha visto da sacada da elegante casa de seus pais em Leipzig, e na vastidão mortal da Rússia. *Lua mentirosa*, pensou. Uma lua mentirosa. O major suspirou, sentindo-se solitário. Era soldado e não tinha filhos.

Inesperadamente, lanternas entrecruzaram-se no fim da rua.

— Quem está aí? — gritaram em alemão.

Bora aproximou-se e mostrou seu passe. Os soldados prestaram continência, chocando os calcanhares uns nos outros para saudá-lo. O suboficial no comando, um homem grisalho, escoltou-o até o carro.

— *Herr Major* — disse, preocupado. — Não deveria andar por aí sozinho, a essa altura da guerra.

Bora lhe agradeceu e deu partida no motor.

Chegando a Lago, por volta da meia-noite, Bora estava cansado demais para dormir. Sentou-se para ler e depois escreveu uma longa carta para a esposa. Fazia dois meses que não recebia nenhuma correspondência dela. Desde o incidente, aliás, quando Habermehl lhe enviara um telegrama com a notícia de que ele tinha sido ferido.

A última vez que Bora vira Benedikta havia sido durante a única licença que pediu da frente russa, e só passaram algumas horas na cama desfeita do hotel de Praga, onde ela fora encontrá-lo, como se fossem amantes. Com pressa, pois não havia muito tempo, despiram um ao outro atrás da porta, no momento em que ela se fechou, loucos para tocarem seus corpos. A umidade perfumada das suas coxas — ele podia morrer beijando-as, cada reentrância e concavidade, depilada ou loura. Mas, como sempre, as palavras se transformaram em movimento, músculos rígidos e mãos unidas, e mais uma vez não houvera tempo para dar uma forma intelectual ao amor. Ela continuava desconhecida como uma ilha, o ir e vir dos lençóis, como ondas ao seu redor, levava-o a ela, mas apenas para circundá-la em segurança e desconhecimento extremos. Sim, ele tinha o corpo dela — cada dobra encantadora e decorada que, com certeza, seria lembrada até o momento em que ele morresse — mas não conseguira penetrar a sua mente, e continuava faminto e frustrado por essa parte do amor. E ainda que eles se possuíssem fisicamente, a morte ainda estava presente no quarto, afastada apenas pelo ato amoroso.

Em sua solidão, ele esperava e até mesmo desejava que ela engravidasse, mas o cartão que sua mãe tinha acabado de lhe enviar deixava claro que isso não acontecera.

Ela é ativa demais, Martin. Vive cavalgando ou fica na piscina de manhã até a noite, todos os dias. Quando você voltar para ficar, isso vai acalmá-la. E aí os filhos virão.

Bora não conseguia tirar da cabeça as palavras cruéis e defensivas que ouvira da parteira no esquálido quartinho do cortiço. Eram a única coisa que atrapalhavam seu sono agora. E a necessidade angustiada do soldado de deixar algo só seu neste mundo antes de outro acidente, antes de qualquer outra coisa acontecer, voltou a dominá-lo como uma onda de sangue.

Dikta, vamos ter um filho assim que eu voltar, escreveu ele no rodapé da carta. Mas depois amassou a folha e jogou-a fora.

Não quero descobrir. Não quero que me digam.

Quanto a Guidi, voltou a Sagràte à 1h30 da madrugada. Começara a nevar, rajadas de glóbulos gelados caindo pelos campos despidos, e estava muito frio.

Duas horas depois, Bora e seus homens saíram em patrulha.

CAPÍTULO 3

De manhã, a temperatura subira alguns graus. Embora um vento furioso vindo do norte continuasse a soprar sem perder a força, a camada de neve acumulada em certos trechos dos campos havia derretido. Do lado escuro das ruas ainda restavam algumas pocinhas brancas, mas elas não durariam. A oeste, uma lua pálida se assemelhava ao fantasma de um canivete.

A um quarteirão de distância do quartel de Sagràte, soldados alemães desciam de um veículo militar diante do posto de guarda. Em geral, o posto era guarnecido por apenas três soldados e um sargento, e, ocasionalmente, Wenzel. Todos respondiam a Bora em Lago. Guidi reconheceu o tenente Wenzel, ruivo e desengonçado, como o primeiro homem a sair do carro. Com certeza os alemães estiveram patrulhando o piemonte durante a madrugada, à procura de guerrilheiros escondidos na floresta. Tiros foram ouvidos durante horas. Formando uma fila para entrar no posto de Sagràte, os aproximadamente dez soldados pareciam-se com fazendeiros jovens e famintos, desajeitados e com as faces bronzeadas. Guidi sabia que Bora estava no veículo, pelo tamanho zelo com que Wenzel abriu a porta do carro. Mas o automóvel só parou nas cobaias por um instante, e depois seguiu rumo ao quartel.

Bora estava branco de cansaço quando cruzou a porta de Guidi.

— Espero que tenha café — disse antes mesmo de cumprimentá-lo.

— Turco! — chamou Guidi. — Prepare uma xícara de café bem forte para o major. — Recuando, ele permitiu que Bora entrasse. — Em vez de beber café, por que não dorme um pouco?

Bora dispensou o comentário com um gesto da mão direita. Sem esperar pelo convite, entrou no gabinete de Guidi e sentou-se na cadeira ao lado da janela. Depois que o italiano o seguiu, Bora tirou o blusão camuflado e estava acomodando três granadas de mão nas dobras da roupa largada sobre o chão.

— Essas sobraram — explicou Bora. À fraca luz da manhã, ele se espreguiçou e voltou a se sentar. — Jesus Cristo, que horas são?

— São 8h15.

— Ah, que bom. Achei que fosse mais tarde. Meu relógio de pulso parou. — Como quase todos os alemães que Guidi tinha visto, Bora tinha pele clara e, apesar dos cabelos pretos, uma barba dourada nascia em seu rosto, visível apenas quando ele se virava para a luz. — Continuou trabalhando no caso Lisi?

Guidi resolveu não falar nada sobre a noite anterior.

— É claro.

— Eu também. — Bora bocejou, cobrindo a boca com a mão direita. — Mas não tenho tempo para discutirmos isso agora. — Turco trouxe o café. Havia chicória suficiente nos grãos para diluir o efeito estimulante da bebida. Seu amargor, por outro lado, acordaria até um defunto. Bora bebeu tudo de uma só vez. — Como foi que os cães se saíram?

Guidi contou-lhe sobre o cadáver descalço.

O major ouviu recostado indisciplinadamente na cadeira, com uma descontração que não era comum nele. Só teceu um comentário quando Guidi mostrou no mapa preso na parede o ponto onde tinham encontrado o corpo. Depois estendeu o braço para retirar do casaco no chão uma caixa de fósforos, um cachimbo, uma cápsula de bala e algumas moedas italianas. Colocou tudo aquilo sobre a mesa de Guidi e retornou ao seu lugar.

— Nós também encontramos um cadáver. — Satisfeito ou não com a surpresa de Guidi, Bora esboçou um sorriso presunçoso. — Sei o que está pensando. Mas não se preocupe, não temos o hábito de reclamar os corpos das pessoas em que não atiramos. Não matamos este. Até deixei uns homens de guarda para tomar conta dele.

— E sabe quem era ele, major? Onde foi que aconteceu?

— Topamos com o defunto por acaso, há duas horas, atrás de um muro caindo aos pedaços. Três quilômetros a leste de onde encontraram o primeiro corpo. Fosso Bandito, é o nome do lugar, se não me engano.

— É isso mesmo.

— Bom, este outro lugar não tem nome no mapa topográfico e só está marcado como uma fazenda. Mas a casa já foi destruída há algum tempo. Só restam um poço e o muro em ruínas. Pelo que pude ver a vítima era um homem velho. O tiro foi dado à queima-roupa e praticamente explodiu sua cabeça. Havia fragmentos de tecido cerebral em toda parte do muro. — Bora esperou Guidi observar os objetos antes de perguntar: — Tem certeza que esse lunático está armado com um fuzil do exército?

Guidi tirou da gaveta da escrivaninha os dois projéteis que havia encontrado.

— De acordo com o relatório que temos, sim. Mas olha como estão amassados.

De perto, Bora examinou os pedaços de chumbo disformes, passando-os pelos dedos da mão direita.

— Foi exatamente por isso que perguntei, Guidi. Seja ele quem for, foi capaz de modificá-los lixando as pontas ou cortando o cartucho ao meio. Os guerrilheiros russos faziam a mesma coisa, eu consigo reconhecer o tipo de estrago que essa bagunça faz. Não é o estrago de um fuzil do exército.

Guidi evitou fazer o comentário irônico que lhe veio aos lábios. Limitou-se a perguntar:

— Na sua opinião, há quanto tempo esse homem morreu?

— Uma hora. Talvez menos. Não se via nenhuma rigidez cadavérica, nem mesmo nos músculos do pescoço. Podemos dizer que ele foi morto aproximadamente 30 minutos antes das seis. Só trazia isso nos bolsos, e encontramos a cápsula a poucos metros dele. Agora, Guidi, por favor mande alguém recolher aquele corpo. Preciso dos meus soldados de volta.

O italiano podia jurar que Bora ia acrescentar alguma coisa, mas se conteve. O fato de interromper a fala significava que ele queria que aquilo lhe fosse perguntado, em vez de simplesmente dizê-lo, e Guidi o deixou esperando um momento antes de satisfazê-lo.

— Notou algo estranho no corpo, ou perto dele?

— Imagino que está esperando que lhe diga se estava calçado ou não.

— Estava?

— Não. Estava descalço. Sem sapatos, sem meias. Ah, e também encontramos uma bolsa com tabaco, mas eu não quis pegá-la no lugar onde caiu. — Bora fechou os olhos, estendendo com dificuldade a perna esquerda. — Ele devia ser um mendigo, um vagabundo. Ou um fazendeiro muito pobre. Talvez o reconheça quando o vir, Guidi. Só sei que não quero morrer assim. Ele tinha feito uma fogueirinha de gravetos e, pelo jeito, foi até o muro para se aliviar. Mas o mataram sobre o próprio excremento.

Guidi deu de ombros.

— Não é menos honroso que qualquer outra morte, major.

— Não, mas é horrorosa. — Abrindo os olhos, Bora sorriu, sem se deixar perturbar. — Para mim, uma morte digna é algo da maior importância.

— Talvez. — Guidi foi despachar uma dupla de homens até o local indicado por Bora. Quando voltou ao gabinete, Bora estava de pé à janela, massageando o pescoço.

— Sobre o caso Lisi, Guidi, tenho que lhe informar que há outra esposa para investigarmos. Não, não me pergunte. Vou lhe contar em um minuto. Também conversei com uma das parteiras.

A figura solitária e cor-de-rosa de Claretta surgiu na mente de Guidi

— Outra esposa? Está querendo me dizer que Lisi também era bígamo?

— Como disse, lhe contarei tudo. Mas uma coisa de cada vez. Andei especulando que a tal letra "C" pode não significar o nome de uma pessoa. Talvez possa indicar, não sei, o nome de um banco ou de uma empresa. Pode significar "comunistas". Pode ser o algarismo romano para o número cem.

— Ah, por favor! — Guidi estava tão ansioso por obter notícias concretas que os jogos de palavras de Bora pareceram-lhe inoportunos. — Duvido que Lisi fosse fluente em latim, major Bora. Mas concordo que a pista em si não é suficiente para incriminar Claretta.

Talvez por ter ouvido Guidi se referir a viúva pelo primeiro nome, Bora se voltou para ele com um olhar curioso.

— O círculo de suspeitos — prosseguiu Guidi — é limitado apenas pelo fato de que um carro foi usado para cometer o assassinato. Como com certeza não chamou um táxi para esse fim, o assassino deve ter usado um veículo particular, e ter tido um bom motivo para se deslocar tanto. Por que está sorrindo, major? Disse alguma coisa engraçada?

— Não. Só estava pensando no velho devasso tentando escapar quando viu o carro vindo em sua direção. Não tem graça, é verdade. Estou muito cansado. A gente ri das coisas mais esquisitas do mundo quando está cansado.

— De qualquer forma, acho que devíamos analisar a cena do crime e interrogar a criada.

— Fico feliz por pensar assim — disse Bora. Imediatamente retirou um mapa rodoviário da província de Verona de uma carteira de couro que trazia presa ao cinto. — Estou pronto.

Guidi ficou boquiaberto. Queria visitar Claretta de novo, e o zelo de Bora era inconveniente.

— Não quis dizer hoje de manhã — falou. — Não estamos com pressa, estamos?

— Estamos. Na vida não há nada além de pressa.

Sob a supervisão austera de Bora, Guidi vestiu o casaco, o cachecol e as luvas; instruiu Turco a avisar sua mãe que não iria para casa no almoço e a cuidar do quartel durante aquele dia, e seguiu o alemão até o carro.

Todos já tinham retornado para o veículo militar. Bora disse ao policial:

—Vamos no meu carro desta vez, só para variar — falou, dispensando o motorista. — Bom, quero dizer, não é exatamente *meu*, na verdade. O BMW está no conserto. —Apesar da mutilação, ele imediatamente deu partida no motor. — Para onde? —Virou-se para Guidi, que estava desdobrando o mapa.

Guidi lhe forneceu o itinerário. E quando Bora girou o volante para sair da vaga, viu por que seu relógio tinha parado. Meio oculto pela manga da camisa do exército, o mostrador do relógio fora atingido por um tiro, perdendo o aro de metal. Bora desatou a rir.

— Não lhe contei que as coisas mais estranhas sempre acabam parecendo engraçadas depois de um tempo?

A rodovia estadual atravessava um trecho de terra farto de riachos sinuosos e cadeias de colinas interligadas. De vez em quando, campanários altos e esguios sinalizavam aldeias distantes, os sinos em suas janelas arqueadas como pupilas em olhos semicerrados. Nos limites dos campos, árvores bem aparadas montavam guarda como se fossem corpos feridos, prontos para fazerem novos brotos surgirem dos seus ramos mutilados.

Bora desviou os olhos delas. Ao longo da estrada, a grama — tardia e prateada — curvava-se ao vento, emprestando um esplendor metálico ao acostamento coberto de cascalho.

— Vou lhe contar o que descobri ontem — disse o alemão a Guidi. — A primeira esposa de Lisi, cujo nome de batismo é Olga Masi, tem 56 anos. Ela diz que nem mesmo sabia que ele havia se casado de novo. Há três dias, um recorte de jornal com a notícia da morte de Lisi chegou pelo correio, sem remetente. Essa foi a primeira vez que ela teve notícias dele nos últimos dez anos. Como já lhe falei, ela é analfabeta, portanto levou o recorte até a prefeitura para que o lessem para ela. Depois, pegou o trem e veio até Verona, onde conseguiu descobrir em qual lugar o enterro se daria. Como o recorte mencionava a esposa atual, ela trouxe o retrato do seu casamento como prova de seu direito.

Guidi ainda estava se acostumando com o fato de Bora dirigir em alta velocidade, e agarrou-se ao painel do carro na curva seguinte.

— Então ela quer dinheiro?

— Pelo contrário. Ela simplesmente achava que iam querer impedi-la de comparecer à cerimônia de sepultamento, como realmente aconteceu. Tudo o que queria era provar sua identidade e ver o falecido. Eu a levei ao cemitério para podermos conversar à vontade.

— O envelope anônimo veio de Verona?

— Sim. Estou com ele no meu bolso direito. Pode pegá-lo, se quiser. Foi enviado no dia seguinte à morte de Lisi. Como pode ver, é um recorte da edição vespertina, já que ele morreu no início da tarde. — Bora passou tangenciando o acostamento em uma curva em S, sem parecer se importar com um caminhão que vinha no sentido contrário, e calmamente tirando um fino dele. — Agora, quem iria adivinhar que Lisi já fora casado, se nem mesmo a segunda esposa sabia disso?

O endereço do envelope estava datilografado. Guidi manteve os olhos pregados no recorte, para impedir a si mesmo de olhar para a estrada.

— Ora, major. É provável que tenha sido alguém que já conhecia Lisi há muitos anos, talvez um colega da política. Ele pode ter pensado que, depois da morte dele, não era mais preciso guardar segredo, e que informar a Sra. Masi era apenas caridade cristã.

— Pode ser. — Bora ultrapassou um caminhão em uma reta e quase bateu em um trator estacionado no acostamento. — Ou talvez suas intenções não fossem tão caridosas assim.

Guidi começou a imaginar se Bora estava fazendo aquelas barbeiragens todas por causa do cansaço ou se apenas era um hábito alemão.

— Por que um "amigo" esperaria até a morte de Lisi para informar todos os detalhes à primeira esposa?

— Não sei.

— Mas está pensando em extorsão, não está? Claro, parece que alguém estava chantageando Lisi, pois sabia da bigamia dele. Mas o que se pode ganhar com um escândalo póstumo?

Bora relanceou os olhos para Guidi.

— Você presumiu que era Lisi quem estava sofrendo chantagem. Mas, se fosse a segunda esposa? Talvez ela não pudesse ou não quisesse continuar pagando ao chantagista depois da morte do marido, e isso precipitou a revelação. Uma coisa é certa, a esta altura, o testamento de Lisi é um verdadeiro pesadelo jurídico.

— No entanto, Claretta nos informou que ele não tinha se casado antes.

— Se é que podemos confiar nela. — Bora passou as marchas agilmente e reduziu a velocidade. — A estrada particular fica 1 quilômetro adiante, certo? Foi bom eu ter convencido De Rosa a me entregar as chaves do portão e da porta da frente.

— Segundo o relatório, o portão do jardim nunca ficava fechado quando Lisi estava em casa, portanto qualquer um poderia entrar e sair à vontade.

— Exatamente, inclusive a Sra. Clara. — Bora disse estas últimas palavras sem encarar o rosto de Guidi, subitamente concentrado na estrada, como se dirigir com cuidado tivesse se tornado mais interessante do que o que acontecia dentro do carro.

Será que ele estava só demonstrando hostilidade para com a mulher ou foi algo mais? Não era apenas o gesto de desviar os olhos. Progressivamente, Guidi notava a tendência de Bora de se introverter, procurando fugir do assunto que estava sendo discutido, uma distração súbita como aquela desculpa de olhar para outro lugar, recusando-se a continuar a conversa. Isso irritava Guidi.

Nada mais foi dito até a via particular surgir, saindo da estrada principal com uma curva surpreendentemente fechada, na qual Bora entrou em alta velocidade, mas ele conseguiu contorná-la sem perder o controle. Os primeiros cem metros da estrada eram asfaltados, para depois ela se transformar em terra batida. Permanecia dessa maneira por um quilômetro e meio, até se tornar cascalho, com duas fileiras de amoreiras baixas ladeando a estrada até o portão.

O portão estava pintado de verde-papagaio. Guidi e Bora o encararam, firme e forte entre duas colunas de tijolos amarelados, cada uma das quais encimada por uma pirâmide de granito cinza e um vaso de flores. As barras do portão eram reforçadas por tiras horizontais robustas e terminavam em flechas agudas e ameaçadoras. Uma corrente de aço com cadeado circundava a fechadura, proibindo a entrada.

Bora saiu do carro.

— Melhor não entrarmos com isso aqui. Já deixamos muitas marcas de pneus.

Aproximou-se do portão. Do veículo, Guidi viu-o abrir o cadeado e remover a corrente e depois tentar, uma depois da outra, todas as chaves que De Rosa havia lhe dado.

— O que é, major? — gritou. — Não quer abrir?

Bora sacudia o portão, decepcionado.

— De Rosa deve ter esquecido de me dar a chave do portão ou então trocaram a fechadura. Nenhuma dessas aqui serve.

Guidi se uniu a ele.

— Também não podemos pular o muro. Há cacos de vidro cimentados sobre ele.

— Fale por si mesmo, Guidi. — Bora retirou seu quepe e a túnica, passando-os entre as barras e colocando-os dentro da propriedade. — *Eu* vou pular o portão.

Guidi tentou impedi-lo.

— Tudo bem, tudo bem, deixa que eu pulo. Só me dê as chaves, vou tentar entrar na casa e procurar outra que abra esse portão.

Mas Bora já havia colocado sua bota com esporas sobre a primeira barra horizontal do portão, como se fosse montar num cavalo. Impulsionou o corpo com a mão direita, passando por cima das flechas pontiagudas do portão.

— Quando eu precisar de ajuda, pedirei.

Depois de ambos pularem o portão, viram como as evidências na cena do crime tinham sido alteradas pela passagem de outros carros: talvez a ambulância ou a polícia. Felizmente não nevara por lá. Guidi apontou para a trilha sinuosa e interrompida da cadeira de rodas no cascalho e para alguns resquícios de sangue seco. Ergueu um pedaço quadrado de lona, preso por quatro pedregulhos, que protegia a letra que Lisi escrevera antes de morrer.

— É idêntica à da foto no quartel-general de Verona — comentou Bora. — Realmente é muito semelhante a um "C". Não sei o que mais podemos ver nela.

Sem tocá-la, Guidi seguiu o traçado da letra.

— Nem mesmo um "G". E olhe onde foi o ponto de impacto, comparado ao lugar onde estamos. Lisi deve ter sido atirado a 10 metros de distância. E não há sinais de que o carro freou. Para chegar a este ponto em alta velocidade o motorista deve ter pisado fundo no pedal do acelerador, da última parte da estrada até o portão.

Bora concordou. Ele percebeu a idiotice que cometera ao pular o portão. Tentou agachar-se ao lado de Guidi e quase soltou um grito de dor. Engolindo seu desconforto, mancou até o canteiro de flores mais próximo, onde o cascalho estava mais espalhado.

— O portão é bem resistente — observou. — Mas também é um tanto estreito. Ou o motorista tinha uma excelente capacidade de medir espaços visualmente ou já estava familiarizado com essa entrada. Está vendo, Guidi? Parece que foi aqui que o carro do assassino recuou antes de sair do jardim.

Posteriormente, eles foram até a casa. Atrás de um roseiral disposto em terraços, ficava a casa de campo com o nome *Villa Clara* escrito acima da porta. Por todos os lados, caminhos em zigue-zague levavam até ela, entre canteiros que não ostentavam nenhuma flor. As paredes, as persianas e os degraus eram de diferentes tons de cor-de-rosa. O tipo de acabamento das paredes, refletiu Guidi, prontamente absorvia toda a umidade. Assim, a casa pareceria corar depois de uma chuva. Ele parou diante da entrada principal, onde pés de junípero estavam aparados ao máximo, curvando-se para dentro, margeando os canteiros cobertos de palha preparados para receberem as flores da primavera.

— Sabemos, pelo que a criada contou à polícia, que ela adormeceu depois do almoço na despensa nos fundos da casa. Depois de ouvir a batida, levou "algum tempo" para alcançar esta porta. Como sabemos, o motorista e o carro já haviam desaparecido. Com certeza, se ela tivesse visto Claretta, mesmo que de relance, a teria acusado imediatamente.

Mesmo sentindo dor, Bora teve de reprimir um sorriso.

Guidi percebeu e ficou impaciente.

— Eu devo estar parecendo ridículo para o senhor hoje, major. É a segunda vez que ri de mim.

— Não estou rindo, mas acho que você gosta da viúva.

— Enquanto o senhor despreza, não é isso?

Bora encostou o ombro no batente da porta.

— Não, não a desprezo. Sou apenas indiferente. E, contanto que seus sentimentos não interfiram na investigação, pode gostar da viúva quanto quiser.

— Como se o senhor precisasse dar permissão a isso, major!

— Talvez não. Mas pelo menos eu não fico sentimental quando alguém comete um homicídio.

— A não ser, é claro, que tenha algo a ganhar incriminando Clara Lisi. — Guidi não sabia por que dissera isso, mas Bora, rindo abertamente, o deixou furioso a ponto de esquecer sua boa educação. — O senhor mesmo disse que o testamento está um pesadelo, e provavelmente será impugnado. Os fascistas de Verona achariam bem conveniente se Clara Lisi fosse acusada e condenada pelo crime.

Bora parou de sorrir.

— Os fascistas de Verona? O que tenho eu a ver com eles? Por que eles viriam até Lago pedir a ajuda de um oficial alemão? Seria melhor eles não terem nenhuma testemunha para suas maracutaias, não acha?

— Não se eles tivessem a ajuda de testemunhas favoráveis.

— Você tem uma carteira do Partido Fascista. Eu não.

— Mas tenho certeza de que o senhor tem sua própria carteira, major.

— De jeito nenhum. Sou um soldado, e não me intrometo em assuntos políticos. Para um inspetor de polícia, está tirando conclusões precipitadas demais.

A lingueta da porta da frente finalmente estalou, sob a pressão exercida por Guidi. Ele entrou primeiro, acendeu a luz e deixou Bora entrar. Enervava-o que fosse sempre ele que relutava a entrar em discussões, enquanto Bora não parecia ter nenhum problema de dizer tudo o que lhe passava pela cabeça. Dentro de alguns segundos, ouviu um comentário do alemão, vindo da sala seguinte:

— Jesus amado! Que lugar mais feio. Um verdadeiro circo. Onde será que eles prendem os elefantes?

No segundo andar, era fácil reconhecer o aposento de Claretta, pela profusão de vasos, xales e bugigangas. Potes de batom Misticum com etiquetas como Persia e Capri enfileiravam-se na penteadeira. Uma boneca Lenci sentada na sua cama tinha o tamanho de uma criança de 4 anos, com um vestido de *voile* estampado de rosas e um chapéu de palha na cabeça. Presos atrás das margens do espelho da penteadeira, cartões postais de famosos pontos turísticos formavam uma guirlanda de paisagens marítimas e montanhosas. Bora olhou para Guidi, no calor rosado do quarto de dormir.

— Sinto-me como se estivesse dentro de um útero. Não se sente assim também?

— Não.

— Notou que a cama é de solteiro? O casal dormia em quartos separados.

— E o que o senhor esperava, major? É lógico um paralítico ter um quarto no primeiro andar.

— Especialmente se o quarto da empregada também for lá, é claro.

Quando inspecionaram a sala de visitas, encontraram uma quantidade imensa de suvenires: estatuetas de prata, de peltre e de cerâmica; pequenas gôndolas de celuloide folheado a ouro e pesos de papel cheios d'água com a Basílica de São Pedro ou o Coliseu dentro deles. Havia revistas femininas e de cinema por toda parte, espalhadas em qualquer superfície horizontal que estivesse disponível. Flores de papel, de cera, de penas e de seda enchiam uma série de vasos cristalinos. Troféus de futebol que Lisi conquistara na juventude estavam enfileirados sobre o consolo da lareira, montando guarda ao redor de um único livro sobre arquitetura.

Depois disso, o quarto de Lisi, localizado no fim do corredor, pareceu-lhes espartano. Era apenas um escritório com uma cama. Rapidamente, Bora se pôs a examinar uma excelente gravura de Piranesi, porém Guidi chamou-lhe a atenção para umas fotografias coloridas de Lisi trocando cumprimento com o *Duce*. Mussolini tinha a aparência pálida, e Lisi, segurando uma flâmula onde se lia SEMPRE OVUNQUE,* exibia uma fileira de dentes de ouro. O alemão também fitou aquela fotografia por um bom tempo, mostrando uma expressão indefinível no rosto.

Foi no quarto de Lisi que ficou evidente para Guidi até que ponto as autoridades de Verona resolveram limitar sua busca. O aposento estava praticamente intocado. O calendário não fora removido da parede, ainda que se encontrassem rubricas nele em certas datas. Um maço de notas repousava na gaveta direita da escrivaninha de mogno, onde também estavam um conjunto de analgésicos poderosos e um copinho de aperitivo, além de um bloco de papel carbono Pelikan.

Bora reconheceu os remédios do tempo em que ficou internado.

— Esses são remédios fortíssimos, não devem ser consumidos com álcool.

Guidi revirou tudo até encontrar uma garrafa pela metade na gaveta esquerda.

— Conhaque — disse. A gaveta de baixo da escrivaninha estava vazia, mas, quando o policial tentou fechá-la, viu que havia algo atrás dela, impedindo-a de deslizar. Após retirar completamente a gaveta, percebeu várias revistas presas no fundo do móvel.

— O que é? — perguntou Bora.

— Um monte de revistas pornográficas.

— Quem iria imaginar?

Guidi jogou as revistas na cama, onde Bora estava sentado, folheando um manual sobre decoração de interiores que encontrara na mesa de cabeceira.

— Quando terminar, Guidi — disse ele —, dê uma olhada nas iniciais do calendário.

— Por um acaso você encontrou a letra "C"?

---

* *Sempre em toda parte*, em italiano. Palavras de Nazario Sauro, herói da Primeira Guerra Mundial, que disse que seria sempre, e em toda parte, acima de tudo, italiano. (*N. da T.*)

— Não. Há um "B", um "S", um "M" e um "E". Nenhum "C". Mas me parecem anotações abreviadas, algum tipo de lembrete. Quaisquer que fossem suas outras atividades, Lisi as mantinha secretas. Pensando bem, por que ele escreveria o "C" de Clara no calendário? Certamente não se esqueceria de pagar a pensão a ela.

Guidi achou que Bora estava tentando apaziguar a situação entre eles, mas quando olhou para o alemão percebeu que ele tinha um olhar de dúvida. Notou também que ele pegara uma das revistas pornô.

— De qualquer forma, Guidi, esteja De Rosa certo ou errado sobre a impecável memória de Lisi, o fato é que não encontramos nenhuma agenda telefônica por aqui. E, se Lisi só aceitava dinheiro vivo, provavelmente não vamos encontrar nenhum registro por escrito disso também.

— Certo.

Um barulho de papel amassado assinalou o súbito movimento de Bora ao jogar a revista no chão. Ele se aproximou de Guidi, ao lado da escrivaninha, e permaneceu ali, observando-o.

— Ao contrário do que você pensa, Guidi, tenho tanto interesse em provar a culpa de Clara Lisi quanto em provar que ela tinge o cabelo, ou seja, não tenho interesse em nenhuma das duas coisas.

— Como sabe que ela pinta o cabelo?

— Minha esposa é loura natural. Acha que não consigo ver a diferença? — Com o lado da bota, Bora chutou a revista para o outro lado do cômodo. — O que realmente me impressiona é como Lisi podia ler tantos livros de arquitetura e decoração de interiores e mesmo assim ter um gosto tão assombroso.

O último lugar que visitaram foi a cozinha. Pendurada num gancho perto do fogão, Guidi encontrou uma chave com um pedaço de papel atado a ela, onde se lia *portão do jardim*. Saíram para experimentá-la, e funcionou. Depois de o italiano destrancar o portão, Bora empurrou-o até ficar escancarado.

— Não entendo como seus colegas de Verona foram idiotas a ponto de passar por cima das marcas dos pneus do carro do assassino. E veja a pintura do portão. Há quanto tempo você acha que ele foi pintado?

Guidi agachou-se para soltar o trinco localizado no chão, levantando-o, e abriu a outra metade do portão.

— Provavelmente depois da separação. Se olhar bem, vai perceber respingos antigos de tinta nas colunas, indicando que esse portão já foi cor-de-rosa.

Bastante interessado na barra de suporte do portão ao lado da coluna direita, Bora falou:

— Há sinais de que houve uma batida lateral aqui.

Guidi olhou. Inegavelmente, era o tipo de marca deixada por um objeto grande que passara pelo portão aberto. A tinta verde fora removida e, sob ela, era possível ver um cor-de-rosa, e até o mesmo metal puro do portão.

— Empurre um pouco a coluna, major. Está solta?

— Não o suficiente para desabar sobre nossas cabeças quando pulamos o portão, mas está um pouco instável, sim.

— A esquerda não balança nada. Deve ter sido uma batida e tanto. Parece que nosso assassino não conhecia tão bem as dimensões do portão.

— Ou então a velocidade em que ele vinha era tal que perdeu o controle.

Guidi pensou que Bora falava por conhecimento de causa. Observando a barra danificada, disse:

— Infelizmente, a tinta verde ainda estava fresca. Saiu sem deixar nenhuma marca da cor do objeto que bateu nela.

Bora concordou.

— Mas, se for um carro, ele deve estar com uma marca verde do lado direito ou esquerdo, conforme o sentido em que vinha.

— Bem, não havia vestígios de tinta verde no Alfa Romeo de Claretta.

— É, porém nos concentramos apenas no para-choque dianteiro. — Bora jogou o molho de chaves para Guidi e entrou no veículo militar. — Confio plenamente na sua memória. Mas também gostaria de ver isso por mim mesmo também.

* * *

Em Verona, Bora visitou o quartel-general fascista ao meio-dia com o pretexto de devolver as chaves para De Rosa. Passou mais tempo lá dentro do que Guidi estava esperando e, quando saiu dos portais funestos, parecia completamente mal-humorado.

— Por que você revisou o processo sem a minha permissão?

Guidi se defendeu na mesma hora.

— Sua "permissão"? Foi o senhor que pediu a minha ajuda. Desde quando preciso da sua permissão para desempenhar as funções do meu trabalho?

— De Rosa falou que você tinha conversado comigo, e não foi isso que aconteceu!

— E daí, major? E, já que confia tanto em De Rosa, perguntou por que ele nos deu as chaves erradas?

— Não me importo nem um pouco com esse negócio das chaves. Quero saber é por que você não me consultou.

Firme sobre a calçada, Guidi sentiu-se corajoso.

— Pois fiz pior. Visitei Claretta sem avisá-lo.

Bora praguejou em alemão.

— Começo a ficar farto da sua atitude, Guidi. Você decidiu complicar esta investigação por motivos pessoais. Se não mudar de atitude, vou tratar de retirá-lo dela imediatamente.

— Então, *por motivos pessoais*, o senhor pode continuar a tratar Clara Lisi como suspeita?

— Ela é suspeita até que provem o contrário!

Ainda brigando, eles se aproximaram do veículo de Bora, e agora discutiam por cima do teto do carro.

— Já parou para pensar, major, que o "C" poderia ser a inicial de *camerati*? Quanto tempo levaria para um caminhão da Guarda Nacional Republicana ir de Verona para atropelar o velho? Então é óbvio que eles iriam querer que alguém de fora investigasse o assunto. O que você sabe sobre as verdadeiras intenções de De Rosa? Tanto centurião quanto capitão começam com a letra "C", assim como "Claretta"!

— Ora, não fale besteiras! — Bora abrira a porta do veículo para entrar, mas depois fechou-a com força. — E sobre o que exatamente vocês conversaram?

— Perguntei se ela sabia de algum motivo para alguém querer assassinar o marido dela.

— Motivos que não os *dela mesma*? Aposto que não descobriu nada. Ninguém sabe coisa alguma sobre os negócios de Lisi. Como um homem pode passar tantos anos numa cidade deste tamanho, ser casado duas vezes e ficar rico sem ninguém notar?

Surpreendentemente, Guidi se acalmou diante do discurso irritado de Bora. E disse:

— Se pretende discutir, major, podemos continuar no caminho para o estacionamento público.

Não brigaram mais durante o percurso e nem depois de chegarem ao estacionamento.

O Alfa Romeo de Claretta ainda estava no mesmo local, mas havia algo de diferente nele.

— Lavaram o carro — Guidi falou em voz alta. Agora que estavam mais perto, viam também que o para-choques dianteiro fora reparado, e, além de lavado, a lataria fora encerada. O veículo encontrava-se sob uma lâmpada elétrica, assemelhando-se a uma anchova esguia.

Bora estava atônito demais para fazer qualquer comentário desagradável. Parou a pouca distância do carro, enquanto Guidi o contornava, olhando o interior do veículo e experimentando as portas. Enquanto tentava enfiar o braço pela janela meio abaixada da frente, ouviu uma voz sonora e metálica enchendo a garagem.

— *O que acha que está fazendo?*

E o que ele estava fazendo, exatamente?

Tanto Guidi quanto Bora reconheceram Marla Bruni, a soprano que fora manchete de jornal dois anos antes por ter, sem querer, mostrado os seios no segundo ato de *Otelo.* Impecavelmente vestida, e com gloriosa parte da sua anatomia muito bem-sustentada por um sutiã e um espartilho, veio batendo os saltos desde a entrada, com o rosto vermelho e roxo de nervosismo.

— Pode parar aí mesmo, baixinho!

Ela não tinha nem um pouco da gentileza de Desdêmona enquanto jogava peles de raposa na cara de Guidi.

— Você! — gritou ela. — Afaste-se do meu carro ou eu chamo a polícia!

Dez minutos, várias ameaças e uma confusa explicação depois, o que ainda deixava Guidi mais irritado foi ter sido chamado de "baixinho" por *La* Bruni.

— Primeiro perdemos a cadeira de rodas para os camaradas, e agora o carro para a amante do figurão! — gaguejou ele, furioso. — Sem dúvida, De Rosa tem mais uma linda história para lhe contar, Bora!

O major ficou calado, mas estava fumegando de raiva. Cronometrando tudo com invejável precisão, o alemão avançou sobre o centurião De Rosa exatamente no momento em que ele saía do quartel-general.

À 1h30, durante um desanimado almoço em um restaurante cheio de oficiais alemães, Guidi nem mesmo conseguia apreciar a primeira vitela que comia em anos. À sua frente, o garfo de Bora ainda não tinha tocado o prato.

O major Bora falou primeiro, com uma simplicidade desprovida de críticas, o que poderia indicar cansaço ou que suas dores estavam piorando.

— Não podia imaginar que eles usassem provas de um crime como presentes para uma *prima donna*. — Depois de dizer essas palavras, Bora ergueu os olhos de seu filé intocado. — Por outro lado, os carros não são fáceis de obter, mas as amantes são. Perder o veículo para uma cantora de ópera provavelmente é o mais perto que Clara Lisi chegará de um palco.

Por mais que tentasse, Guidi não viu humor algum no comentário de Bora. Na verdade, ele ainda estava chateado por ter sido chamado de "baixinho", e pelo fato de Marla Bruni não ter gritado ou acusado Bora de nada.

— Por um acaso, o senhor está me dizendo que De Rosa quer armar uma arapuca para Claretta, major?

— Ou isso, ou ele está tentando transar com a cantora.

Essa expressão rude, tão deslocada no discurso sempre polido de Bora, surpreendeu Guidi. Nesse momento, ele teve certeza absoluta de que o alemão não estava bem, e deixou passar o assunto até servirem o café. Mesmo então, disse apenas:

— O senhor é bom de matemática?

Empurrando a xícara cheia para longe de si, o major olhou firme para o italiano.

— Depende. Por que pergunta?

— Lá no quartel, vi duas contas-correntes no nome de Lisi, datadas de uns dois anos atrás.

— Eu sei. Eu também as vi.

— Pode ser que valha a pena examiná-las com atenção. Procurar por ligações entre os depósitos, as retiradas e as datas marcadas no calendário na casa.

— Não estou bem certo de que vantagens isso traria.

— Eu também não. Mas não temos muita coisa além disso para trabalhar.

Bora pediu a conta ao garçom.

— Discordo. Ainda não falamos com o legista que redigiu o laudo da necropsia. Além disso, temos a primeira esposa de Lisi, a tal Olga Masi; isso para não mencionar quaisquer detalhes que Clara Lisi pode ter ocultado de nós. Por que me importaria com a forma como Lisi ganhava seu dinheiro? É o assassino dele que me interessa. — Esfregando o queixo com a mão, cansado, Bora pareceu descobrir que sua barba estava crescendo. — Jesus amado, nem mesmo fiz a barba. — Meteu a mão no bolso direito do peito, de onde tirou uma lâmina de barbear. — Felizmente, sempre trago uma comigo. Guidi, por favor, deixa a gorjeta. Volto em 5 minutos.

Quando saíram do restaurante, o céu estava nublado, completamente encoberto por nuvens plumosas e a temperatura caíra de novo. Bora, de rosto recém-barbeado, queria ir direto ao hospital para discutir a necropsia de Lisi, porém Guidi resistiu.

— *Preciso* voltar para Sagràte, major. Ainda não vi o corpo do velho que vocês encontraram perto do muro.

— Muito bem. Falarei com o médico sozinho, então. Entretanto, para me assegurar de que irá direto para Sagràte, mandarei alguém levá-lo até lá, num veículo da Wehrmacht.

— Como preferir. Mas me prometa que vai dar uma olhada nas contas bancárias de Lisi.

Bora não disse nem que sim nem que não, mas, antes de confiar Guidi a um motorista do exército, parou no quartel-general fascista e ordenou que lhe dessem a cópia do processo que tinham ali.

— Vou examinar os extratos bancários quando tiver tempo — informou brevemente a Guidi. — Ligo para sua casa se encontrar algo que valha a pena.

— Você já tem o original. Por que pegou a cópia também?

— Porque de agora em diante quero controlar tudo nessa investigação.

O hospital de Verona, localizado na Via Lombroso, tinha o cheiro típico de um hospital velho. Fenol, madeira gasta, sabão, decomposição. Bora distinguia cada odor enquanto caminhava pelo corredor de pé-direito alto, tão distinto como quando o levaram em uma maca e ele só conseguia sentir o cheiro da própria carne lacerada. Contudo, seu atendimento ocorrera ao norte dali, no novo complexo hospitalar, e o odor dos lambris feitos de madeiras envernizadas não existia na época.

Assim que entrou no consultório e se apresentou, um estudante de medicina o observou inexpressivamente através de óculos com lentes muito grossas. Ele parecia uma jovem coruja, um Trótski italiano, e a impressão foi acentuada pela auréola de cabelos arrepiados e precocemente grisalhos no topo da sua cabeça.

— Sim, sim. — Após ouvir o motivo por que Bora estava ali, folheou documentos em uma pasta verde-clara. — Vittorio Lisi, lembro-me perfeitamente. Aqui, achei. Em poucas palavras, a causa da morte foi hemorragia cerebral, seguida por fraturas em três vértebras: a sétima cervical, e a quinta e a sexta torácicas. Tentamos intervir, mas era tarde demais para fazer uma trepanação. Além disso, encontramos uma velha fratura nas vértebras lombares, ocorrida vinte anos antes.

— Não havia sinais de nenhuma outra lesão?

Empurrando os óculos acima do nariz, o legista lançou um rápido olhar para o braço esquerdo de Bora, como se por hábito ele avaliasse qualquer mutilação, a extensão e o tipo.

— Somente aquelas que correspondiam ao impacto do veículo e à queda. Examinei pessoalmente todas as partes do corpo do falecido para assegurar que as lesões na cabeça não se deviam a qualquer outra causa: orifícios ou cortes causados por lâminas, por exemplo, ou alguma concussão causada por golpes. — Quando Bora pediu para ver a pasta, o médico a entregou prontamente. — Enquanto eu limpava o rosto de Lisi, notei uma descoloração na pele da sua têmpora esquerda. Não era uma ferida, era mais um esfolamento. A epiderme não fora rompida, pois não havia sangramento. Lembro-me de não ter acreditado que aquilo tivesse sido causado pelo impacto de sua cabeça contra o cascalho, porque, por mais superficiais que fossem, essas lesões continham terra e eram reconhecíveis. Na hora pensei que ele tivesse levado um pontapé de alguém. Mas depois me lembrei dos modos apressados dos socorristas. Não teve nada a ver com premeditação. Os médicos não foram os primeiros a chegar na cena do acidente. E, naquela confusão de policiais e voluntários querendo ajudar, muita gente correu em volta do corpo, que estava deitado de costas. É evidente que, mesmo com a melhor das intenções, um dos voluntários tropeçou no ferido. — O rosto de coruja franziu o cenho, como Bora já observava médicos do exército fazerem quando a morte lhes roubava o paciente. — De qualquer forma, Lisi já estava morto quando isso aconteceu. Eu lhe dou certeza de que, a partir do momento em que a vítima foi atingida, não havia mais qualquer chance de salvá-la.

Bora colocou a pasta sobre a escrivaninha do médico.

— Fora o acidente que o matou, o senhor seria capaz de me dizer qual era o estado da saúde de Lisi antes da morte?

— Sim. Eis aqui um anexo à necropsia, exigido por lei nesses casos. Como vê, foi redigido em total conformidade com os artigos 34 e 35 do regulamento policial para casos mortuários, conforme o Decreto Real de 21 de dezembro de 1942. Presumo que esteja interessado no histórico patológico da vítima.

— Sua epícrise, exatamente.

Os olhos redondos, atrás dos óculos, sondaram o rosto de Bora.

— O senhor estudou medicina?

— Não, filosofia.

— Bom, veja só. Pode ver por si mesmo. Os órgãos internos estavam todos funcionando perfeitamente, para um homem da idade de Lisi, considerando principalmente sua imobilidade nas últimas duas décadas. Pequenos cristais de cálcio estavam começando a formar pedras na uretra, o que não é muita coisa. A próstata, por outro lado, exibia uma massa hiperplásica suspeita, porém ainda pequena. De fato, se não o tivessem atropelado, Vittorio Lisi não morreria tão cedo.

CAPÍTULO 4

Em Lago, durante a madrugada caiu neve suficiente para abafar os sons externos, e foi apenas por Bora estar prestando atenção que ele ouviu pneus freando sob a janela de seu gabinete.

De repente, seu hábito de não sentir medo desapareceu, como já havia acontecido algumas vezes. Desde que saíra da Espanha, Bora procurava esconder suas emoções dentro de si, da mesma forma como organiza um caminhão do exército: objetos mais pesados no fundo e ocupando os cantos. Naquela manhã, ao ver a horrível camuflagem verde do veículo da SS, correu o risco de entregar-se ao medo por um momento.

Imediatamente, tudo pareceu mais nítido. As imagens assumiram a aparência de uma silhueta gravada a água-forte. Ele se lembrou de cada instante em que viveu um grande medo como um cenário real composto por camadas, horizontes circunscritos, dimensões imperdoáveis e eternamente em sua cabeça. A sala onde estava se tornou um paradigma de si mesma, e para sempre — no segundo em que o oficial da SS descesse do carro — a parede, a porta, a luz invernal que vinha do outro lado da mesa e as falhas no chão de lajotas se associariam ao medo. A cada ano, tornava-se mais difícil conter seus sentimentos. Mas precisava reunir coragem já, e Bora conseguira recuperar o autocontrole quando o visitante — como o anjo da morte — surgiu à sua porta.

O major levou três segundos, após ouvir a pergunta, para responder que sim.

O restante foram só detalhes. Chamado para uma consulta, o *Oberfeldwebel* Nagel evitou o olhar de Bora. Nagel era um homem de família — que acompanhava-o desde a Rússia — e permaneceu com o olhar firme sobre o coronel da SS mesmo enquanto respondia à pergunta de Bora.

— A estrada que passa por Schio não é aconselhável, *Herr* major.

— E por que não? — intrometeu-se o oficial da SS. — Não temos relatórios de nenhuma atividade inimiga naquela área.

— Peço perdão ao *Standartenführer*, mas liderei patrulhas por lá duas vezes no mês passado e não é um itinerário seguro. Não seguiria por esse caminho com um veículo cheio de prisioneiros.

Bora abaixou os olhos até o mapa aberto sobre o tampo da sua mesa, visivelmente ponderando as alternativas. O mapa à sua frente parecia o mundo. Como ele conhecia bem os sombreados verdes e marrons enevoados, os morros, os rios e a planície; nos cem dias trabalhando ali, tinha-os observado até decorá-los. Ele disse, apontando para o piemonte áspero e amarronzado:

— Sugiro esta rota.

O oficial SS viu de relance o mapa.

— É um caminho mais curto?

— Não, não é mais curto. Mas é mais seguro.

Nagel concordou, com o mesmo comportamento distante. Pelo modo como estava fingindo não ver Bora, parecia que eles nem se conheciam.

A atenção do oficial da SS foi de um para o outro. Uma cicatriz profunda no seu lábio inferior, como um beliscão na carne do rosto, fazia sua boca parecer estranhamente feminina.

— Bem — disse ele a Bora. — Faça o que quiser, você é o responsável pela área. Se ocorrer algum erro, você é quem vai pagar.

— Garanto que nada vai sair errado.

— O caminhão estará aqui amanhã. Agora é com você.

Os homens de Guidi foram buscar o cadáver do andarilho assassinado. Naquele momento, ele jazia na capela mortuária de Sagràte, o que era uma visão infeliz. O policial italiano sentava-se ao lado dele com as mãos nos joelhos. Bora estava certo, ele reconhecera facilmente a vítima. Era um pobre viúvo que vivia da melhor forma que podia, às vezes mendigando na frente da igreja aos domingos. Não havia parentes que devessem ser informados, nem posses das quais se desfazer, e nenhum preparativo a ser feito, senão os relacionados ao enterro de um miserável. Tudo muito simples.

A simplicidade sucedia a morte, pelo menos para aquele homem.

— Se ao menos você pudesse me dizer alguma coisa — falou Guidi baixinho. — Meu trabalho seria muito mais fácil se você pudesse. Ou se aquele filho da puta do Lisi pudesse. — Depois ficou com vergonha de parecer fraco diante de seus próprios ouvidos.

O que Bora havia dito mesmo sobre mortes dignas? Em sua profissão, Guidi ainda estava esperando para ver uma. Dolorosamente, lembrou-se das fotos do seu pai após ele ser emboscado pela Máfia em Licata, instantâneos esses que nunca permitiram que sua mãe visse. Seu pai deitado de barriga para cima sob um sol escaldante, pernas e braços abertos como os de uma marionete, puxados de qualquer modo e uma poça de sangue na virilha que, numa foto em preto e branco, dava a impressão de que ele tinha se borrado nas calças.

E provavelmente tinha. Guidi gemeu. Como Bora estava errado, tentando conter sua dor, na esperança de que isso lhe garantisse uma *morte bonita*. Diante do fim, era fácil para Guidi perdoar o erro de todos. Não apenas Claretta, que se fazia de burra por necessidade. Todos. Até o louco que matava as pessoas e lhes arrancava os sapatos. Até De Rosa, que seria certamente linchado com seus colegas assim que a guerra terminasse e eles perdessem. Guidi também era capaz de entender um pouco o comportamento de Lisi, compensando sua paralisia com prostitutas, e — esse era o mais fácil de todos — sentir compaixão pelo homem morto na vala, com seu pão dormido no bolso. Por fim, Guidi sentiu-se misericordioso em relação a si mesmo, porém não tão profundamente quanto sentia em relação aos outros.

Percebeu que Turco estava parado às suas costas pelo cheiro dos cigarros baratos do exército. Sem se virar, disse:

— Tudo bem, Turco. Dê a partida no carro, eu já vou.

Ignorando a insistência de sua mãe para que ele chegasse cedo em casa pelo menos um dia, ficou no trabalho até tarde da noite.

Ela ainda estava acordada quando ele chegou. Guidi tentou fingir que não a ouvia, respondendo suas perguntas com monossílabos. Finalmente, ele disse:

— Mamãe, já é bem tarde. Você está cansada, e eu também. Por que não vai dormir?

— Porque pessoas civilizadas comem antes de irem para a cama e, quando você chega tarde, eu preciso ficar acordada para servir.

— E eu não posso me servir sozinho? De qualquer forma, não estou com fome.

Ela serviu sopa na tigela dele.

— Que bobagem, Sandro! Por que não está com fome? Comeu em algum outro lugar?

— Andei mexendo com cadáveres, mãe. *Não estou com fome.* E onde mais eu iria jantar, hein?

— Diga-me você. Afinal, você é o homem da casa.

Até então ele não estava entendendo o tom de sua mãe. De um canto remoto e muito revisitado de sua memória, Guidi vislumbrou a imagem de Claretta enxugando os olhos e os lábios com o lenço dele. Era *isso*. Droga. Ele tinha a intenção de lavar o lenço na pia do banheiro, mas depois se esqueceu completamente. Assim sua mãe notara a mancha de batom e agora queria saber mais.

Sem tirar o olhar da toalha de mesa demasiadamente lavada, ele percebeu que sua mãe estava com o lenço no bolso do avental. De pé, ao lado do fogão a lenha, ela usava aquele pedaço de pano como uma arma. Retirando-o do bolso ou não, o desafio já estava feito.

— Deus me livre de perguntar o que você faz no seu tempo de folga — disse ela, e as palavras se cravaram como estacadas no corpo ele.

— Já lhe falei que estou cansado, mãe.

— Vá em frente, então, vá dormir. Vamos ter muito tempo para conversar durante o dia, não é? Toda vez que estamos juntos, ou você está de boca cheia ou se aprontando para sair. Vejo Turco mais vezes do que meu próprio filho!

— Mamãe. — Guidi pôs as mãos na mesa, as palmas viradas para baixo. — Mamãe, se tem alguma coisa que quer me contar, diga logo. Se tem algo para me mostrar, faça rápido.

— O que eu deveria lhe mostrar? Não tenho nada.

— Ótimo. — Guidi levantou-se da cadeira e andou até a porta da cozinha. — Até amanhã.

Estendendo a mão, a mãe pegou-o pelo braço.

— Não, não, não. Espere, Sandro. Não vamos brigar. Você sabe que só me preocupo com a sua felicidade. — A mão dela foi até o ombro do filho, com um toque preocupado ao qual ele raramente resistia. — Vou me acalmar. Mas me diga quem ela é.

Guidi achou que fosse gritar, como alguém obrigado a se pôr de joelhos, numa posição desconfortável na qual não poderia permanecer. Libertou-se da mão devagar, e foi até a sala.

— Vou ligar o rádio, mamãe. Você se incomoda?

— Quem é ela, Sandro?

Ele sentiu o rancor espumando até quase transbordar, enquanto contava uma mentira.

— É uma prostituta. Acredita que elas usam lenços que nem o restante de nós?

Do rádio, veio a voz neutra e grossa do locutor do noticiário das nove.

— Segundo a *Carta di Verona*, de 14 de novembro, artigo sete, "todos aqueles que pertencem à raça judaica são considerados estrangeiros, e na guerra compactuam com nacionalidades inimigas". Assim Sua Excelência, o ministro do Interior, promulgou a Ordem Policial Número Cinco. Dessa forma, todos os judeus devem ser presos e internados em campos de concentração.

Guidi ouviu a notícia e — como não havia judeus em Sagràte — não se interessou por ela. Sua mãe o espiava da porta, com as mãos juntas.

— Isso não é verdade, é, Sandro? — Mas ela também não se referia aos judeus.

* * *

O rádio de Bora também estava ligado naquela hora. Ele ouviu as notícias por acaso, ao entrar no seu gabinete pela primeira vez desde a manhã. Imediatamente, começou a suar frio. Naquele dia, ele tinha feito pequenas viagens para resolver problemas específicos — viajou sozinho como aprendera a fazer na Polônia e na Rússia — que assumiram uma proporção assustadora enquanto ouvia as palavras do locutor. Qualquer que fosse o jantar que tinham preparado para ele, iria ter que esperar pela tarefa mais importante da noite. Sentou-se à escrivaninha, rearrumando suas ordens rapidamente e com exatidão. Seguiram-se dois telefonemas, ambos em italiano, de poucas palavras. Depois, falou a Nagel, que o esperava diante da porta:

— Vamos. — Foi com ele até a igreja, onde, diante do desnorteado sacristão, prendeu o monsenhor Lai.

Já passava da meia-noite quando telefonou para Guidi. Não mencionou a prisão ou a notícia dada pelo rádio.

— Você me pediu para examinar as contas bancárias de Lisi — disse. — E assim o fiz.

Guidi portou-se da mesma maneira cuidadosa.

— Há algo lá que nos ajude, major?

— Não. Nada. Nem arredondando somas aqui e ali pude encontrar alguma coincidência, nem vi nelas qualquer significado. Separei as quantias em grupos temporários de acordo com as datas, procurei tirar a média dos intervalos de tempo entre depósitos e retiradas. Calculei taxas de juros. Não há ordem ou nenhuma lógica nelas.

Mesmo sendo muito tarde, Guidi ouviu a mãe arrastando os chinelos do outro lado da porta.

— Talvez porque tenha calculado segundo as taxas de juros oficiais — disse ele.

— E de que outra forma eu poderia calcular?

Flop, flop. No outro cômodo, a mãe de Guidi provavelmente percebera que o filho não falava com uma mulher e estava voltando ao seu quarto.

— Com certeza o senhor nunca foi pobre, major Bora.

— De fato, nunca fui.

— E jamais teve de pegar dinheiro emprestado com um agiota.

Bora não respondeu, pois era óbvio.

— Quanto ao resto, ontem conversei com o legista que realizou a necropsia, assim como com os paramédicos que socorreram Lisi. Falarei mais sobre isso quando nos encontrarmos. Também descobri alguém que hospedaria Olga Masi em Verona por uns dias e peguei De Rosa justamente quando ele saía do quartel-general. Primeiro garanti um horário para podermos interrogar a criada de Lisi, depois lhe dei uma bronca da qual ele não vai se esquecer durante o resto da sua vida fascista. Sei que pelo menos as sentinelas não irão, e provavelmente nem os inquilinos do prédio ao lado. Olhe, mesmo sem relógio sei que já é bem tarde. Faz quarenta horas que não durmo, e fazer contas nunca foi meu passatempo predileto. Até amanhã, ou quando for possível.

— Durma bem, então.

Bora colocou o fone no gancho. Dormir bem? Fazia um ano que ele não dormia bem. E tinha certeza de que não ia conseguir pregar o olho naquela noite. O monsenhor Lai, o educado e inteligente clérigo que ouvia suas confissões toda semana, estava em uma sala no fim do corredor, sob a guarda das sentinelas. De manhã, os fascistas trariam um caminhão lotado de judeus italianos, que seriam levados para o sul de Tirol. O oficial da SS, que nem mesmo havia lhe dito seu nome, falou ao sair do posto de comando:

— Não o conheço de algum lugar, major?

De algum lugar era o bairro russo de Homyel.

Bora foi tomar banho. Ele ainda tentava usar ambas as mãos para tarefas simples como essa, e, surpreendendo-se ao ver que não podia, sentia muita raiva. O que antes era um hábito que realizava sem pensar — folgar o colarinho, prender os botões das mangas da camisa, abrir as calças — agora exigia um novo treinamento tão básico que seu amor-próprio se ressentia. Não era suficiente melhorar nessas tarefas dia após dia. Naquela noite, ele sentia o ferimento mais do que nunca, e não apenas porque a armação da prótese machucava a pele. Era a intimidade da perda, o que ela significava no seu relacionamento com Dikta, como ele poderia encará-la quando voltar, como encararia sua mãe. Somente seu padrasto — um general — iria entender, mas isso não significava muita coisa.

Seus pensamentos conturbados o confrontaram do espelho. Diferente de tantos, ele conscientemente escolhera ser soldado. Ainda assim, as medalhas e as condecorações desmentiam o fato de que, por cinco de seus sete anos de serviço, ele quebrara seu juramento do exército. A SS sabia bem disso, e podia lhe pedir que escoltasse judeus para os campos de concentração e apenas esperasse que ele dissesse "sim".

No quarto, a foto de Dikta representava o que ele poderia acabar perdendo com a guerra. Bora pegou papel e caneta, mas nada fez com eles. Não era capaz de escrever para a esposa, nem para a mãe, nem para ninguém. Colocar os pensamentos no papel para outros lerem lhe dava asco. Até mesmo as anotações que fazia no volumoso e manchado diário que mantinha desde a Espanha, as escritas sempre em sua minúscula caligrafia gótica, exigiam-lhe um certo esforço. Ainda vestido, sentou-se na cama. Não, não era a *sua* cama, era a cama que ele tinha requisitado, assim como requisitara aquele imóvel e tantos outros objetos que usava agora, pedaços de recibos assinados e entregues como se qualquer uma das dívidas fosse ser cobrada a qualquer momento.

Por fim conseguiu rezar, embora as palavras ditas mentalmente tenham-no enojado, a ponto de ele permanecer sentado ali, completamente imóvel. A culpa o tornava lúcido, da mesma forma que o risco o embriagava. *Como eu, como soldado, poderei justificar...? Não há justificativa. Posso apelar para qualquer autoridade que escolher, e não vai adiantar nada. Não adianta. Não tenho como fugir, e nem com quem falar.*

Depois de apagar a luz, suas memórias vagaram. Lugares, pessoas. Atitudes tomadas ou não. Tempos sinistros. Dias sinistros. Lembrou-se dos fantasmas impalpáveis, rarefeitos como respiração, da neve russa, carregados pelo vento dos altos das árvores e dos arbustos. Foi em Shumyachi? Já fazia dois anos. Os tiros em Shumyachi reverberaram sob as abóbadas do hospital até a linha de árvores que acompanhava a rua do outro lado da calçada, onde estava seu carro, com o motor ligado. Um borrifo deslumbrante se desprendeu dos ramos naquele momento. A visão da poeira trazida pelo vento ficou gravada em sua memória, como o vislumbre da luz solar em uma das janelas do hospital, que abria e fechava conforme a brisa gelada. Ninguém se lembrava do seu nome em Shumyachi, se é que alguém o soubera. Por que ele deveria pensar nisso, então? Não adiantava nada. Mas a maldita cidade era uma ferida eternamente aberta, assim como todas as outras.

A neve estava derretendo no telhado do posto de comando, e a água que pingava ao redor dos beirais criava uma miríade de sons no escuro. O major já tinha se decidido horas antes. Essa era a agonia que sempre sucedia esse tipo de decisão. Nessas épocas, ele sempre se sentia mais distante da esposa, quase perdido para ela e para qualquer esperança de voltarem a ficar juntos. O tempo retrocedeu até a época em que eles se reencontraram — poucos, tão poucos dias — e ele vislumbrou um caleidoscópio que podia ser reconfigurado à vontade, mas, no fim, nada restou a não ser pedacinhos brilhantes de papel metálico e colorido. Ele contemplou a morte iminente e não a temeu ao passar pelos intermináveis momentos entre a Escolha e a Ação. Perdido, perdido. Ele estava perdido para Dikta, sua mãe e todos os que o haviam amado. Como nos anúncios fúnebres emoldurados de preto, diriam: "Ele não retornará mais para o nosso convívio." Bora já se considerava morto havia muito tempo, então por que se sentia tão tentado a pensar em um fim diferente? Tinha concordado, falando tão sério quanto vinha falando nos últimos dias. A resposta era imensa, do tamanho do Universo. O inferno não era maior do que o abismo que era dizer "sim".

Nagel veio e foi embora, sem bater à porta. Bora reconheceu os passos e percebeu que ele hesitou em bater. O quarto estava frio e não podia ser identificado pela forma. Apenas uma fresta de luz delineada sob a entrada marcava a existência da realidade. Bora curvou-se, tateando ao redor, para encontrar a descalçadeira. Após retirar as botas, começou a despir-se, até ficar nu, e, sem a prótese, deitou-se imóvel sob as cobertas.

Houve um tempo — Bora se recordava perfeitamente — em que as fardas alemãs eram tão meticulosas que envergonhariam o exército italiano. No fim desta manhã de 1º de dezembro de 1943, tudo o que ele via era um cinza-esverdeado desbotado em toda parte. Observava o caminhão estacionando ao lado da calçada onde, no dia anterior, o carro da SS havia parado, e achou o veículo e os homens que saltavam dele tão medíocres quanto seus próprios. *Já fiz isso antes*, pensou. *Já fiz isso antes e sei como proceder; não há grande desgaste emocional depois que se faz isso uma outra vez.*

Ele desceu até a rua, onde o caminhão finalmente parou, chacoalhando incensantemente em ponto morto. O motorista o viu pela janela e saltou do carro, as calças largas e as botinas sujas de lama. Cumprimentou-o com a saudação fascista e apresentou-lhe uma folha de papel assinada por um ou outro oficial de alta patente. Bora não lia mais os nomes, não fazia diferença qual seria a combinação alfabética; tudo era poder prestes a terminar, e aqueles nomes não constariam sequer em notas de rodapé nos livros de história.

— Esses prisioneiros precisam ser entregues em Gries — disse o motorista. — Portanto, precisamos de uma escolta.

— Já me informaram. — Bora contornou o veículo. O guarda na parte de trás do caminhão também descera e estava agora em posição de sentido, muito empertigado, seu barrete negro inacreditavelmente preso à nuca, como se estivesse pregado nela. Sem dizer uma palavra, Bora indicou, com um breve aceno, que gostaria que levantassem as cortinas de lona. Quando o fizeram, ele olhou para o interior da capota. — Há quanto tempo estão viajando? — perguntou ao guarda, como se a informação não passasse de uma formalidade.

— Há dez horas, *signor Maggiore*, e ainda precisamos viajar mais oito.

Bora podia ver perfeitamente os prisioneiros dentro do caminhão. Rostos indistintos estavam ali, pessoas que ele não sentia o menor desejo de conhecer. Naquela manhã gelada ele se sentiu incomumente confortável e seguro por estar bem agasalhado, com suas roupas impecáveis, para não deixar dúvida de que era uma autoridade.

— Todos judeus?

— Todos.

Bora se virou e entrou. Quando retornou para o lado de fora, Nagel estava com ele. Os guardas pegaram emprestado alguns cigarros

Sondermischung dos soldados alemães. O motorista, retomando à posição de sentido, falou:

— *Signor Maggiore*, não comemos nada desde a noite passada.

— Em tempos de guerra, essas coisas acontecem.

— Se tiver algum alimento extra, poderia nos dar? — E como Bora não respondia: — Os prisioneiros não comem há 48 horas.

— E eu com isso? Você tem um horário a cumprir. Já é algo desagradável ser obrigado a ceder dois dos meus homens para a escolta. Deviam ter se organizado melhor, e trazido provisões. — Porém, assim que disse isso, Bora ordenou a um soldado que fosse arranjar comida. — Entrem — disse em italiano aos guardas. — Cobrarei isso do seu comando. Assim como o diesel para abastecer seu veículo, pois sem dúvida não trazem nenhum combustível de reserva.

Os guardas trataram de entrar logo, enquanto Nagel levava o caminhão até os fundos do prédio para ser reabastecido. Bora seguiu-o até lá. E deu ordens para abaixarem as cortinas da capota de novo. Quantas vezes aquilo acontecera antes, com pequenas variações? Um veículo trazendo prisioneiros de algum lugar para outro e seu papel nisso.

— Cuide de tudo, Nagel — disse ele. — Você sabe como. Depois que terminar, suba e traga o conhaque do coronel Habermehl, que está no meu quarto. Abra-o e sirva aos guardas italianos. O monsenhor Lai deverá ser posto com os prisioneiros, sem tratamento especial.

Turco, que estava em Lago para fazer um favor à mãe de Guidi, vira os últimos momentos da transferência do posto de comando alemão.

— *Gesummaria*, inspetor, foi algo horrível de se ver. O tipo de coisa que o senhor não esperaria do major — relatou ele a seu superior no meio da manhã.

— E por que não? — Guidi irritou-se com a insinuação de que o siciliano confiava em Bora. — Ele faria o mesmo com você ou comigo se lhe dessem ordens para isso. Foi muito bom que ele não tenha nos pedido para participar, em vista do que eu ouvi no rádio ontem à noite.

— *Cosi di cani. Di cani!* Ele mandou servir um verdadeiro banquete para os guardas até as duas da tarde, mas não deu aos prisioneiros nem um gole d'água, ou permissão para satisfazerem suas necessidades fisiológicas.

Guidi bateu com a mão na escrivaninha.

— Não vai fazer nenhuma diferença, indo para onde eles estão indo. — Porém, ficou preocupado. Não porque confiasse em Bora. Mas porque aquilo confirmava algumas desconfianças que alimentava a seu respeito. — Acha que é a primeira vez que ele fez isso? Guerrilheiros, judeus, padres... Para ele é tudo a mesma coisa.

— O sacristão disse que os alemães arrastaram o monsenhor Lai para fora da igreja logo depois que deram a notícia. A acusação foi de ter um bom aparelho de rádio, pelo que me disseram. E pensar que as velhinhas viviam admiradas de como o major era piedoso a ponto de passar um bom tempo no confessionário todo domingo! *Cosi di cani.*

— Isso só prova que ele precisa se confessar mais do que todo mundo, Turco. E por sinal, vou para Verona, me encontrar com Bora. Se ele não mencionar os judeus, não tocarei no assunto. Não precisamos lhe dar nenhuma ideia. Avise à minha mãe que eu voltarei bem tarde e que ela não precisa me esperar acordada e aproveite para relembrá-la que não quero você indo fazer compras para ela.

— Um homem tão bom quanto ele, um patrão como ele? Nunca vou encontrar alguém assim outra vez.

Se Bora gostasse de mulheres com pele morena, acharia a última empregada de Lisi uma mulher e tanto. De Rosa, que providenciara o encontro entre os dois no seu gabinete para se desculpar pelo confisco do carro de Claretta, observava Bora e via como ele a fitava.

— Nada mau, hein? — murmurou para ele em alemão. — Lisi era realmente um especialista.

Bora respondeu em italiano.

— Gostaria de esperar o inspetor Guidi para o interrogatório.

— Como quiser.

A mulher tinha aproximadamente 30 anos, pernas longas, curvilínea, o rosto trágico, típico de uma heroína grega. Estava vestida com roupas modestas de luto, mas Bora notou que ela usava meias de seda.

Ele disse:

— Por favor, diga o seu nome e a sua idade.

— Enrica Salviati. Farei 32 anos no mês que vem.

— Por que está de luto?

— Pelo meu irmão. Ele era soldado. Foi morto durante o ano passado, na África.

— É casada?

— Não.

Uma batida à porta, seguida do rosto apático de um guarda, que falou algo a De Rosa.

— Ora, então por que está aí parado? — disse ele, irritado. — Mande-o entrar, estávamos esperando por ele.

Completamente agitado, Guidi entrou no gabinete.

— Desculpem-me pelo atraso. Uma parada militar bloqueou-nos durante 20 minutos nos limites de Verona.

Bora apontou para a poltrona vazia atrás da mesa de De Rosa.

— Sente-se, Guidi. O senhor não se importa, não é, centurião?

De Rosa disse que não, mas saiu imediatamente. Bora então se acomodou a uma quina da mesa, descansando o pé direito no chão.

— Pode começar com as perguntas, inspetor.

Guidi não esperava que o alemão se referisse a ele pelo título, nem que lhe passasse a palavra. Estava tão certo de que Bora tomaria a iniciativa no interrogatório que nem mesmo preparara um questionário.

— Sim, claro, — disse, tentando ganhar tempo. — Acho que devemos começar com um relato bastante detalhado do acidente. Conte-nos... Enrica, não é... o que houve no período em que você deixou Vittorio Lisi vivo no jardim até o momento em que o encontrou mortalmente ferido.

Ela ficou de pé diante da escrivaninha, como uma estudante triste que estava para recitar uma lição, segurando uma bolsa pequena, de couro barato e puído.

— Devo repetir o que disse aos Carabinieri?

— Se falou a verdade, sim.

— Eu tinha acabado de tirar a mesa do almoço e, como o tempo estava bom, meu patrão me pediu que eu o acompanhasse até o jardim para respirarmos um pouco de ar fresco. Com a cadeira de rodas preciso sair pelos fundos, por causa dos três degraus na porta da frente. Assim, saímos pela garagem. Empurrei a cadeira até chegarmos ao cascalho bem em frente ao portão, porque dali ele podia se impelir sozinho até a estrada particular. Ele gostava de fazer esse "exercício", como o chamava, indo e voltando ao longo da fileira de amoreiras. Eu o vi fazendo isso várias vezes, para a frente e para trás. Ele dizia que isso fortalecia os pulmões.

Guidi começou a tomar notas.

— Que horas eram quando você voltou para dentro da casa?

— Eram 14h, talvez 14h15. O patrão terminou de comer às 13h40, e depois fumou um cigarro à mesa.

Guidi olhou de relance para Bora, mas tudo o que conseguia ver da poltrona era o perfil severo e anguloso do seu rosto. Também notou o seu silêncio pouco característico.

— Muito bem — prosseguiu. — Descreva tudo o que fez depois de voltar para a casa.

— Bom, primeiro lavei as mãos. Na época, eu notei uma erva daninha ao lado da porta da garagem, e a arranquei. Depois coloquei uma garrafa de água mineral na geladeira. Esqueci de fazer isso logo depois do almoço, e o patrão gostava de beber água bem gelada, tanto no verão como no inverno. Lavei os pratos e fui ler um pouco. Sempre tinha revistas na casa, muito embora a *signora* não morasse mais lá. Ela fazia muitas assinaturas e as revistas viviam chegando toda semana. O patrão disse que eu podia lê-las, se quisesse. Uma delas estava publicando um romance em capítulos, de autoria de Liala, e eu estava colecionando.

— Então sabe ler. E após isso?

— Este capítulo era mais longo que os outros, mais complicado. Eu não leio rápido, e devo ter caído no sono. — Emoldurada pela luz do dia, o rosto amuado de Enrica parecia feito de cera, por uma mão experiente e vigorosa. A colegial fora substituída por uma adulta desconsolada, talvez mais reservada.

Guidi perguntou:

— Gostaria de continuar, major?

Bora nem se moveu.

— Não.

— Pois bem. Quanto tempo você dormiu, Enrica?

— Para lhe dizer a verdade, não sei. Mas não pode ter sido mais que poucos minutos, pois eu coloquei água para ferver na chaleira, e quando o barulho me acordou a água estava começando a borbulhar.

— Descreva esse barulho.

Enrica engoliu em seco. Falou naquele italiano ruim, rústico, totalmente consciente de ser uma narrativa de camponesa.

— Um *barulho*. Não sei de que tipo, porque ouvi enquanto dormia. Como se fosse um baque, feito duas coisas se chocando com muita força. Ele me assustou, e logo depois ouvi um carro acelerando no cascalho, levantando pedras com os pneus. Pensei que fosse a *signora*, já que ela sempre passava pelo portão a toda velocidade, tanto na entrada quanto na saída.

— E o que acha agora?

Ela não respondeu, e Guidi repetiu a pergunta no mesmo tom calmo.

— Se precisa saber, inspetor, ainda penso a mesma coisa.

— Que foi a *signora* Lisi que matou seu patrão?

— Já lhe disse o que penso. Exatamente no dia anterior ao acidente, eles tiveram o pior bate-boca, e ela saiu de lá como um gato com o rabo em chamas. Ela quase bateu com o carro no portão naquele dia.

Guidi olhou outra vez de relance para o perfil de Bora, cuja imobilidade era completa. Ele parecia ouvir com toda a atenção o que a mulher dizia, e ainda assim estar perdido em pensamentos. Será que ele estava atraído por ela? Guidi não seria capaz de saber com certeza. Mas que outro problema poderia estar incomodando-o? Bora não era o tipo de pessoa que gostava de ficar em segundo plano.

— Conte-nos o restante da história — incentivou o italiano, dirigindo-se a Enrica.

— Bem, vocês sabem como é quando a gente acaba de acordar. Os pensamentos voam, e não dá para se mexer direito. Eu decidi, não sei bem por que motivo, ir até lá dar uma olhada. Talvez eu estivesse com medo de que, se ela fosse até a casa, os dois brigassem de novo.

— E por que se importaria com o que acontecia entre seus patrões?

Era a primeira pergunta de Bora, e como sempre ele foi direto ao ponto. Guidi viu, pela forma como Enrica mordeu o lábio pálido, que ela estava incerta quanto à resposta que daria.

— Sei que não era da minha conta — disse, a princípio. — Mas eu gostava do patrão e não queria que ele sofresse. Em um ano de serviço só ouvi a patroa acusando-o de coisas ruins. Não era justo, e eu pelo menos queria que ela tivesse certeza de que havia testemunhas.

— Por sinal — interveio Guidi —, segundo sua versão, quais eram essas acusações injustas da parte da *signora* Lisi contra o marido?

— Se pensar no assunto, ela já falou. — À medida que o entusiasmo de Enrica ia aumentando o rosto dela ficava cada vez mais orgulhoso e quase desdenhoso, uma transformação e tanto. — Ela disse que o casamento acabou com o *futuro* dela, quando apenas cinco anos antes ela morava no mesmo bairro que eu e comprava batatas e repolhos numa feira livre.

— Você já conhecia a *signora* Lisi?

— Não pessoalmente. Mas quando o patrão me contratou, dava para ver, pela forma como ela olhou para mim, que a *signora* me reconheceu da época em que comprávamos verduras do mesmo feirante. O *futuro* dela! O pai morreu de tanto encher a cara e, até onde sei, a mãe costurava roupas para sobreviver.

Bora fez um gesto suave com a mão direita, como um professor pedindo silêncio. Enrica parou de falar exatamente quando Guidi mal podia esperar para ouvir o resto.

— Por favor, conclua seu relato do acidente — pediu o major.

Os olhos semicerrados de Enrica deslocaram-se até o alemão e permaneceram fitando-o.

— Nas sextas-feiras, o patrão pedia para eu fazer uma faxina geral, e sempre havia cadeiras e tapetes jogados pela casa, até que eu terminasse. Meio sonâmbula como estava, tropecei em não sei quantas coisas até chegar à porta da frente. Quando cheguei, só pude ver que o patrão tinha caído da cadeira de rodas. Isso nunca acontecera antes, e fiquei tão assustada que nem prestei atenção ao fato de que o carro que eu tinha ouvido não estava mais lá. Desci os degraus correndo para ajudá-lo, e naturalmente vi que ele não tinha simplesmente tropeçado e caído da cadeira. Estava branco como papel, com um fiozinho de sangue rosado escorrendo pelo nariz. — Enrica estremeceu como um chicote cansado, de modo que seus ombros murcharam. — Não adianta me perguntar o que aconteceu depois, porque não me lembro de mais nada. É por isso que não consigo mais chorar. Algo dentro de mim se quebrou. Comecei a gritar, e quando vi já estava na rodovia estadual. Nem saberia lhes dizer como cheguei lá.

— Então quem chamou a polícia?

— Não sei. Não sei. Se não acredita em mim, pergunte aos médicos do Ospedale Civile. Eles assinaram o laudo e vão falar que durante três dias depois do que aconteceu eu nem conseguia lembrar do meu próprio nome.

Na quina da mesa, Bora estava imóvel novamente. Guidi notou uma veia latejando ao lado do seu pescoço, onde uma cicatriz irregular desaparecia por dentro de seu colarinho imaculado.

— Você dormia com seu patrão?

Pronto. Guidi ouviu Bora fazer essa pergunta friamente e, como a mulher não respondeu, reformulá-la de novo no mesmo tom.

— Você tinha relações sexuais com seu patrão?

Guidi viu Enrica corar, mas ainda assim devolvia o olhar de Bora.

— Sim.

— Há muito tempo?

— Sim.

Bora também corou, uma estranha reação que parecia não ter nada a ver com vergonha. Estaria ficando excitado? Guidi não seria capaz de dizer com certeza.

— Foi contratada para esse fim?

— Não. — E desviou o olhar do alemão, triste. — O patrão me contratou porque esperava que a esposa pudesse dar-lhe um bebê, e queria uma empregada que dormisse no emprego para ajudá-la.

Guidi endireitou-se na poltrona de De Rosa.

— Quando foi que a *signora* Lisi engravidou? — perguntou Bora, a frieza do tom de voz traída apenas pelo sangue que lhe tingia o rosto.

— Há dois anos mais ou menos. Perdeu o bebê bem rápido, no terceiro mês. O patrão ficou arrasado. Arrasado. Ele já tinha comprado brinquedos, roupinhas. Já tinha escolhido o berço e o carrinho. Após isso não se falava mais de crianças naquela casa, porque ela não queria mais ter filhos. Até a ouvi jogando na cara dele que o bebê morreu porque foi feito por um aleijado.

Guidi notou que Bora estremeceu. Mas Enrica tinha voltado a ser uma colegial, agarrada a sua bolsa barata.

— Algumas semanas se passaram, e eu senti pena dele. O que esperavam? O patrão não nasceu para o celibato. Ele não era um monge, era?

— Está insinuando que os Lisi pararam de ter relações?

— Nunca os vi no mesmo quarto. E fui eu que *me ofereci* ao patrão, uma noite, quando a esposa dele saiu para a aula de pintura. E ele não recusou.

Durante os dois últimos minutos, Guidi estivera rasgando nervosamente um pedaço dobrado de papel com as unhas, sem perceber o que estava fazendo. Somente depois que Enrica Salviati parou de falar foi que ele percebeu que tinha despedaçado uma mensagem assinada por Mussolini, que De Rosa aparentemente havia recebido pelo correio matinal.

Mais tarde, Bora insistiu que ele e Guidi parassem na cervejaria da praça Rei Vitor Emanuel antes de voltarem.

— Toma uma Pilsen — sugeriu.

— Sabe alguma coisa sobre cervejas?

— Não. Nunca bebo cerveja. Mas confio no gosto de milhões de outros alemães.

— Então, o que vai beber?

— Nada. Não estou com sede. Mas *você* está com cara de quem precisa de uma bebida. — Bora escolheu a mesa e sentou-se. Uma coluna protegia as costas de ambos, mas sua cadeira estava diretamente exposta a qualquer um que viesse de fora. Se foi um erro tático ou não, Guidi não saberia dizer, mas viu que ele parecia nervoso e distraído.

— Está pensando no que a Salviati falou, major?

— Não.

Quando a cerveja chegou, Guidi molhou os lábios com a espuma gelada e amarga e falou:

— Agradeço a cortesia, mas não precisava dizer ao De Rosa que *foi você* que destruiu o papel do Mussolini.

— Pelo contrário, precisava sim.

— Por quê?

— Porque sou um oficial alemão, e posso fazer o que quiser.

Guidi entornou um gole caprichado. Não podia distinguir se Bora estava brincando com ele ou sendo apenas amistoso. Como sempre, o alemão não havia lhe dado tempo ou chance de declinar o convite, e insistira em ir no velho Fiat de Guidi. Como ele não demonstrara nenhuma vergonha de dirigir seu BMW consertado e facilmente reconhecível como da Wehrmacht, isso poderia, afinal de contas, ser sua forma de oferecer proteção à pessoa que viajava com ele. Guidi tomou outro longo gole. Ou talvez Bora fosse apenas um egocêntrico. Ou estivesse com medo e essa fosse a forma de tentar escapar de outro ataque da resistência.

De qualquer forma, permaneceu sentado ali, os olhos verdes, seus cabelos negros formando uma espécie de casquete, o que lhe dava a aparência de um cruzado. Tinha pouco mais de 30 anos, pelo que Guidi calculava, era bem-nascido e completamente autoconfiante. As mulheres sentiam-se atraídas por Bora, o policial tinha certeza. E nesta tarde, Deus sabe por que, Guidi sentia um pouco de inveja dele. *E, entretanto, este é o rosto,* disse a si mesmo, *de um homem que acabou de enviar homens e mulheres para a prisão ou para a morte.*

— Major, se o que a empregada disse é verdade, e os Lisi já não dormiam juntos havia dois anos, por que Vittorio esperaria até quatro meses atrás para pedir o divórcio?

Bora pediu outra cerveja para Guidi.

— Não sei.

— Até mesmo a Igreja Católica concede anulação do matrimônio se os direitos do marido não forem respeitados.

— Talvez Lisi a amasse.

Após a primeira cerveja, Guidi, que era um abstêmio, começou a se sentir mais alegre do que de costume. A segunda caneca fez maravilhas. Ele percebeu que estava feliz porque Claretta tinha se mantido longe do marido durante dois anos, feliz por Bora tê-lo levado até lá.

— *Amor?* Ora, major, convenhamos. Um homem como Lisi, que estava sempre atrás de um rabo de saia! Certamente ele não era do tipo que se apaixona.

Bora tirou um grão infinitesimal de poeira da sua manga esquerda.

— Você está noivo de alguém?

— Não.

— Tem namorada?

— Caramba, não.

— Então o que sabe sobre o assunto? É preciso conviver com uma mulher para verdadeiramente conhecer o medo de viver sem ela.

Corajoso, Guidi entornou a segunda cerveja.

— Não acredito que o senhor seja o mesmo tipo de homem que Lisi era.

— A comparação é irrelevante. Eu não estava falando de mim. — Relanceando os olhos para seu relógio de pulso, Bora disse: — Precisamos ir. Será que está apto a dirigir?

Guidi sorriu.

— Nunca me senti melhor. — Mas, por algum motivo, a cadeira não se moveu sob ele.

— Fantástico — resmungou Bora. — Exatamente do que precisávamos. Passe-me a chave do carro.

— Por quê?

Impaciente, Bora estendeu a mão direita por cima da mesa.

— Guidi, me entrega a chave, vamos. Agora precisamos que você tome não sei quantos cafés! Por que não me contou que não está acostumado a beber?

Guidi revirou os bolsos, enquanto ria baixinho.
— E por que deveria?
— Porque está completamente bêbado.
Guidi achou a severidade de Bora irresistível.
— Eu? Bêbado? Nunca fiquei bêbado um só dia em minha vida!

CAPÍTULO 5

Menos de uma hora depois, Guidi estava frustrado dando uma olhada debaixo do capô. Pediu desculpas e logo ficou furioso por se desculpar, com certeza não era sua culpa se o velho Fiat tinha quebrado, especialmente no dia em que Bora insistiu em dirigi-lo.

— Não vai dar partida de novo nem que a vaca tussa — concluiu ele. — Já aconteceu antes, e foi preciso chamar um guincho.

Bora estava em pé a alguns passos de distância, de costas para o carro, examinando o mapa rodoviário. O vento levou sua resposta, de modo que Guidi não entendeu o que o major disse. Ainda assim, ambos sabiam que a aldeia mais próxima ficava a 15 quilômetros de distância, e, com exceção de uma improvável carona em um veículo militar, iam precisar iniciar uma longa caminhada.

Bora jogou o mapa dentro do automóvel.

— É melhor começarmos a andar.

Guidi, cuja embriaguez tinha passado o suficiente para ele se perguntar se Bora conseguiria aguentar uma caminhada como aquela, ofereceu-se para ir buscar ajuda sozinho.

— Por quê? — Bora fechou o capô com força. — Isso não é *nada*! Perto de Kursk passei uma semana a pé atrás das linhas inimigas, com o braço quebrado e sem munição.

— Ah, sei — disse Guidi. Era difícil avaliar quanto tempo ainda tinham de luz natural, pois o céu ficara nublado o dia inteiro. Nuvens finas e furiosas chegavam do horizonte setentrional formando um tapete eternamente renovado, escuro em um momento, mais claro depois, porém sempre compacto. Alguns pássaros voavam meio desequilibrados naquela ventania. Guidi ergueu o colarinho para enfrentar o mau tempo. Reconhecia aquele tipo de circunstância meteorológica. A temperatura logo iria cair. Na hora do pôr do sol ou uma chuva intensa começaria a cair ou, se o vento mudasse, as nuvens se dissipariam e o frio ficaria insuportável. Ele lançou um olhar em direção ao norte, procurando um ponto limpo no céu nublado.

— A previsão é de que teremos tempo bom esta noite — informou Bora. — Também deve gear bastante.

Por alguns minutos eles caminharam, Guidi com as mãos metidas bem fundas no bolso do casaco, perfeitamente ciente das rajadas de vento cortantes que atingiam suas costas, congelando-lhe as orelhas; Bora parecendo indiferente a elas, mas com dificuldade para acender um cigarro. Eles pararam, e o italiano pôs as mãos em concha para evitar que a chama do isqueiro se apagasse. Depois de algumas tentativas, a ponta do cigarro do major ficou incandescente e ele o passou para Guidi para logo após começar a acender o seu.

— Não há nada como uma caminhada para se refletir sobre um problema, Guidi.

No isqueiro de Bora, Guidi notou, havia uma águia da *Luftwaffe* em alto-relevo. Ele disse:

— Não que tenhamos muitas pistas concretas — imaginando se Bora tinha parentes na Força Aérea Alemã.

Bora deu uma curta tragada no cigarro.

— Pelo contrário, acho que já temos pistas demais, e ainda não examinamos nem a metade delas. De Rosa pode falar à vontade do coração de ouro de Lisi, mas nós sabemos que sua riqueza despertava inveja dentro e fora do Partido, isso sem falar nos maridos traídos, esposas do passado e do presente e namoradas grávidas.

— Bem — falou Guidi naquela ventania. — Será que ele era um apostador?

— Viu como as contas bancárias dele eram polpudas. Se ele jogava, com certeza não o mataram por ele não poder pagar as dívidas do jogo. Naturalmente, pode ter sido um assassinato à la Matteotti. Mata-se um adversário político sem testemunhas, e depois a própria História não sabe muito bem o que aconteceu.

— Major Bora!

— O quê? Não foi isso que ocorreu com Matteotti há vinte anos, e só porque ele era socialista? Eu não sou idiota.

— Mas não devia falar disso assim, como se fosse uma coisa sem importância.

— Há! — Apesar do seu andar manco, Bora obrigou Guidi a se esforçar para acompanhá-lo. — No nosso caso, é mais provável que a viúva tenha cometido o assassinato.

— Provável, mas não comprovado. E, cá entre nós, major, se isso fosse mesmo verdade, veja bem, se *fosse* verdade, o senhor poderia, em sã consciência, condenar a mulher?

Para que o vento não apagasse o cigarro, Bora falou com ele na boca.

— Já lhe disse que não me pediram que cuidasse desse caso para expressar meu ponto de vista moral. Você está muito mais preocupado com a ética do que eu. — Bora apertou os lábios e a fumaça saiu de suas narinas, uma nuvenzinha tênue, logo levada pelo vento. Eles já tinham caminhado mais de 2 quilômetros quando trechos límpidos de céu noturno começaram a surgir acima daquela corrida convulsa das nuvens de fim de outono. — Pronto, o tempo bom está chegando — observou Bora.

Guidi, cuja bexiga estava dando sinais da quantidade excessiva de cerveja e café que tinha tomado, demorou-se um pouco, para se aliviar. Do lugar onde estava — tomando cuidado para não deixar o vento espirrar urina nas suas calças — viu Bora esperando por ele, a poucos metros de distância. Estava de costas, firme como um cabo de vassoura como se a caminhada não tivesse piorado nem um pouco a dor na sua perna ferida.

Uma estrelinha perfurou o leste como um alfinete. Uma outra seguiu-se a ela, e mais outra, e rapidamente o céu crepuscular ficou repleto delas, pequenas luzes ora ousadas, ora pálidas, como que limitadas por temores próprios. Uma lua frágil e opaca singrou pelo céu como um barco cristalino. Bora ergueu os olhos para ela. Ao se esconder por espectros de nuvens atrasadas, parecia cada vez mais uma vela delicada, estufada pelo vento, lá no alto: impetuosa, trabalhada com capricho, a lua só voltaria a ter tanta graciosidade depois que ficasse inteiramente escura, no dia seguinte ou no outro. Por motivos que só interessavam a ele, Bora não demonstrou mau humor nesta noite, e Guidi sentiu vergonha por preferir discutir com ele do que vê-lo calmo.

— *Luna mendax.* — Citando o provérbio latino, Bora deu um sorriso afetado, com o olhar pregado na lua.

— "A lua é mentirosa"?

— É. Nunca ouviu esse dito? Um dia, lhe contarei essa história. Sabe, Guidi, deveríamos checar o álibi de De Rosa.

Essas palavras foram ditas como uma tentativa de reconciliação. Guidi, que naquele momento sonhara com a ideia de que Claretta se recusava a dormir com Lisi há algum tempo, foi completamente seduzido por ela.

Mas a misericórdia de Bora vedou-se como gelo.

— Por outro lado, é impossível não vê-la como uma esposa ingrata depois do que Enrica Salviati nos contou.

A escuridão envolveu-os, e logo ambos se calaram.

Quando finalmente os dois se resignaram a caminhar no escuro, ouviram o zunido de um motor se aproximando a uma certa distância das costas deles. Guidi olhou para trás, preocupado. Não podia deixar de pensar no que aconteceria com ele se um bando de guerrilheiros o encontrasse na companhia de um oficial alemão. Ao lado, a única reação de Bora foi abrir o coldre da arma. Guidi, então, meteu a mão dentro do casaco também.

Um grande veículo avizinhou-se, as fendas de seus enegrecidos faróis projetando frágeis cones de luz à sua frente. Bora e Guidi não conseguiram distinguir quantas pessoas estavam dentro dele, e permaneceram na defensiva. O carro reduziu a marcha, parando devagar no acostamento, ao lado dos homens. Da semiobscuridade da janela abaixada, ouviram:

— *Wollen Sie mitfahren?* — A pergunta flutuou até eles sobrepujando o som de um motor Mercedes Benz, que ronronava ao fundo.

Bora e Guidi ficaram surpresos, mas enquanto Bora largava seu coldre, Guidi continuou segurando-o. A cabeça calva de um velhote robusto surgiu da janela como um parto estranho. Ele sorria. Depois de dizer algumas frases em alemão para Bora, que respondeu prontamente, falou com Guidi em italiano.

— Vi um Fiat parado há pouco tempo, e estava pensando quem poderia tê-lo deixado ali, com o toque de recolher e o risco de um ataque aéreo. Agora — disse, satisfeito ao ver a farda de Bora — eu entendo. Minha casa fica a menos de 7 quilômetros daqui. — E apontou para o campo escuro, interrompido apenas por morros, como se fossem ilhas. — Se quiserem, podem passar a noite lá, e amanhã de manhã eu dou uma carona a vocês.

Bora nem se preocupou em consultar Guidi sobre o assunto.

— Sim, por favor.

Logo eles, estavam viajando no antigo carro alemão, em direção a um lugar desconhecido. Guidi ficou impressionado com a imprudência de Bora em aceitar carona só porque o motorista falava alemão.

— Aliás — prosseguiu o velho —, eu sei que não devia estar na rua a essa hora, principalmente em um carro particular, mas ninguém nunca fiscaliza essa estrada. Meu nome é Moser. "Nando", Ferdinand Augustus Moser. — Voltou-se para os homens sentados no banco traseiro. — Humilde súdito austro-húngaro de nascimento, quando Sua Majestade Imperial Apostólica ainda governava este país. Muita música, muita alegria e muito mais! Meu pai, que Deus o tenha, era médico na corte de Franz Josef, mas foram seus ancestrais que construíram sua casa há 300 anos. Havia centenas de Mosers, quando esta terra pertencia à Áustria.

Guidi tentou recordar-se daquele momento da História italiana, que aprendera na escola católica. O Tratado de Paz de Viena surgiu em sua cabeça, embora ele não tivesse certeza ou este fora assinado em 1866.

Bora disse algo em alemão.

— *Ja, ja...* — concordou o velho. — *Ganz genau, ja.*

À medida que avançavam, apenas alguns resquícios de luz — ou talvez o reflexo das estrelas — permitiam que os viajantes vissem formas e distâncias. Guidi olhou através da janela empoeirada ao seu lado. Os morros haviam se aproximado, revelando arquipélagos de vales com trechos esparsos de mato. Como um novo continente de escuridão purpúra, eles estabeleciam os limites até o céu cravejado de estrelas.

Bora não parecia prestar atenção para onde os dois estavam sendo levados, portanto Guidi continuou alerta. Finalmente, conseguiu distinguir uma longa fachada com duas alas cercadas abrindo-se para os lados, como que para abraçar os campos cultivados.

— Lá dentro não vai estar mais agradável do que aqui fora, infelizmente — disse Moser, em italiano. — Não tenho água quente. Nunca tive. Nem telefone. Mas vou lhes mostrar o piano que Mozart tocou quando jovem ao parar aqui a caminho de Verona em 1770 com seu pai Leopold. É um Silbermann, sabem?

Aquele nome não significava nada para Guidi, mas Bora ficou encantado.

— É mesmo? — disse, empertigando-se no banco. — Feito por Gottfried ou por seus herdeiros?

— Pelo próprio Gottfried.

— *Ach, fürwahr*? Eu tocava um Hildebrandt em Dresden.

Era a primeira vez que o policial ouvia Bora se interessar por música.

O carro fez uma curva para entrar em um caminho de tijolos ou de pedregulhos que os levou, aos solavancos, até a porta principal. Moser perguntou ao major:

— O senhor é saxão?

— De Leipzig.

— Leipzig... É parente de Friedrich von Bora?

Bora não deu maiores explicações.

— Ele era meu pai.

— Ora, ora! — Moser continuou sorrindo. — Se quiser, está convidado para tocar o piano esta noite.

O major permaneceu em silêncio.

Assim que a porta principal se abriu, uma vasta e escancarada escuridão recebeu os homens. Comparada à ela a noite parecia luminosa. Moser tateou no escuro, acendendo lâmpadas muito fracas nas luminárias de parede, que revelaram um salão aparentemente interminável semelhante a um palco. Ecos propagavam-se pelos espaços abobadados invisíveis acima deles, o teto estava completamente no breu. Cada passo, cada palavra ecoava duas, três vezes, como se pés e bocas fantasmagóricas permanecessem nas trevas para imitar os vivos. Atrás da silhueta graciosa do piano, uma escadaria imponente conduzia aos outros andares tão escuros quanto o primeiro. Para Guidi, a escola parecia uma verdadeira cascata congelada de alabastro, ora brilhando como amarelo opalescente, ora como branco denso. Os degraus se perdiam no escuro, atrás de uma coluna. Como em uma igreja, cantos e recessos insondáveis projetavam relevos em estuque, apêndices brancos e dourados na direção da área iluminada. Além destas, sem receber diretamente a luz das lâmpadas, uma escuridão frágil indicava uma gloriosa série de janelas e imagens pintadas, embora não se pudesse ver nada, com exceção de uma bruma com limites indefinidos a esta hora.

A figura corcunda de Moser parecia deslocada em meio àquela beleza oculta pelas trevas. Mas lá estava ele, esfregando as mãos, convidando seus hóspedes a segui-lo com um acenar de cabeça ao passar por uma porta baixa.

Se os guerrilheiros aparecerem agora e nos matarem, vai ser tudo culpa do Bora. Mesmo pensando isso, Guidi seguiu os dois homens.

A porta levava a uma cozinha cavernosa, no centro da qual um fogão a lenha parecia ser a única coisa que ainda funcionava. Moser jogou um pedaço de lenha no fogão. Depois disse:

— Quando se mora sozinho, não faz muito sentido conservar toda a casa. O resto da família já morreu faz tempo, em parte pela gripe espanhola de 1918 e também pelas guerras e idade. Os quartos lá em cima estão bem conservados, mas não têm luz elétrica. — Bora permanecera na entrada da cozinha, o corpo um pouco virado para o corredor. — Sim esse é o Silbermann — respondeu Moser, percebendo seu interesse. — Deixe eu lhe mostrar.

Guidi não tinha muito interesse por música, portanto sentou-se perto do forno para aquecer as mãos. Um pensamento de que tudo isso tinha acontecido por algum motivo estava se formando em sua cabeça. De qualquer forma, naquela noite ele descobriria mais sobre Bora. Começava a achar também que descobrir coisas sobre o major, pelo menos naquele dia, era parte da sua missão divina. Entreouviu os homens conversando em alemão no corredor, a voz envelhecida e animada de Moser, o tom relaxante como água corrente de Bora. Seguiram-se o som metálico de algumas notas e os comentários subitamente ávidos do militar.

Tanto alvoroço por causa de um piano velho. Mas, pelo menos, Guidi pensou — com certa culpa por alegrar-se — não estava andando a esmo pelos campos de Sagràte, procurando um maluco. Que bom. O cabo Turco com certeza achava-se em pânico nesse momento. Sem falar na sua mãe, que ele deixara quando ela estava completamente concentrada em fazer massa.

— Tábua harmônica Cristofori, como no piano feito especialmente para Frederico, o Grande — disse Moser a Bora. —Vê? E mesmo assim o pequeno Mozart não gostou tanto dela quanto iria gostar de Stein.

— Na tábua harmônica de Stein o martelo não sofria mais bloqueios.

— Exatamente.

Em torno de Guidi, a cozinha e a casa pareciam respirar como se por um sistema climatizado interno, ventos, correntes e tempestades sem chuva. A lufada de ar que vinha da chaminé sem uso deve ter sido agradável um dia, uma garganta de tijolos e pedras potente o bastante para engolir grandes rios de oxigênio. Tudo ali era diferente do mundo cor-de-rosa de Claretta, que era novo e cintilante como o interior de uma concha. Esta noite, Guidi não pôde deixar de comparar o major que viam agora, cordial e sociável, com o homem severo e rude para com todo o resto das pessoas.

Logo ele voltou à cozinha com Moser, falando em italiano:

— Passei todos os meus verões entre os 5 e os 16 anos em Roma, na casa da ex-mulher do meu padrasto. Conheço todos os órgãos das igrejas dessa cidade e todos os pianos históricos que valem a pena conhecer.

O velho sorriu.

— E ainda não quer tocar o meu?

De imediato Guidi percebeu que Bora não tirara a luva da mão direita, de modo que a mutilação do braço esquerdo não ficou óbvia. Quando retirou a peça, calmamente, Moser afinal notou. Relaxou os ombros, constrangido, e virou-se para pegar uma panela de alumínio sobre o fogão. Com as costas voltadas para a cozinha, disse:

— Espero que os cavalheiros não se importem de comer um jantar simples.

— Não precisa se incomodar, *Herr* Moser.

— E por que não, major? Com que frequência o senhor pensa que tenho visitas?

A refeição foi mais do que simples até mesmo para uma época de guerra. Em um contraste bizarro com os pratos finos onde foi servida, ela era apenas composta de sopa e pão.

— A casa come mais do que eu — disse Moser depois, justificando-se, como para fechar os olhos à realidade. — Não sei quem irá alimentá-la quando eu me for. De algumas coisas podemos nos desfazer, mas a casa, a casa... a gente faz parte dela. É como jogar a si mesmo fora.

— O senhor ainda é dono das terras em volta dela? — perguntou Bora.

Moser sacudiu sua cabeça redonda e careca.

— Faz muitos anos que se foram, assim como os bons tempos e tudo o mais. Apenas o fantasminha de Mozart ficou, e eu moro aqui como Jonas na baleia.

Alemão e italiano alternavam-se ou se misturavam na mesma frase. Com a mente ocupada nos outros acontecimentos do dia, Guidi mal prestou atenção, embora, em um certo momento, pareceu a ele que Moser chamou Bora de *Freiherr von Bora*. Pelo que sabia, o major não revelara o motivo pelo qual eles estavam na estrada. E embora os ombros estivessem relaxados, ele voltara a se comportar de forma distante como no dia em que se sentara à frente da pobre e assustada

Claretta. Por um instante inexplicável, Guidi teve a impressão de que poderia ser timidez, mas era absurdo pensar que alguém como o major pudesse ser tímido.

Será que ele era mesmo o *Barão* von Bora?

— Foi melhor a família ter morrido antes de as coisas chegarem a esse ponto — continuou tagarelando Moser. — Meus ancestrais combateram os turcos em Viena, Zenta e Belgrado. Venceram aqueles malditos, e os sobreviventes vieram para cá e aqui guardaram as bandeiras otomanas que tomaram deles. Construíram essa casa nesta encantadora região rural e se prepararam para aproveitar a vida, a música e tudo o que há de bom. Soldados, colonizadores e fazendeiros durante os últimos duzentos anos.

Guidi reprimiu um bocejo, pensando nos lábios de Claretta apertados contra o cilindro esguio de seu cigarro *Tre Stelle*. Estavam falando dos mortos, mas Claretta estava viva. Linda e solitária. Será que *ela* seria capaz de ficar com sua casa e manter seu modo de vida?

— Meus antepassados trouxeram consigo superstições orientais — prosseguiu Moser — tal como nunca olhar para a lua crescente através de um vidro. Sabiam que isso dá azar, não? Não sabia, major? Pois dá, ou pelo menos é o que os turcos otomanos dizem. Somente quando meu pai passou a ser dono desta casa, que Deus o tenha, que nós substituímos as janelas da frente, colocando vidro transparente. E talvez isso tenha sido uma ideia idiota, afinal de contas. Mas os senhores estão me deixando falar sozinho. *Signor* Guidi, qual a sua opinião?

O policial não sabia o que dizer. Resmungou alguma resposta indicando que concordava, enquanto Bora falava, com grande serenidade.

— Sou como seus ancestrais. Tenho meus próprios turcos para derrotar.

Foram as palavras mais sugestivas que Guidi ouvira Bora dizer até aquele momento.

Falaram mais de história e de música até Bora e Guidi subirem pela escada brilhante para verem os quartos de Mozart. Os corredores esquivavam-se à luz das velas até perderem-se na escuridão, com uma sucessão de espaços sem uso e entradas revestidas de lambris. Guidi desistiu de contar os quartos quando Moser abriu diante dele o que parecia ser o próprio abismo. De dentro, veio um cheiro insuportável de umidade e poeira acumulada, e uma corrente de ar gelado que balançou as pontas das chamas.

O velho sorriu para ele.

— Acho que vai gostar do quarto de Papai Leopoldo, *signor* Guidi. Este é o lado sul, portanto vai estar bem quentinho. Boa noite. — E em seguida, virando-se para Bora, disse: — Seu quarto é do outro lado, major. Se não se incomodar com o frio, pode dormir no quarto de Wolfgang.

— O frio não me incomoda.

Guidi dormiu com as roupas que usara o dia todo naquela noite.

Depois que o sol se pôs, o vento superou a escuridão e agora circulava por todos os pontos da casa, procurando frestas por onde soprar. Se aquilo era quentinho, ele nem queria pensar na temperatura do quarto de Bora, no lado norte. A noite ficou ainda mais estranha após a vela ter se apagado. Insetos andavam pela madeira, cavando seus diminutos canais pelas vigas e tábuas. Cobrir-se com os lençóis úmidos e frios era como cair em uma piscina. Isso era o que ele ganhava por dar ouvidos a Bora. Guidi permaneceu deitado sem se mexer, como que resignado a afogar-se, até seu corpo começar a se acostumar com o frio.

Em algum lugar naquela mesma noite, o preso solitário também estava deitado ou sentado, com uma arma mortal e só Deus sabe quantos pentes de munição. Talvez ele percebesse as aldeias distantes através do mato, escuras depois do toque de recolher. Talvez ele ouvisse os sons dos animais nos estábulos e currais, e escutasse o vento farfalhando as folhas e os tocos dos pés de milho nos campos. E, se houvesse cheiro de neve no ar, o prisioneiro também iria senti-lo. Talvez ele seguisse em frente. Talvez ele atirasse para matar amanhã mesmo.

Naquele buraco frio e empoeirado, Guidi espirrou, amaldiçoando Bora por obrigá-lo a dormir ali. O que mais o irritava era que o major jamais se mostrava vulnerável. Enfrentava homens e mulheres com seu ar distante e superior, e nunca se revelava. Nesta noite ele chegara o mais perto de se mostrar normal, e se estivesse se importando,

Guidi poderia ter aproveitado as pistas. Em vez disso, ele espirrava. Revirando os bolsos à procura de um lenço, subitamente se lembrou de que Claretta lhe entregara seu cartão no outro dia. Ainda estava no bolso do casaco dele, onde tateou através de migalhas de sanduíche até encontrá-lo.

Levando o cartão às narinas, Guidi soube que Bora estava completamente enganado em relação a ela. Seu perfume não era barato, não era irritante. E qual era o problema de ela se arrumar tentando imitar as estrelas de cinema nas capas de revistas? Não tinha nada de mal nisso. Era verdade, porém, que ele não dissera uma palavra sobre Claretta a sua mãe. Nervosa ao descobrir manchas de batom, ela lhe perguntara se ele finalmente iria criar juízo e se casar. Casar. Guidi enfiou o cartão perfumado sob o travesseiro úmido, arrependendo-se por não ter beijado a mão da viúva ao se despedir dela.

Seria esse o efeito de uma mãe dominadora e uma educação católica num homem? Ficava sempre desajeitado, inibido com as mulheres, não havia como negar. Inutilmente fascinado por símbolos, insígnias, fetiches. Até por odores e cores. Ser policial não fazia diferença alguma naquela sensibilidade. Droga, ele tinha a mesma idade de Bora, e pensar em uma mulher que ele nem mesmo beijara o fazia perder o sono, ao passo que o outro era casado, e tinha sabia-se lá quanta experiência sexual.

Com rancor, Guidi considerava Bora um homem facilmente excitável em relação ao sexo, embora não tivesse nada para se basear senão na tensão dele durante o depoimento de Enrica. E talvez sua hostilidade para com Claretta. Era como se, mais experimentado, cansado sob certos aspectos, e com certeza mais cético do que Guidi jamais poderia ser, Bora se ressentisse na presença de mulheres em geral.

No mínimo, ele devia sentir falta da mulher e dos atos físicos de amor entre os dois, com aquele poderoso desejo do casamento. Nesse caso, seu desprezo pelas mulheres poderia não passar de solidão e da abstenção obrigatória da guerra.

Do outro lado da escuridão interminável do quarto, enquanto permanecia tremendo, Guidi ouviu música vinda do imenso interior da casa.

Longínqua a princípio, gotas de som rolaram levemente. Depois, as notas tornaram-se uma ondulação afetuosa, constante e clara pelo teclado do Silbermann. Guidi conhecia aquela melodia. Não se lembrava do título, mas era como uma voz falando coisas que ele, de alguma forma, ouvira ou intuíra antes, e entendera somente pela metade — uma voz jovem, vulnerável e sábia. Perguntas e respostas criaram uma sequência sem ecos, mas era indiscutivelmente Mozart, e não deixavam nenhuma dúvida, pela hesitação constrita na execução da melodia, que eram tocadas por Martin Bora.

Ao raiar do dia, Bora saiu com Moser, para arranjar um veículo sabe-se lá como, e voltou às 8h30 com uma viatura militar e motorista.

Enquanto isso, Guidi acordava no seu quarto de cortinas pesadas, onde o veludo gasto em vários pontos deixava o sol matinal entrar através de trechos puídos. Ao levantar-se da cama, causou uma tempestade de partículas de pó. Foi até a janela e espiou o lado de fora, temendo que se tocasse as cortinas, elas se desintegrariam nas suas mãos. Porém, não conseguiu ver muita coisa pela fresta: só uma parte do pórtico abaixo, ostentando um conjunto de estátuas de calcário desgastadas e brancas como ossos.

Quando desceu as escadas, viu que a decadência da casa era mais evidente à luz do dia. Rachaduras finas nas paredes corriam sobre os ornatos de gesso e alcançavam a cúpula decorada que comemorava, em seu cume, a apoteose de algum ancestral militar. Em armários antigos e repulsivos, encaixados pelos cantos, bandeiras otomanas vermelhas como sangue encontravam-se desbotadas com rachaduras nas dobras. O policial olhou de relance para elas e depois aproximou-se do comprido piano. Tocou no teclado, obtendo apenas o som metálico de pequenas notas. Que perda de tempo tudo aquilo. Não teria feito nenhuma diferença se eles tivessem passado a noite ao ar livre. E agora era preciso providenciar o conserto do carro, como se ele precisasse de mais problemas.

Perguntou-se o que Claretta estaria fazendo àquela hora. Tomando banho? Bebendo café? Deitada na cama com o cachorrinho aos seus pés? Em nome da justiça, se não por outra coisa, ele precisava persuadir Bora a abandonar a hostilidade para com ela. Não era culpa da moça se

Bora trazia sua própria bagagem de puritanismo ou misoginia — diferente da de um solteirão, porém ainda presente, e muito mais intolerante. Bora via apenas o que é superficial, e o que detectou na aparência rosada de Claretta não era a fragilidade que Guidi percebera. Injustiça, pura injustiça. Naquela manhã, o italiano estava decidido a encontrar outro motivo para o assassinato e outro assassino. E quanto ao dinheiro, o poder e a luxúria? Esses são motivos bem fortes, nascidos de uma inveja excessiva. Mas, então, Bora diria que uma vez ou outra um desses quatro motivos provavelmente passou pela cabecinha encaracolada de Claretta.

Quando a viatura militar alemã cruzou o pórtico, seguida de perto pelo carro sujo de Moser, Guidi já estava ansioso para ir embora. À porta, comparado às roupas baratas do dono da casa, Bora era o soldado perfeito. Guidi não queria nem pensar em inscrever-se naquele concurso, com suas roupas emporcalhadas do dia anterior.

— Liguei para Verona do telefone público mais perto que encontrei — informou-lhe Bora, em um lugar mais reservado. — Tenho novidades. Clara Lisi foi presa pelo assassinato do marido.

— O quê? Como é possível, major? Por quê? O que mudou desde ontem?

Bora disse que não sabia de nada.

— Não tenho tempo para pensar nisso agora. Tenho negócios urgentes a tratar no meu posto, assim como você.

Bora estava certo, mas sua arrogância era desnecessária. Quando Guidi entrou no veículo militar estava em fúria silenciosa, e a frieza do major só piorou as coisas. Logo eles estavam abandonando o jardim descuidado em meio a uma nuvem de cristais de gelo e vapor, gerada pela fumaça do cano de descarga, em contato com o ar gelado da manhã.

De volta a Sagràte, Guidi não ouviu mais nenhuma notícia de Bora durante o resto do dia.

O que ele realmente ouviu foi o espocar de metralhadoras e fuzis automáticos nos sopés das montanhas e, de vez em quando, a explosão abafada de um morteiro. O chefe da repartição local dos Carabinieri, aquela divisão excessivamente zelosa e monarquista do exército, passou pelo gabinete de Guidi pouco antes do meio-dia. Ele relatou que sua patrulha encontrara um grupo de guerrilheiros nos limites do território de Sagràte.

— Não trocamos uma palavra — disse, com toda a calma. — Simplesmente ignoramos uns aos outros. E não vou contar isso aos alemães.

— Poderia pelo menos ter perguntado se eles viram alguém com a descrição do preso foragido ou se um deles morreu perto da vala de Fosso Bandito.

O Carabiniere sacudiu seu dedo gorducho.

— Não falo com guerrilheiros. Além do mais, a julgar pela aparência, eles têm sofrido um bocado ultimamente. O major alemão de Lago não lhes dá tempo nem para respirar. Se ele não os persegue pessoalmente, manda seus homens. Está ouvindo os tiros? Eles estão lá desde antes do amanhecer. Graças a Deus que de vez em quando um alemão recebe o troco do jeito que estava querendo.

Guidi não tinha motivos para se sentir abalado diante daquelas palavras, mas sentiu-se mesmo assim.

— O que quer dizer?

O Carabiniere apontou para o mapa na parede.

— Você mencionou Fosso Bandito. Sabe a fileira de azinheiras atrás dele, perto do velho poço? Um dos meus homens foi dar uma batida ali ontem à tarde e encontrou um alemão morto no meio do mato. Sabíamos que os soldados e os rebeldes estavam por ali por causa do tiroteio.

Do cômodo contíguo ao dos policiais, afogado em papelada, um homem começou a assobiar baixinho uma canção. Guidi achou aquilo fora de propósito, mas não o suficiente para mandá-lo parar.

— E então? — Guidi instigou o Carabiniere a continuar.

— Bem, o soldado estava morto, mortinho da silva, portanto não havia mais nada a fazer. Retomamos nosso trabalho. Se os alemães quiserem, podem ir procurá-lo eles mesmos.

— Ele foi morto a tiros de fuzil, ou outra coisa?

— Ele estava com um buraco desse tamanho do lado direito do corpo. Perdeu um bocado de carne. Imagino que um morteiro o tenha atingido de raspão e ele se arrastou para morrer no mato.

— Estava de coturnos?

— Sim.

— Aposto que não foi nenhum guerrilheiro que o matou.

Nesse ponto o policial que cuidava da papelada começou a cantar em vez de assobiar, portanto Guidi girou nos calcanhares, indo em direção à porta na intenção de mandá-lo calar a boca.

— Cavuto, qual é o seu problema? Vá cantar *La Strada nel Bosco* em outro lugar! — Mas poderia não ser uma simples coincidência. Cavuto, que se fez de idiota, mas não o é, estava cantando uma música sobre trilhas escondidas nos bosques quando falavam dos guerrilheiros.

Se o Carabiniere concordava com Guidi, não deu nenhum sinal.

— De qualquer maneira — acrescentou — tanto faz quem matou o homem, continuo afirmando que fizemos o correto ao deixar o soldado onde estava. É muito complicado explicar aos alemães como e por que isso pode ter acontecido. E sabe o que ocorreu de manhã, não?

— Não, eu não estava aqui. O que houve?

— Falaram que o caminhão que saiu de Lago ontem — aquele com os judeus — caiu em uma armadilha no caminho. Os alemães devem estar loucos.

— E eles estão organizando um grupo de busca agora?

— Não sei, mas o comandante deles foi encontrar-se com seus soldados nas montanhas.

Menos de meia hora depois, no bosque de azinheiras, o tenente Wenzel perdia a paciência com o cabo, que se abaixou para vomitar quando viu o soldado morto.

— Wenzel — disse Bora, ríspido —, venha cá.

Wenzel obedeceu. Era um pouco míope, e embora não usasse óculos, costumava olhar fixa e atentamente para os que falavam com ele.

— Não olhe para mim. — Bora apontou o corpo. — Olhe para *ele*!

— Sim, *Herr* major.

Bora aceitava a deferência como algo natural. Conhecia Wenzel desde o tempo da escola particular em Leipzig, onde ele era calouro e o major já era um veterano. Wenzel mantinha o mesmo respeito e admiração que um estudante do primeiro ano dedicava a um do último, agora reforçados pela diferença na hierarquia.

— Quando foi que você notou que Gerhard tinha sumido?

Conforme as ordens que recebera, Wenzel encarava fixamente o soldado morto.

— Como escrevi em meu relatório, *Herr* major, tínhamos cessado fogo cerca de 5 minutos antes. Os homens estavam espalhados por uma área de 300 ou 400 metros de largura. Alguns avançaram mais do que outros e Gerhard encontrava-se para a esquerda. De acordo com o plano, continuei com a operação mesmo na hora do crepúsculo. Contudo, já que os rebeldes tinham parado de combater, decidi reunir os soldados e voltar ao posto. Estávamos com dois gravemente feridos, além de uma fratura, e vieram me informar que Gerhard estava desaparecido. Não sabíamos se estava ferido ou se tinha se perdido. Mandei os soldados darem uma busca até ser impossível enxergar, e depois voltamos a nos reunir.

— Por que não retomou as buscas logo ao amanhecer do dia seguinte?

— Porque, como o *Oberfedwebel* Nagel estava ocupado escoltando os judeus e o senhor estava fora, decidi esperar pelo seu retorno a Lago, *Herr* major.

De onde estava, Bora podia ver perfeitamente o lado do corpo do soldado que fora destroçado por um morteiro. Uma fileira de formigas subia pela coxa, até as bordas do ferimento. Gerhard não tinha nem 20 anos, com seu rosto atordoado, admirado e imberbe de uma criança ignorante. Bora pensou: *Agora ele aprendeu pelo menos uma coisa, o pobre do Gerhard. Mas de que isso lhe adianta?* E disse em voz alta:

— Mande o Nagel reunir os pertences de Gerhard, e escrever uma carta de condolências para que eu assine.

Exatamente nesse momento, em Sagràte, a mãe de Guidi ouvia a voz de uma mulher ao telefone. Transtornada, ela procurava resistir à tentação de perguntar por que o recado para o seu filho estava sendo deixado na casa dele, em vez de no seu gabinete.

— Quando o inspetor volta? — indagou a mulher.

— Ele é uma pessoa ocupada — falou a *Signora* Guidi, ríspida. — Costumo esperá-lo para o almoço às 13h.

— Entendo. Então, faça-me um favor. Estou ligando de um telefone público e não tenho muitas moedas. Por favor, diga ao inspetor que Enrica Salviati precisa falar com ele novamente, e lhe pergunte se podemos nos encontrar sábado à tarde na Piazza Victor Emmanuel aqui em Verona, perto do chafariz.

— Perto do chafariz — repetiu a *Signora* Guidi. Tentava calcular qual seria o *status* social da mulher pelo tom e inflexão da voz, e também sua idade. Seu sotaque era, talvez, de veneziana. — Mais alguma coisa?

— Só que o encontro será às 14h. Muitíssimo obrigada.

Em uma voz de falsete mais melosa do que o necessário, a mãe de Guidi respondeu:

— Imagina, o prazer foi meu — e desligou o telefone. Prazer? Não parava de pensar no lenço de Sandro. Uma pena que ela não podia ver a mulher nem sentir seu perfume. A voz não deixara transpassar quase nada. Educada, apenas isso, porém por mais que tentasse, a moça parecia acostumada a falar em outro dialeto. E tinha pouco dinheiro, e ligava de um telefone público. A mãe de Guidi ficou aflita. E se Sandro tivesse falado a verdade sobre a prostituta?

Agasalhado no seu escritório gelado, Guidi também estava tendo problemas com o telefone. Mal conseguia ouvir a voz abafada do diretor do presídio de Verona que vinha até ele através do receptor, aparentemente falando que nenhum prisioneiro jamais teve permissão para conversar pelo telefone.

— Sinto muitíssimo, inspetor. Normas são normas, o senhor sabe muito bem. Estamos em Verona, não nos Estados Unidos.

O que os Estados Unidos tinham a ver com isso?

— Pelo menos me diga como ela está — disse Guidi, irritado. — Um oficial alemão está conduzindo essa investigação, e é da mais alta importância que a *Signora* Lisi seja bem tratada. Ainda não concluímos o interrogatório.

A voz trêmula do diretor do presídio ia e vinha pelo fio.

— ...Tomou seu café da manhã... sentindo-se bem. Não se preocupe, inspetor, vamos fazer o melhor que pudermos. O senhor pode visitar a prisioneira a qualquer hora do horário comercial, e se quiser retomar o interrogatório, podemos lhe oferecer uma sala para esse fim.

Turco entrou no gabinete fazendo um grande estardalhaço, com um bocado de lenha verde.

Guidi encarou-o, cobrindo o bocal do telefone.

— Por que está trazendo essa porcaria aqui para dentro? Você sabe que isso só solta fumaça e o ar fica irrespirável.

— A lenha seca acabou, inspetor.

— Você que pensa! Tem lenha debaixo da escada, vai olhar.

Turco retornou. Um instante depois ouviu-se o barulho da lenha caindo no chão. A julgar pela brisa de ar frio e um comentário em alemão ríspido que vieram ao mesmo tempo, Guidi deduziu que Bora entrara no prédio às pressas e batera com a porta na cara do siciliano, que estava saindo.

Dentro de alguns segundos, Guidi se viu de pé atrás de sua mesa, notando que, quando Bora ficava zangado, o sangue concentrado sob sua pele lhe escurecia os olhos e a cicatriz no pescoço ficava branca. Ele anunciou:

— Acabei de trazer um de meus soldados morto para o posto. Tenho bons motivos para acreditar que ele foi assassinado pelo seu detento fugitivo.

— *Meu* detento, major? Ele não pertence a mim tanto como não pertence ao senhor. Sinto muito pela morte de um de seus homens. Onde foi que aconteceu?

— Em um bosque de azinheiras ao norte de Fosso Bandito. O morteiro arrancou um pedaço de carne e osso do tamanho de um punho do lado esquerdo do corpo. Não vim aqui para lhe contar isso, Guidi. Estou perfeitamente ciente do quanto arrisco a vida dos meus recrutas toda vez que os mando em patrulha. Mas fico furioso toda vez que eles morrem sem motivo.

Sem motivo. E os judeus que vocês levaram? Guidi estava quase dizendo, mas sabia que não iria ajudar em nada.

— Com licença. — E pegou o telefone, que estava tocando. — Mãe? O que é que a senhora... Sim. É mesmo? Quem era, ela disse? — Ele chamou a atenção de Bora com um sinal de cabeça significativo, anotando em seu caderno para que o major lesse: *Enrica Salviati quer acrescentar mais algumas declarações ao seu depoimento.* — Escuta bem, mãe, se ela tornar a ligar, diga-lhe que está combinado, que vou me encontrar com ela no sábado às 14h. Não, não vou precisar da camisa boa. Só lhe diga que eu estarei lá.

Bora leu as palavras e voltou à porta. Mal-humorado, esmagou um maço de cigarros vazio na mão direita e o jogou do outro lado da sala, na cesta de lixo de Guidi.

— Não pense que vou com você a Verona. Durante o resto da semana, estarei ocupado procurando o covarde que assassina os meus homens.

Sim, além dos prisioneiros que fugiram de você. Guidi respondeu:

— Como quiser. Quer que eu pergunte alguma coisa em especial a Enrica Salviati?

— Quero. Pergunte a ela se Clara Lisi tem um amante.

— Não sei se podemos confiar no depoimento de uma rival.

— Não se preocupe com isso. Simplesmente faça a pergunta, enquanto eu me encarregarei de perguntar diretamente a Clara Lisi.

Entretanto, as intenções de Bora não iriam se concretizar. Após não tê-lo encontrado-o em Lago, a SS foi procurá-lo no posto de Sagràte. Não havia como evitar esse confronto, e Bora agradeceu à sua sorte pelo fato de Wenzel estar ainda no bosque. Esta tarde, o *Standartenführer* sem nome não se preocuparia em sair do carro.

— As coisas não estão boas, major — disse ele, abrindo o vidro da janela.

Bora mandou o soldado que estava de guarda à porta sair dali.

— *Coisas* é um termo um tanto vago. Imagino que está se referindo a algo específico.

— Por favor. Não vamos entrar em rodeios. Estou tendo dificuldades de conciliar sua atual incompetência com o alto grau de sucesso que demonstrou na Rússia. Se você conseguiu escapar de Estalingrado com toda a sua unidade, poderia certamente ter escoltado 15 judeus a Gries.

— Problemas mecânicos acontecem até mesmo com os melhores de nós. A Guarda Republicana nos entregou os prisioneiros em um caminhão deplorável. O eixo do pneu dianteiro cedeu e os judeus correram para se esconder nas montanhas. Foi um milagre que eu não tenha perdido meus homens no acidente. Era noite e os italianos estavam bêbados demais para ajudar. Terei que incluir no meu relatório, é claro, o fato de que dois dos meus soldados foram afastados de uma operação antiguerrilha a seu pedido. Em vista da minha impecável ficha como caçador de rebeldes, agir sem qualquer um dos meus homens altamente treinados coloca meu êxito em risco. Quanto aos prisioneiros, não descansaremos até encontrarmos cada um deles. O terreno irregular pode dificultar um pouco as coisas, mas ainda assim, tenho esperanças de que vamos conseguir.

— Uma ova que vão. No mínimo, você será acusado de negligência.

Bora teve o cuidado de não demonstrar sinais de alarme.

— O senhor está preocupado demais por causa de 15 judeus. Devo dizer que fico impressionado com sua falta de interesse na minha perseguição aos rebeldes. Eles são muito mais perigosos que judeus.

— Nada é mais perigoso que judeus.

— Peço desculpas e me corrijo, então.

— Corrige? Pode ter certeza de que vou providenciar que você tenha o corretivo que merece.

Na sexta, Bora ficou feliz por receber uma ligação exigindo sua presença imediata em Verona, onde estavam elaborando um plano para uma ação militar conjunta no lago Garda. A operação ítalo-germânica estava prevista para começar no dia 15 de dezembro. Ele até ficou grato com a ideia de passar uma noite sozinho em um quarto de hotel, a menos que o coronel Habermehl lhe oferecesse hospedagem em seu apartamento atrás do Palazzo Maffei. Chovia no entardecer de Verona, mas a temperatura baixou o suficiente para formar gelo nas ruas na manhã seguinte.

— Graças a Deus você veio me visitar. Morro de tédio à noite se não tiver ninguém com quem conversar. — Com camisas de mangas compridas e suspensórios cinzentos, o coronel serviu-se de um copo de uísque e, depois de hesitar por um momento, não colocou gelo. — Tem certeza de que não quer um, Martin?

— Não, obrigado.

— Uma pena. — Habermehl engoliu a bebida de uma só vez. — Que geração é essa sua, que prefere morrer a fazer amor?

— Não iria tão longe, *Herr Oberst*. Se tivesse escolha...

— Como se eu não o conhecesse. Quando ouvi que tinha se acidentado, em setembro, disse a mim mesmo: "Lá vai o enteado do meu melhor amigo, sem nem mesmo ter convivido com sua esposa durante um mês inteiro." Você devia ter insistido na evacuação para a Alemanha, e ter pedido duas semanas de licença. Mesmo sem sua mão esquerda, aposto que imaginaria uma forma de entretê-la.

— Os tempos estão difíceis.

— Os tempos estão sempre difíceis para alguém. A vantagem é extrair o máximo possível da experiência. — Habermehl voltou à garrafa. — Não quer nem um pouquinho? Vamos beber às palavras do nosso pequeno Paul Josef Goebbels: "Nossa vontade de vencer é inabalável." Ou, não, melhor ainda, vamos beber a uma outra frase dele: "Machuque o rebelde mais de uma vez!"

— Não, obrigado.

— Como quiser. Falando de homenzinhos, esta manhã encontrei De Rosa. Todo cheio de si como sempre, feito um galo de briga. Ele me contou que tem tentado telefonar para você, sem sucesso.

Bora sentou-se mais empertigado na poltrona, onde, até o momento, estava completamente largado.

— Alguma coisa sobre o caso Lisi?

— É. Eu até anotei em algum lugar. Você sabe que minha memória não vale nada. Agora onde eu coloquei...? Ah, já sei. Acho que está no bolso interno da minha túnica. — Rápido para alguém do seu tamanho, Habermehl foi até o corredor. Voltou segurando um envelope, no qual havia manchas de uma caneta-tinteiro. — Me desculpe, mas a chuva apagou minha anotação. Estava chuviscando quando anotei o recado. Veja se consegue descobrir o que é, Martin. Ou ligue para De Rosa daqui.

Bora reconheceu poucas palavras importantes. *O pai da moça, primeiro aborto, dinheiro, briga.*

— Posso usar seu telefone, coronel?

— É claro — respondeu o velho, do armário de bebidas. — Fica no corredor.

Logo depois, no seu endereço na Via Galileo, o centurião De Rosa atendeu a porta de pijamas, parecendo bem menos militar, muito embora estivesse com a arma na mão. De maneira nenhuma ele esperava que Bora aparecesse na sua casa tão tarde da noite, e isso ficou óbvio pelo jeito sem graça com que colocou a pistola de lado.

— Devemos estar sempre preparados, major — disse, gaguejando uma desculpa. — Traidores, inimigos políticos, rebeldes... deve-se estar sempre pronto para acontecimentos imprevistos.

Bora ouviu um movimento no quarto, e presumiu que tais *acontecimentos* poderiam incluir maridos ciumentos. Sem esperar por convite, entrou.

— O senhor não atendeu o telefone quando liguei, há 20 minutos.

— Estava ocupado.

— Bem, preciso falar com você. O coronel Habermehl me passou seu recado.

— Meu recado? Ah, sim. Sim. A história do aborto e do pai da moça. — Lançando um olhar furtivo à porta do quarto, De Rosa colocou-se na ponta dos pés para sussurrar no ouvido de Bora. — Dê-me 5 minutos. Estou com um caso delicado, essa senhora é casada.

— Tem exatamente 5 minutos. Seja rápido.

De Rosa cumpriu a palavra. Bora ouviu-o falando baixinho, e uma voz feminina um tanto familiar respondeu, em um distinto vibrato:

— Graças a Deus. Fiquei assustadíssima por um minuto.

Quando o italiano saiu, ainda de meias e colocando as calças do exército, De Rosa viu Bora de pé na sala de estar com um olhar reprovador, como se, para um alemão, não usar a farda era mais reprovável do que ter uma amante casada.

Bora disse:

— Você contou ao coronel Habermehl que o pai de uma moça morta durante um aborto discutiu com Lisi sobre dinheiro. Quando esse incidente aconteceu?

— Depois do dia 8 de setembro, não me lembro exatamente quando. O único motivo pelo qual pensei nisso, major, é que o senhor insistiu em saber se Lisi tinha inimigos. Na minha opinião, não há nem mesmo como provar que qualquer uma dessas moças tenha estado com Lisi, se o senhor entende o que quero dizer. Eu lhe falei que elas o cercavam como mariposas cercam a luz.

— O homem em questão tem um nome e um sobrenome?

— Tem ambos. E nenhum dos dois começa com a letra C.

Bora sentou-se em uma poltrona não acolchoada, e não tirou o quepe.

— Isso é muito interessante, e quero ouvir todos os detalhes dessa discussão. Diga à senhora no quarto que precisará esperar pelo menos por uma hora. Há outras coisas que desejo lhe perguntar.

— Agora? — E De Rosa lançou-lhe um olhar furioso. — Major Bora, compreendo que o senhor é um homem de ação, mas podemos nos encontrar amanhã que nada vai mudar. É absolutamente necessário que eu leve a senhora para casa antes da primeira hora da madrugada.

Bora consultou o relógio.

— Pode ir. Eu aguardo.

— Mas...

— Já são meia-noite e meia. Obviamente, a mulher não mora longe. Faça o que tem a fazer e volte. Eu aguardo aqui.

Alguns rápidos murmúrios se seguiram no quarto, para depois De Rosa surgir completamente vestido, pisando duro até a porta da sala. Bora ouviu os estalidos dos saltos de uma mulher seguindo-o para fora do apartamento até o patamar e, logo após, o ruído metálico do elevador fechando-se.

Sozinho na casa, Bora olhou em volta. Era um lugar sem nada de especial, sem livros, com uma minúscula cozinha ao lado da sala, um único quarto e um banheiro. Na escrivaninha, dentro de um cinzeiro incrustado de conchas, encontravam-se dois bilhetes para a última temporada de ópera, e alguns recibos. Folhetos de hotéis caros — o *Grand Hotel* em

Gardone, o *Metropole Suisse* em Como — estavam dentro de um envelope pardo. Viagens políticas às custas de dinheiro público, pensou Bora.

A cozinha era excessivamente estreita, mas fora dela, havia uma sacada com treliça e espreguiçadeiras que se estendia até o quarto. Lá, abajures pintavam a cama coberta por lençóis escuros em um brilho azul-marinho. O perfume de mulher era intenso no quarto, e Bora teve que recuar para defender-se dele.

Dez minutos depois, a porta da frente abriu-se violentamente.

Surpreso por não ter ouvido o som do elevador, Bora deslocou a vista do jornal que estava lendo.

— Desgraçado! — Do corredor, veio uma voz estrangulada pela fúria e pelo esforço de subir vários lances de escadas. — Te peguei com a porta destrancada, safado!

Bora deixou o jornal de lado.

Um homem de meia-idade, completamente irado, entrou correndo na sala de estar, e depois, ficou boquiaberto por tempo suficiente para Bora acender um de seus cigarros americanos para si.

— O senhor está procurando o centurião De Rosa? — perguntou o alemão.

O homem recuou um passo.

— Eu pensei...

Bora desviou o olhar, para evitar a humilhação do homem e o absurdo da situação. Sem mentir, respondeu, meio sem graça:

— O centurião De Rosa não se encontra.

Às 3h da madrugada, o coronel Habermehl achou o episódio envolvendo De Rosa bem mais engraçado do que Bora tinha achado. Rindo a ponto de chorar, pediu mais detalhes.

— Não há muito mais coisa a dizer, *Herr Oberst*. Eu estava me preparando para uma cena desagradável ao melhor estilo italiano, mas o marido de Bruni ficou tão decepcionado por me encontrar, em vez de De Rosa e sua esposa, que nem mesmo conseguiu continuar com raiva. Começou a chorar ali mesmo na minha frente, e fez um discurso interminável sobre mulheres infiéis.

— E você, o que fez? Contou-lhe alguma coisa?

— Nada. O que poderia lhe dizer? Meu único motivo para estar ali era descobrir o endereço do homem que brigou com Lisi. Eu precisava poupar De Rosa de aborrecimentos pelo tempo necessário para obter essa informação. Felizmente, o Sr. Bruni saiu sem querer tirar satisfações. Alguns minutos depois, De Rosa apareceu, sem ar. Parece que ele tinha se escondido na cabine do porteiro no térreo, rezando para todos os santos enquanto Bruni subia as escadas no intuito de surpreender os dois.

Habermehl serviu-se de uma abundante dose de bebida para encerrar a noite.

— Foi excelente ter sido você quem chegou na hora que eles estavam juntos! Amanhã iremos cuidar do plano de operações conjuntas, mas você vai investigar essa nova pista no dia seguinte?

Se fechasse os olhos, Bora podia ver formigas subindo pelo lado ensanguentado do corpo de Gerhard.

Não, senhor. Depois de amanhã, é meu dia de patrulha.

CAPÍTULO 6

O novo complexo hospitalar ficava a noroeste de Verona, entre as margens do Adige e as colinas de Quartiere Pindemonte, onde as casas davam lugar aos campos e o canal industrial podia ser visto com suas margens fumegantes. Antes de se juntar a Habermehl e os outros no quartel-general alemão, Bora tinha um compromisso com o cirurgião-chefe que tratara dele no dia do seu acidente.

— Domingo é um excelente dia. — Uma freira com um largo sorriso conduziu o major pelo corredor imaculado, que cheirava a fenol. O Dr. Volpi está mais livre do que de costume. Como está sua perna esquerda?

Ele não ficou surpreso ao ser tratado com o pronome *lei* ali. Conhecia a regra do Vaticano de instruir seus membros a *abster-se com garbo e prudência* de adotarem a forma fascista de tratamento. A recusa claramente incluía oficiais da Wehrmacht que falassem italiano.

— Melhor, obrigado. Lembra-se de mim, Irmã?

Com as mãos metidas nas mangas, a freira parou diante de uma porta de vidro e abriu-a para o militar.

— Lembro, sim. Sua outra perna me deu uns pontapés caprichados.

Bora entrou no consultório.

— Bom dia, bom dia. — Sem cerimônia nenhuma, o médico mandou Bora despir-se e sentar-se na mesa de exames. Começou, então, a cortar as bandagens em torno do joelho. — Exatamente como pensei, infeccionou novamente. Quantas vezes preciso lhe dizer, major?

Toda essa atividade, com ferimentos ainda não inteiramente cicatrizados... melhor se cuidar.

— Não posso, estou muito ocupado.

— Procure abusar menos ou ficar de repouso absoluto. O corpo humano merece respeito e o senhor não está tratando bem do seu no momento. — Depois de desinfetar as lesões, o médico procurou os fragmentos de metal ainda cravados ao redor do joelho de Bora. — Pelo menos dois precisam ser removidos hoje, e retirarei mais se for possível. Vai precisar deitar-se para isso, e não olhe para o que estou fazendo. Ouça bem: sem sulfas e sem antibióticos, um dia desses não vamos mais conseguir evitar uma infecção grave. E aí? Amputamos a perna que lutamos tanto para salvar ou deixamos você pegar septicemia e voltar ao seio do Criador?

Enquanto o cirurgião lhe cutucava a carne tensa, Bora encarava a brancura estéril do teto. Precisou fazer um esforço hercúleo para evitar que o medo o dominasse quando deitou-se na mesa de novo, sentindo cheiro de desinfetante e de sangue.

— Sabia que você está com febre?

— Não me sinto febril.

— Coloque isso embaixo do braço. — E lhe entregou um termômetro. — Ah, achei um dos estilhaços — falou o médico, como se Bora não soubesse disso, pela pontada de dor que lhe subiu pela coxa. — Só mais um pouquinho de paciência, já está saindo.

Bora prendeu a respiração até ouvir o estalido metálico do vidro no fundo de uma cuba. Algo pegajoso e morno escorreu pelo seu joelho, removido imediatamente com uma esponja.

— Está doendo?

— Um pouco.

E o médico voltou a invadir-lhe a carne.

— Devia dar graças a Deus por estar segurando uma maleta no colo naquele dia, senão os estilhaços atingiriam sua barriga. Teria perdido mais do que a mão, e não estaríamos aqui conversando sobre isso. Espere um segundo, o outro fragmento já vai sair. Francamente, agora posso lhe contar, quando o trouxeram para cá vi que você só não morreria por que lutava como um animal.

O alemão olhou de relance para os cabelos brancos do médico, cortados à escovinha, sobre o seu joelho ensanguentado.

— A Irmã ali fora disse-me que eu lhe dei uns bons chutes.

— Também quase esmagou os ossos da mão dela, por sinal. Devolva-me o termômetro.

Desinfetar, curativos. Depois foi a vez do braço. A amputação parecia estar cicatrizando bem. Bora não teceu nenhum comentário sobre o assunto, mas o médico apalpou o coto, com o cenho franzido.

— Não me diga que não dói. Eu cortei uma boa quantidade de braços, pernas e mãos durante a Grande Guerra. Na minha opinião, há neuromas se formando na ponta dos nervos. Não é o tipo de dor que você pode tratar com aspirinas. Se tem alguém no posto militar que possa lhe aplicar injeções, eu lhe dou um frasco de morfina.

Bora sentia dor até mesmo naquele momento, e aquelas palavras o fizeram sentir-se tonto, como se a sala estivesse tentando sair do lugar e ele não tivesse onde se segurar.

— Não.

— Bem, pelo menos pense nisso.

— Fora de cogitação. Não posso tomar drogas tão fortes.

O médico foi lavar as mãos na pia.

— O major é quem sabe. Está com febre alta, então recomendo que coloque compressas mornas no braço, fique na cama e tome um antitérmico. — De pé ao lado da escrivaninha, ele enxugou as mãos com um pano esponjoso, depois escreveu no receituário. — Enquanto isso, tome uma receita para o seu *Veramon* de sempre. Aqui. Contanto, é claro, que um leve analgésico não seja contra os princípios de um soldado durão. Você encontrará uma farmácia no fim da rua.

No mesmo dia, Guidi foi a Verona para seu encontro com Enrica Salviati. Embora já fossem 13h e estivesse um pouco mais quente, a chuva começou a cair de novo e um rendilhado branco de geada ainda enfeitava os trilhos do bonde.

A moça o esperava ao lado do chafariz, uma silhueta melancólica — porém graciosa — de costas para ele. Guidi acenou e ela retribuiu o cumprimento.

— Desculpe-me por tê-lo feito vir até aqui, inspetor, mas naquele dia eu não pude lhe contar a história toda. Por isso precisava falar a sós com o senhor.

Guidi assentiu.

— Foi por causa do oficial alemão? Não lhe explicaram que estamos trabalhando juntos neste caso?

— Não, não foi por causa do alemão. O problema era o outro.

— De Rosa?

— Sim. Eu não queria falar nada, porque ele poderia estar ouvindo do outro lado da porta.

Guidi, de repente, encheu-se de esperança e curiosidade. Tramas e revelações fascistas que alterariam o jogo lhe passaram pela mente como cartas lançadas à mesa.

— Conte-me, por favor — incentivou ele. — Conte-me tudo.

Na cabeça de Enrica, gotículas de chuva brilhavam como pedaços de vidro nos seus cabelos negros. Ela disse, com o rosto aflito voltado para cima:

— Eu já tinha visto De Rosa antes. Ele foi visitar o meu patrão algumas vezes. Eles sempre se trancavam no escritório para conversar. E dava para ver pela forma como ele se comportava, que tinha ido lá para pedir favores. Ficava encostado nas paredes e perguntava: "Será que eu poderia?..." a cada cinco minutos. Se a *signora* estivesse em casa, ele trazia flores ou bombons. Quando se dirigia ao patrão, chamava-o de "Vossa Excelência".

Guidi estava impaciente.

— Entendi, entendi. Mas e daí?

— Dava para sentir que o patrão não queria conversar com ele. — Enrica falava aos trancos e barrancos naquele seu italiano ruim. — Entende o que quero dizer? Dava para notar. Por dois dias seguidos ele me pediu para falar que não estava em casa e De Rosa não gostou nada disso. Ele ficou me pressionando para descobrir quando meu patrão voltaria. Certa tarde, umas seis semanas atrás, ele veio em um domingo, e ouvi os dois discutindo no escritório. O patrão Lisi não queria que ninguém ficasse no térreo enquanto falava de negócios, portanto não pude entender muito bem do que se tratava.

— E o que a *signora* Lisi fazia durante essas visitas?

Uma careta desarmou a beleza morena da Enrica.

— *Quando* a patroa estava em casa, o senhor quer dizer. Ela era obrigada a ficar no andar de cima, como eu. Normalmente, escutava discos do Rabagliati ou pintava as unhas. Não se importava com os negócios do patrão, contanto que tivesse *schei* — dinheiro — para gastar. Acho que o patrão não queria se encontrar com De Rosa na própria casa porque uma vez eu o ouvi gritar da porta: "Da próxima vez nos veremos em Verona, ou nunca mais nos veremos." Entretanto, como lhe disse, De Rosa voltou, seis semanas atrás com o chapéu na mão, como todas as outras vezes.

Guidi notou que Enrica tremia. Embora eles estivessem embaixo de uma das árvores do parque, estavam ficando ensopados.

— Vamos até aquele Café do outro lado da rua — sugeriu ele. — Vamos pegar pneumonia se ficarmos aqui.

Relutante, Enrica seguiu-o, os braços cruzados, a cabeça baixa na chuva.

— Não posso ficar muito tempo, inspetor. Tenho um compromisso.

— Tudo bem, mas quero ouvir o resto. Não é possível que você tenha me chamado aqui só para dizer isso.

Guidi ficou decepcionado, e sabia que não estava conseguindo disfarçar. Esperava por uma revelação mais sensacional. Naturalmente, Lisi concedia favores e exigia obediência total, e Enrica Salviati não precisava ter lhe dito nada para ele saber disso.

Entraram no café. O lugar estava lotado de gente que procurava se proteger da chuva. Espremendo-se entre ombros e costas, o policial lembrou-se do que Bora lhe pedira para perguntar e, de repente, sentiu-se constrangido.

A princípio Enrica fingiu que não ouvira por causa do barulho da sala cheia. Guidi repetiu a pergunta, e ela virou-se devagar para ele.

— Se ela tinha um amante? Não é o senhor que quer saber.

— Não importa quem queira. O que sabe sobre o assunto?

— Nada, absolutamente nada. Se soubesse lhe diria com certeza, mas a *signora* não era boba. Se ela tinha um caso com alguém, era longe de casa. Já que eles estavam praticamente separados, não seria muito difícil, seria? Ela só ia visitá-lo quando precisava de dinheiro.

Mesmo esmagado por grossos casacos e guarda-chuvas fechados, Guidi sentiu um alívio libertador diante dessas palavras, como se o desprezo de Bora e o ciúme de Enrica tivessem se exterminado diante da impecável conduta de Claretta.

— Então, o que tinha para me dizer é que De Rosa frequentava a casa de Vittorio Lisi. E também nunca viu sua patroa com outros homens. Mais alguma coisa?

— Sim, tem outra coisa. Logo antes da separação, provavelmente no fim de maio, ligaram para a casa. Eu estava na cozinha e a própria patroa atendeu. Não sei quem era, mas ela fechou a porta que dava para a sala e falou baixo durante uma boa meia-hora. Quando a vi de novo, seus olhos estavam vermelhos. O patrão me pediu para informar-lhe sobre qualquer telefonema que ela recebesse enquanto ele estava lá fora, cuidando do jardim. O patrão adorava rosas, cultivava-as muito bem, e até ganhou prêmios por isso. Quando voltou para dentro, falei que alguém tinha telefonado e que sua esposa era quem tinha atendido. Não sei o que ela contou para ele depois, mas com certeza não lhe disse que tinha chorado.

Com a força de seus cotovelos magros, Guidi atravessava a multidão, para chegar ao balcão, seguido por Enrica.

— Como Lisi viajava do campo para Verona? Como fazia para dirigir? Não ouvi ninguém mencionar que ele tivesse um motorista.

— O patrão encomendou um carro especial na Fiat de Turim. Custou-lhe uma fortuna, mas era do tipo que não tem pedais. Ele sempre o dirigia.

— Não tinha carro nenhum na garagem.

— Pergunte a De Rosa, inspetor. Os fascistas foram buscar o carro depois do incidente. Eles falaram que o dariam para um general do exército que perdeu as pernas na guerra.

— Muito bem, então. Avise-me se se lembrar de mais alguma coisa, mas por favor telefone para este número.

Sem tecer mais nenhum comentário, Enrica pegou o papelzinho onde estava anotado o número do trabalho de Guidi. Depois ela lhe disse que estava procurando emprego, e precisava estar na Via Mazzini para uma entrevista às 15h30. Guidi pagou uma xícara de café para ela e a dispensou.

Somente após sair do quartel-general alemão Bora se lembrou de que precisava comprar seu remédio. Instruiu o motorista para parar na primeira farmácia que visse, e começou a reler o relatório sobre as batidas contra os rebeldes, que os oficiais italianos lhe entregaram. O documento, completamente desconexo, dava detalhes muito específicos sobre a organização dos guerrilheiros nos vales do nordeste da Itália. Bora, que conhecia o manual publicado sobre o assunto em 1942, não se surpreendeu com as más notícias. Resignado, leu cuidadosamente, e não se zangou.

Bruscamente, o BMW parou.

— Já chegamos à farmácia? — perguntou Bora, sem levantar os olhos do documento.

— Não, *Herr Major.* Há um engarrafamento à frente.

O militar olhou. Dada a escassez de trânsito em uma época da guerra, ele mal podia acreditar naquela confusão. Imediatamente antes do BMW havia um furgão de entregas, e, além dele, dois caminhões do exército alemão, parte de um comboio que, por algum motivo, se fragmentou. Mais adiante, um bonde estava parado no meio da rua e os passageiros aglomeravam-se às suas portas para saírem.

O motorista abaixou o vidro da janela para ter certeza se o alarme antiaéreo estava soando em algum lugar. Apenas uma chuva gelada e irritante, quase se transformando em neve, vinha do céu.

Bora saiu do carro. Mesmo que fosse um truque dos guerrilheiros para isolar e atacar veículos alemães, ele preferiria enfrentar o perigo cara a cara.

Um dos motoristas dos caminhões tinha saído para ver o que acontecera, e agora estava voltando, meio trôpego.

— O que houve? — perguntou Bora.

O soldado prestou continência.

— Apenas um acidente, *Herr Major.* O bonde atropelou alguém e vai demorar um pouco para desobstruírem os trilhos. Iremos por uma rua paralela. Se desejar, pode nos seguir.

Bora consultou seu relógio. Estava com dor de cabeça, e mesmo a luz fraca do dia lhe incomodava os olhos. Diabos, pensou, o médico não devia ter lhe dito que estava com febre. Voltando para seu BMW, falou ao motorista:

— Esqueça a farmácia. Siga os caminhões e vamos sair dessa cidade.

Bem cedo, no domingo, Bora abotoou a túnica diante de sua janela em Lago, com pequenos movimentos ágeis. Dormira mal, mas o café o conservaria alerta por enquanto. Nagel e o outro soldado que acompanhara os guardas tinham retornado na noite anterior. Durante duas horas eles apresentaram o relatório. Bora reteu Nagel no seu gabinete um pouco mais, para apertar sua mão depois da entrevista. O telefonema de Guidi, feito antes do amanhecer, despertou-o, mas não o aborreceu. Ele tinha concordado em sair com o grupo italiano porque atiradores, loucos ou não, também eram sua responsabilidade.

E lá estava, um dia apático, escuro, que prometia ser mais frio. Cristais minúsculos desciam em espirais retorcidas de um céu azul-rajado, que parecia não ser capaz de produzir muita neve. Bora encarou as nuvens salpicadas, que criavam a ilusão de estarem dispostas em camadas, livremente esboçadas entre os horizontes. O sol tentava espiar por trás de uma dessas camadas, invadindo-a com longos feixes de luz. O major viu-se cantarolando ao som da música de piano que vinha de seu rádio, embora não fosse uma peça alegre. Mas também não era triste. Aquela melodia era como o rosto pálido e comprido de Guidi: informava sem revelar quaisquer disposições de espírito. Deus me perdoe, pensou Bora, mas talvez Guidi não tenha nenhum senso de humor realmente.

O polegar e o indicador apertaram mais uma vez o colarinho, e ele estava pronto. Com a palma da mão, Bora limpou a janela que começava a embaçar com sua respiração. Através dela, encarou firmemente a fumaça distante das chaminés, evitando olhar para a prótese, cuja perfeição física o envergonhava agora. A poluição elevava-se branca das torres, transformando-se em um azul entristecido mais acima, contra o emaranhado marrom das árvores. Era o anil estéril dos céus russos, uma cor que o alemão jamais esperava ter que ver novamente. Contra tal esterilidade, onde o sol nascente as tocava, as volutas de fumaça elevaram-se, alaranjadas.

O carro de Guidi estava estacionado na frente do posto de comando. Ele saiu, vestindo sobretudo, estola e chapéu. À sua volta, flocos de neve continuavam a cair em espirais sem parar, como se uma lua invisível acima dele estivesse trocando de pele, perdendo-a aos pedaços até se desfazer por completo.

Recuando da janela, Bora observou sua mão fechada em um punho moderado e controlado. Seu corpo ainda não tinha concedido o perdão. Mas, apesar de todas as noites em que se sentia oco e vazio, levantava disposto na maioria dos dias.

Guidi ficou boquiaberto ao ouvir as primeiras palavras que Bora lhe disse.

— O pai da garota que morreu está na cidade? Por que De Rosa não nos contou isso antes?

— Esta pergunta está aberta a debates, Guidi. Fique feliz por ele ter nos falado.

— E há quanto tempo ele está aqui?

— Ele se chama Zanella. Estava em Verona quando Lisi foi morto. Como nem o nome dele nem o da filha começam com "C", De Rosa disse que não suspeitou dele em um primeiro momento. Contudo, o homem entrou no quartel-general fascista duas semanas antes do crime. De acordo com De Rosa, foi pedir dinheiro, já que era tarde demais para debaterem a honra da moça morta, e, aparentemente, Lisi recusou-se a pagar.

Ainda sem se deixar convencer, Guidi permaneceu olhando enquanto Bora verificava e recolocava o cartucho na sua pistola P38. Ele queria acreditar, mas não conseguiu se conter e falou:

— Essas últimas revelações são muito suspeitas, principalmente vindas de De Rosa. Tem mais alguma coisa que possa me dizer, major? Por favor, não me diga que Zanella desapareceu convenientemente e não poderemos interrogá-lo.

— Mais ou menos. Ele estava entre os que foram despachados na última terça para trabalhar na Alemanha pela Organização Todt. Recrutado para ser *motorista* de ambulância, se quer saber. Mas não podemos culpar De Rosa por isso. Ele só me falou sobre Zanella porque eu o encostei na parede às duas horas da madrugada, perguntando os detalhes do caso do carro de Clara Lisi.

Apesar dos esforços do policial, ele não conseguiu disfarçar seu interesse, pois Bora fez uma pausa longa, divertindo-se com tudo aquilo.

— Parece que eu estava certo ao suspeitar de que De Rosa andava de olho na Marla Bruni. A soprano ganhou o carro e De Rosa ganhou a soprano. Será que um dia eu serei capaz de entender a depravação dos italianos?

Embora o alemão pronunciasse essas palavras com um sorriso, Guidi ficou ofendido. Quase chegou a recusar uma xícara de café, mas lembrou-se de que Bora sempre tinha café de verdade à sua disposição, e deixou o major servi-lo de uma xícara bem cheia. Brevemente, ele fez um pequeno relatório de seu encontro com Enrica Salviati.

— Estamos praticamente de volta ao ponto de partida, major.

Bora empurrou um açucareiro para o policial sobre o tampo polido da mesa.

— Por quê? Você pode falar com a esposa de Zanella. Tenho o endereço aqui comigo.

Na mesma hora o italiano abriu o pedaço de papel que Bora lhe deu.

— Graças a Deus que é perto de Verona.

Bora parecia feliz. Muito feliz, aliás, para alguém que perdeu prisioneiros confiados a ele. Guidi presumiu que eles tinham sido recapturados. Ou mortos.

— Agora que melhorei seu humor, vamos caçar. Podemos conversar enquanto andamos até os carros.

Quando dirigiram pelos campos, um bando de corvos a crocitar desenhou arabescos eternamente mutáveis, incompreensíveis, contra os picos brancos das colinas. A neve nas montanhas mais altas já estava pintada de amarelo pela luz do sol que penetrava por entre as nuvens.

Bora prestou atenção às cores e às texturas, notando como a mesma luz pode parecer suave em uma superfície, e brutal e cruel em outra. Ou indiferente ao incidir nas casas de fazendas e nos quadrados congelados que eram os lençóis nos varais a secar. Transformava-se ainda em luz rotunda e alegre perante objetos redondos, sombria e taciturna diante dos ângulos. A luz se desfazia em faixas estreitas entre as árvores, mas espraiava-se, profusa e exigente como esmalte, sobre os ramos que encaravam o leste.

Cores russas, estação russa. O major lembrou-se das cartas enviadas à esposa falando da luz daquele país, mandando esboços que, segundo sua mãe, ela ainda não tivera tempo de ler. No azul escancarado, além das nuvens fofas, a sombra da lua destacava-se como um círculo fantasmagórico, pouca coisa mais intensa que o céu. Essa não era uma lua mentirosa. Lembrava uma hóstia a ser mantida na ponta da língua até derreter.

Os carros pararam em um terreno sem vento ao lado da estrada. Bora saiu de seu veículo e foi em direção a Guidi. Acariciou as cabeças de seus dois pastores-alemães e deu instruções ásperas ao tratador deles. Depois disse:

— Conte-me tudo o que sabe sobre seu preso, Guidi.

— Bem, ele estava sendo transferido de uma prisão para outra quando fugiu. Era da infantaria, e estava de licença da Albânia. Aparentemente, enlouqueceu no exército e esfaqueou a mãe até a morte quando ela esqueceu-se de engraxar seus coturnos. Não sei como arranjou a arma e a munição, mas pelo que lhe mostrei, ele as tem.

Bora concordou. Rapidamente, calçou uma luva de couro sobre a mão direita com a ajuda dos dentes antes de falar:

— Serei franco, Guidi. Se meus homens e eu toparmos por acaso com ele, o entregaremos a você com o maior prazer. Mas, se ele disparar contra nós, vamos matá-lo.

— Já esperava que dissesse isso.

— Estou apenas informando.

Como penugem ficando mais espessa, nuvens esparsas estavam se fechando e criando uma camada compacta, que logo impediria a passagem da luz do sol nascente. Caiu um pouco de neve seca, esbranquiçando as costas dos cães. Sempre que a luz conseguia penetrar, os flocos brilhavam como pedacinhos de papel de alumínio. Bora, que ainda estava febril, gostou do ar gelado. Começou a caminhar pelo campo, na frente de Guidi e, embora seu joelho doesse bastante, continuou sem diminuir o ritmo.

Quando o italiano o alcançou, Bora falou:

— Havia um prisioneiro de guerra enquanto eu estava na Rússia... Nunca soube o nome ou a nacionalidade dele, mas nós o chamávamos de Valenki por causa das botas de inverno que usava. Ele não era o que você chamaria de "gente sã". E, da mesma forma que seu preso, era obcecado por sapatos. Em vez de se lamentar e mendigar como seus companheiros... Você não sabe o que é mendigar de verdade até ver prisioneiros de guerra russos fazerem isso, Guidi. Ficamos enojados e não com raiva... Enfim, ele se agachava junto à cerca do quartel e observava os soldados passarem. Soldados e refugiados, pois naquela época ainda estávamos avançando rapidamente. Ora, Valenki olhava apenas para os pés e, com toda a seriedade, previa quem logo iria morrer. Os outros prisioneiros riam dele, assim como meus colegas que falavam russo.

Seguindo ao lado de Turco, Guidi pisava com cuidado no terreno pedregoso e coberto de neve.

— Fala russo, major? — perguntou Turco.

— Sim. Mas nunca ri de Valenki.

Guidi ficou irritado por Turco estar simpatizando com Bora.

— Bem, não há nada de estranho para explicarmos aqui. O fugitivo precisa de sapatos, mata por eles, e os descarta se não servirem.

— Meu soldado ainda estava de coturnos.

Guidi não quis falar que os Carabinieri haviam encontrado o corpo imediatamente depois do assassinato e nada disseram.

— Com sapatos ou sem — interveio o cabo Turco de trás da fedorenta nuvenzinha de fumaça produzida por seu cigarro — esta garota aqui (ele usou o termo siciliano *picciotta*, apontando para a cadela Lo-la-Lola) vai nos levar diretamente àquele *lazzu di furca*.

Bora virou-se para ele.

— Excelente clima para seguir pistas, não acha, Turco?

O siciliano pareceu lisonjeado pela familiaridade com que o major dirigiu-se a ele. Apesar de seus protestos contra os alemães, ele agora olhava para Bora com respeito, concordando vigorosamente.

— Sim, senhor, tem razão. Por acaso *vossia*... O major caça?

— Nunca cacei animais.

Sem parar de conversar entre si, chegaram ao ponto onde iriam ter que se separar, ao lado de uma pequena vala de irrigação estreita obstruída pelo gelo. Através dos binóculos do alemão, parecia uma cicatriz na terra coberta de neve, margeada em certos pontos por talos secos de tojo que alcançavam a altura de um homem e rubros como metal enferrujado.

Bora passou os binóculos para Guidi.

— *Pyrej*, é como os russos chamam essa planta. Se a pessoa estiver muito esfomeada, dá para fazer pão com a farinha dela. — E olhou de relance à sua volta, para o campo sombrio. — Aqui há muitas coisas que podem ser usados para a sobrevivência, se necessário.

Guidi observou a beirada do campo e as colinas além dele. Achava a superficialidade de Bora insuportável diante de seus *outros* envolvimentos, seus *outros* deveres. Um assassino insensível procurando justiça contra outro assassino insensível. Como ele conciliava deportações com aquele seu jeito certinho e arrogante de marido fiel e militar respeitável? Até a Rússia era um pretexto para ele mostrar como era competente. A sobrevivência de Claretta não devia nem constar nas coisas que eram importantes para Martin Bora.

Logo eles chegaram à vala de irrigação, onde Guidi e Bora sincronizaram seus relógios.

— Fiquem na terra plana — disse Bora — e nós contornaremos os morros. Vamos cada um em semicírculo e voltamos a nos encontrar aqui às 11 horas. Se ouvir tiros, não venha até nós. Não precisa se preocupar com qualquer coisa que possamos estar fazendo por aqui.

Uma hora depois, Bora e seus homens chegaram a uma clareira no pico mais alto da serra setentrional, onde uma cobertura de mato crescido formava um pequeno recanto que oferecia abrigo do vento. Tinha nevado sem parar, durante os últimos 30 minutos, e uma ventania que vinha do norte trazia a neve em lufadas pulverizadas. Aqueles borrifos brancos aderiam às folhas mortas e aos troncos, bem como às fardas dos homens.

Contra a parede de pedra do recanto, resquícios de uma fogueira feita de pequenos galhos estavam rapidamente sendo cobertos pela neve. Nagel pegou um graveto, cutucou o fogo com ele, e apalpou-o com a mão nua.

— Ainda está morna, *Herr* major.

Bora podia ver que os galhos das árvores no alto da cobertura foram quebrados para fornecer combustível.

— É uma fogueira tão pequena, senhor, que não me parece que foi feita para mais de uma pessoa. Dormiu ou passou a noite sentado aqui.

— Exatamente. Seja lá quem for, já foi embora, mas pode estar por perto ainda.

Cautelosos, os soldados começaram a subir a encosta. Olhando de volta para os campos, através da cortina ondulante da neve fina, as casas de Sagràte podiam ser vistas distribuídas irregularmente, como pedregulhos ao longo da estrada. Bora não conseguia mais distinguir Guidi e seus homens, pois havia um bosque esparso entre os grupos. Sem dúvida os cães começaram a seguir uma trilha e, se não foram diretamente para lá, significava apenas que o fugitivo estava em outro lugar.

Bora subiu à frente da patrulha. Às vezes, suas botas encontravam lugares firmes para pisar, enquanto em outros ele escorregava, e precisava resistir à tentação urgente de erguer a mão esquerda para se apoiar. Porém, estar ao ar livre era revigorante. A terra fria debaixo dos seus pés tinha um cheiro ótimo.

O que foi que Guidi entendera? O inverno russo quase o matou, mas foi o verão daquele país que aterrorizou sua alma. Se ele fechasse os olhos, podia ver o triângulo sinistro da cauda do avião erguendo-se como uma barbatana morta no mar de girassóis desbrochando. A neve já tinha acabado, assim como sua missão. Aquelas hastes, imensamente altas e inflexíveis, erguiam-se grossas como o braço de um homem e estavam recobertas por cerdas afiadas como navalhas, através das quais ele procurava livrar-se de seus pesadelos. Lutou e desvencilhou-se, sua força contra a delas, espremendo-se entre as pás até não poder mais respirar. Incansavelmente, seguiu em frente, com todas as forças até chegar ao avião.

— Mais pistas, *Herr Major.*

As palavras de Nagel o sobressaltaram, tanto que Bora tropeçou e precisou esticar o braço para alcançar o galho mais próximo e poder continuar de pé sobre o monte de neve. *É a febre*, pensou. E, depois: *Graças a Deus é inverno.*

Talvez por conta de suas roupas mais finas, Guidi não apreciava nem um pouco o vento cortante que varria a planície. A neve caía agora com mais intensidade, e talvez eles tivessem que suspender as buscas. Até mesmo Lola-Lola parecia desnorteada pelo clima que estava fazendo, isso sem contar a falta de atenção de Blitz. Os sapatos de Guidi estavam cada vez mais desconfortáveis, e seus pés duros e dormentes. Bora e seus soldados já não podiam mais ser vistos. Uma hora e quinze minutos precisavam passar antes que eles se reencontrassem na vala; que agora jazia invisível, pois o terreno estava todo branco e uniforme à frente e atrás do grupo.

Diante deles marchava Turco, o fuzil com o cano para baixo pendurado nos ombros, como seus primos mafiosos faziam. Chamando os cães, o soldado alemão de nariz empinado seguiu uma trilha própria; três outros homens avançaram, em uma fila irregular. A neve grudava à parte da frente de suas roupas conforme avançavam.

Apesar do tempo, o policial na frente de Guidi cantarolava em voz baixa e desafinada. Cavuto, é claro, a julgar pelos fragmentos de palavras que o vento trazia.

—Venha, há uma trilha na floresta/ Sou o único que a conhece/ Queres conhecê-la também?...

Então, Turco gritou

— *Accura!* Inspetor, alguém esteve aqui! Ele tinha chegado à beira de um bosque, e apontava para pegadas que as copas das árvores, embora sem folhas, evitavam que ficassem cheias de neve muito rápido.

— Não são coturnos alemães, são?

— Não, não têm tachas.

Quando Guidi foi até onde ele estava, Turco já havia penetrado ainda mais o bosque. O italiano seguiu-o depois de pedir a Cavuto para estar pronto para lhes dar cobertura se necessário. Cavuto assentiu, murmurando sua música de boca fechada.

— *Lá embaixo, entre as árvores/ Feito com galhos em flor/ Tem um ninho lindo e simples/ Exatamente como teu coração deseja...*

Ele está com medo, e canta para se acalmar, pensou Guidi. *Ou então pensa que cantar uma música que fala de trilhas escondidas vai tranquilizar os guerrilheiros, caso eles estejam vigiando.*

— São pegadas de apenas um homem, inspetor.

— Pare de andar, Turco, está embaralhando tudo. Para onde elas levam, pode distinguir?

O siciliano encarou o chão, com uma expressão concentrada e intrigada.

— Parece que não levam a nenhuma direção específica. Como se ele estivesse andando de um lado para outro, algo assim. Ele parou aqui e depois deu mais alguns passos. Não dá para saber, inspetor, mas ele estava calçado.

— Só nevou com mais força durante a última hora, portanto estamos perto. Fiquem de olhos abertos, homens. Se Deus quiser, vamos acabar com isso hoje.

Subitamente os cachorros começaram a seguir a mesma pista. Lola-Lola cutucou a pegada com a pata, e Blitz sacudiu-se de entusiasmo. Seguindo-os, Guidi e o restante do grupo foram ainda mais para dentro do bosque, para depois começarem a contorná-lo novamente, terminando por sair na clareira, onde a neve os envolveu.

A canção ficou gravada na cabeça de Guidi, indo e voltando como uma mosca teimosa.

— Parecem maravilhosos/ Os bosques e a lua/ Contando histórias de paixão...

Tá bom. Florestas encantadas, uma ova. Agora tudo se resume a rebeldes e a alemães. E a maníacos soltos por aí.

Nesse lugar as pegadas estavam sendo apagadas rapidamente, embora os cães já não se deixassem mais enganar, começando a procurar na elevação que anunciava os morros.

— Venha, há uma trilha na floresta/ Sou o único que a conhece/ Queres conhecê-la também?...

Um tiro de fuzil, vindo de cima da encosta, passou por Turco e atingiu de raspão o braço de um de seus companheiros. O estouro ecoou pelo vale.

— Todo mundo para o chão! — berrou Guidi.

Outro tiro, e depois uma sucessão rápida de mais três, porém surgidos de um lugar diferente. Guidi reconheceu esses disparos como das armas semiautomáticas alemãs. Eles ecoaram pelas colinas, ficando cada vez mais distantes, e não foram seguidos por nada.

— *Marasantissima*, eles devem ter capturado o homem! — Turco ergueu-se da neve, desajeitado como um bezerro recém-nascido. — Ou então, ele fugiu.

Os dois grupos encontraram-se na encosta coberta de árvores, que os homens de Guidi alcançaram escalando e os alemães atingiram percorrendo ao longo da elevação.

— Encontramos sangue — informou Guidi a Bora. — Há uma bela mancha vermelha a uns 50 metros daquele lado, e a neve está bastante revolvida. Dá para ver gotas e trilhas aqui e ali. Os cachorros estão loucos. — Enquanto falava, Guidi percebeu que Bora estava mandando recolher os animais. — Por que fez isso, major?

— Nós o atingimos duas vezes, possivelmente três. Eu lhe garanto que ele não vai chegar muito longe. — Com o coturno, Bora alisou as manchas de sangue na neve, deixando-a rosada. — Não estará vivo até o amanhecer.

— Amanhecer? Quer dizer que não vamos continuar com as buscas?

— Não fale bobagem, Guidi. O terreno não está apropriado para fazermos buscas, a menos que haja um excelente motivo. Não estou disposto a arriscar a vida de meus homens para procurar um assassino. Nós já ajudamos, e agora vamos voltar para Lago. Se quer meu conselho, saia dessa região antes que os tiros atraiam os guerrilheiros. Eles reconhecem fuzis alemães só de ouvi-los. — E como Guidi ficou visivelmente frustrado diante daquela proposta, o major acrescentou: — Não teria dado ordem para atirar se ele não tivesse disparado primeiro. Nós o vimos e estávamos seguindo-o à distância, quando aparentemente ele distinguiu seu grupo e abriu fogo. Eu lhe disse que nós iríamos atirar.

— Ficarei aqui até encontrá-lo, major.

— Mas eu não.

Dentro de minutos, os alemães já tinham saído dos morros e voltado para a estrada. A neve, que por algum tempo ficara mais branda, começou a cair de novo, soprada pelo vento, branca, ofuscante e quase horizontal. Logo, ela cobriria completamente o sangue.

Na quarta-feira, 8 de dezembro, Verona foi alvo de um ataque aéreo.

Cada qual em seu gabinete, Guidi e Bora testemunharam a passagem de formações de bombardeiros aliados a uma altura inconcebível, deixando longas nuvens de vapor para trás. O trovão dos canhões antiaéreos não tardou a acontecer, um martelar profundo e sombrio que fez tremer as vidraças em Lago e Sagràte. Pássaros amedrontados dispersaram-se às margens do rio. A Cruz de Ferro de Bora remexeu-se contra o espelho, onde pendia da sua fita preta, vermelha e branca. E, no voo de regresso, houve um combate entre aviões americanos que escoltavam os B-17 e caças alemães ou italianos, bem acima do cume das serras ao norte. Guidi não conseguiu distingui-los, mas Bora reconheceu os perfis semelhantes a ratos dos Mustangs e as cabinas angulosas e esguias dos Messerschmitts.

Meia hora depois, embora Guidi tivesse uma reunião marcada com Bora naquele dia, o alemão agiu como se não o esperasse.

— Caso deseje ligar para Verona daqui, meu telefone também não está funcionando — começou. — E não tenho tempo para conversar. Um dos caças caiu ao sul da estrada estadual; vou até o local da queda.

Guidi estava morto de preocupação com Claretta, era verdade. Ele apenas não sabia que estava tão aparente.

— Não vim aqui fazer ligações — disse. — O senhor prometeu me mostrar o que descobriu ao examinar as contas de Lisi, major.

— Depois, depois! — Pelo dedilhar rápido da sua mão direita, Bora estava prendendo o cinto da pistola à cintura. — Se quiser, pode esperar aqui.

— Posso ir junto?

— Não. — Bora empurrou-o para fora do seu gabinete. — Mexa-se, pelo amor de Cristo!

Diante do posto, um pequeno grupo de soldados entrava em um carro de combate. Guidi seguiu o alemão.

— Então —, disse ele, esperando impacientemente o motorista trazer o BMW até o meio-fio. — Encontrou o preso atirador?

— Ainda não.

— Já imaginava. Se não estiver muito frio, os cães poderão farejá-lo e encontrá-lo em uns dois dias.

O veículo militar mal havia se afastado da calçada quando o carro de Bora freou bruscamente no lugar dele e a porta escancarou-se para que ele entrasse.

— Posso pelo menos esperar aqui, major?

— Pode. — Bora entrou no carro, e imediatamente o pequeno comboio saiu a toda velocidade por uma estreita estradinha rural.

De vez em quando os pneus derrapavam em alguns trechos congelados, mas Bora não deixou o motorista diminuir a velocidade para se adaptar às condições da estrada. Manteve, o tempo todo, olhos alertas no horizonte, onde uma coluna de fumaça negra subia pelo céu na quietude típica depois de uma nevasca. Em minutos, o carro abandonara a estrada e seguira caminho por uma trilha coberta de neve no campo. Uma depressão do terreno obscureceu o horizonte por algum tempo, depois choupos altos criaram uma confusão de galhos que escondia a fumaça e o local do impacto. Bora procurava ficar parado, para aliviar a tensão. Braço, perna, cabeça. Tudo doía de novo, e o nervosismo só piorava as coisas, embora ele não tivesse nenhuma esperança de encontrar o piloto vivo. Com as batidas do coração lhe congestionando o peito, ele foi o primeiro a sair do carro, o primeiro a passar pelos arbustos enegrecidos até o buraco na terra chamuscada.

Já era bem depois do meio-dia quando a patrulha retornou a Lago. Da porta do posto de comando, Guidi viu os veículos estacionarem em fila. Em pouco tempo, Bora aproximava-se com aquela coxeadura rápida. O casaco da farda estava visivelmente sujo de óleo e de sangue quando ele entrou. Ele fez um sinal a Guidi indicando para que ele o seguisse até o gabinete. Lá, sem dizer uma palavra, ele foi até a escrivaninha, onde colocou uma bolsa de lona. Sentou-se atrás dela, ainda calado, e com o rosto tenso.

Guidi caminhou até a janela. Não fez nenhuma tentativa de falar primeiro, dando as costas para a sala, a fim de criar uma ilusão de privacidade entre eles. Sua preocupação com Claretta, presa em Verona, estava se transformando em pavor, e ele percebia o nervosismo nos outros facilmente.

Logo, leves ruídos indicaram que Bora esvaziava a bolsa sobre a escrivaninha.

— Era um caça alemão, major?

— Não. Americano.

Quando Guidi olhou, Bora estava examinando alguns poucos objetos que trouxera do local do acidente, e parecia estar muito transtornado. Um diário com fotos, chaves, um isqueiro e etiquetas de identificação era tudo o que o saco continha, pelo visto. Uma a uma, Bora examinou as fotografias antes de colocá-las de lado, e depois inclinou a cadeira até o encosto tocar na parede.

— Recuperaram o corpo?

Bora confirmou, os lábios comprimidos. Esticou-se para tirar um bloco de anotações cheio de números de um gasto, e entregou-o a Guidi.

— Minha *análise* das contas de Lisi.

Durante o tempo que Guidi levou para ler os números escritos a lápis, Bora permaneceu sentado, balançando a cadeira, com os olhos voltados fixos na janela.

— Sabia que tinha algo suspeito aqui — disse Guidi, afinal. — Lisi emprestava dinheiro e cobrava juros, e não era só para De Rosa. Parece que há contas que não foram ajustadas.

— Sempre há algo suspeito quando a pessoa morre subitamente.

— E que juros ele cobrava! Trinta e oito por cento, baseando os cálculos cada duas semanas, meu Deus! Não ficaria surpreso se um dos devedores fosse o culpado. Trinta e oito por cento! É de se perguntar quem pediria dinheiro emprestado sob essas condições?

Bora não teceu nenhum comentário. Tirou do bolso um dos recibos encontrados no apartamento de De Rosa, e entregou-o a Guidi.

— De Rosa joga a dinheiro?

— Parece que sim. — Recolocando a cadeira apoiada nas pernas da frente, Bora esticou a mão para pegar o telefone. Parecia estar pensando em algo completamente diferente. — Veja — disse, depois de encostar o ouvido no receptor. — A linha foi restabelecida. Por que não liga para Verona?

Guidi não perdeu tempo. Entretanto, foi com dificuldade que conseguiu falar com o presídio municipal. A princípio ouviu o diretor aliviado, mas posteriormente ficou menos otimista.

— Ela foi formalmente acusada do assassinato de Lisi, major.

— Graças a Deus sobreviveu ao bombardeio. Quando terminar, ligarei para De Rosa no quartel-general italiano. Isso se ele não foi atingido por uma bomba.

Guidi percebeu muita tolerância na voz de Bora, ao contrário da falta de educação com que tinha se deparado antes. No entanto, a tolerância — assim como o autocontrole e a energia física — pareciam estar cuidadosamente tatuados nele, até que fosse impossível escapar sem revelar algo sobre si mesmo. O que quer que fosse que De Rosa lhe dizia ao telefone, Bora respondeu em um alemão frio e sem pausa, que Guidi interpretou como uma reprimenda sem dar chance de resposta ao interlocutor.

— Ele teve a audácia de me dizer que deram entrada no pedido para deserdar Clara Lisi — disse Bora, espontaneamente, colocando com violência o receptor no gancho. — Está tudo indo rápido demais. Com bombardeio ou sem, é melhor irmos a Verona enquanto ainda é dia. — O major, então, saiu do gabinete para dar ordens ríspidas a alguém, e voltou para pegar os pertences do aviador na gaveta.

— Da última vez que fiz isso estava perto de Kursk — mencionou, com toda a naturalidade, como se o assunto não tivesse muita importância. Mas a cabine despedaçada do piloto brilhava e estava clara em sua cabeça, um milhão de pedaços da espessura estriada de sangue, como a explosão de um mundo de vidro, o rompimento de um imenso olho vítreo que caiu silenciosamente de um céu de verão. Nem mesmo o próprio sangue o havia indignado tanto quanto o sangue de seu irmão correndo nas suas mãos.

Em Verona, a fumaça misturada ao pó de cimento elevava-se dos subúrbios atingidos pelas bombas, e um odor de gesso úmido pairava no ar.

Bora ainda podia sentir o cheiro quando entrou no gabinete de De Rosa, passando direto pelos guardas italianos. Assim que entrou, disse:

— Por que não me falou que Lisi era um agiota?

De Rosa lia um jornal, que enfiou rapidamente em sua gaveta. Ficou de pé, vermelho de vergonha e raiva, e foi fechar a porta antes de responder.

— Não sei do que está falando, major.

— Teria facilitado em muito a investigação e poupado tempo!

De Rosa engoliu em seco.

— Bem, por que você meteu o policial de província em tudo isso? Nós o procuramos para que fizesse o serviço, e então o senhor envolveu o idiota do Guidi no caso. Toda a ideia, achei que soubesse, era manter segredo.

— Segredo? Segredo sobre o quê? Como se Vittorio Lisi merecesse! Vamos logo, diga-me, ele emprestou dinheiro a você e a outros membros do Partido ou não?

— Major, não gosto nada desse negócio de o senhor invadir meu escritório logo depois de um bombardeio estraçalhar nossas ferrovias.

Bora sentiu vontade de lhe dar um soco. Mas isso só durou um momento, embora ele tenha precisado se esforçar para conter o desejo.

— Suas ferrovias que se danem. Ele emprestou o dinheiro ou não?

— Ele *doou* dinheiro para o Partido, pelo amor de Deus! Fazia algumas contribuições generosas, apenas isso. Ele também me prestou alguns favores financeiros, não nego, mas sempre paguei cada centavo. — Enquanto falava, De Rosa pareceu perceber o verdadeiro pensamento de Bora, pois mudou de comportamento instantaneamente. — Major Bora, estou horrorizado, *horrorizado* com suas insinuações! Acha mesmo que os fascistas de Verona iriam chegar ao ponto de matar por dinheiro? O senhor nos insulta apenas por pensar assim. Além disso, Vittorio Lisi era uma fonte de renda constante e voluntária. Por que mataríamos a galinha dos ovos de ouro?

— Parece a mim que o Partido também agiu com uma rapidez incrível para tentar remover Clara Lisi do testamento. O que planejam fazer com a outra mulher? Matá-la também?

— Major, major, major! O senhor está sendo injusto! Se tivéssemos algo a esconder, por que pediríamos a um oficial alemão, praticamente um irmão para nós, para solucionar o crime?

Bora não tinha resposta, e isso foi suficiente para De Rosa tentar acalmar a situação.

— Acredite em mim, Lisi mantinha suas transações sob sigilo absoluto. Não nos incomodávamos em descobrir de onde vinha seu dinheiro. Tudo o que queremos é descobrir quem matou esse homem honrado. Não podemos revelar esse escândalo ao povo de Verona. Eu lhe dei uma pista sobre o pai da moça morta, Zanella. Veja o que pode fazer com isso. Mas, tenha em mente que ele veio pedir dinheiro, não foi tirar satisfações morais. E nunca podemos ter certeza de quem é o verdadeiro pai de uma criança, não é? — Quando Bora lhe lançou um olhar repulsivo, De Rosa mudou o tom. — O senhor precisa reconhecer que uma esposa nova-rica, esbanjadora, com um carro amassado e sem álibi é altamente suspeita.

— Assim como alguém que manda consertar o carro amassado para presentear sua amante. Até onde sei, você não tem álibi para a tarde da morte de Lisi.

De Rosa abriu a boca. Não exprimiu nenhum som, mas o bigode de lagarta arqueou-se como se o tivessem espetado.

— Eu me recuso a submeter-me...

— Ninguém da sua repartição sabe onde você estava. Saiu às 10h e só voltou no dia seguinte.

— O senhor pode imaginar onde eu estava — falou De Rosa, acidamente.

— Está querendo me dizer que estava com Marla Bruni? Tenho certeza de que ela iria confirmar. Mas, como ela fica depois?

— Eu... nós... De homem para homem, major Bora, estive com ela no meu apartamento, e nós passamos o tempo todo na cama.

—Vinte e quatro horas, sem parar? Por tudo o que é mais sagrado, eu sou muito bom de cama, e mesmo assim nunca iria conseguir aguentar essa maratona! — O rosto indignado de De Rosa era ridículo, mas Bora não conseguiu nem mesmo chegar perto de rir. Sua dor de cabeça estava se transformando em necessidade de vomitar. Durante toda a manhã, seu braço esquerdo doera, e do punho amputado subiam pontadas agonizantes que iam até o ombro e até a nuca. Logo acima da sua bota de montaria, a carne mortificada do seu joelho latejava como um segundo e doloroso coração. Ele apoiou-se o suficiente para colocar um cigarro na boca, mas não o acendeu. — Quero saber quem mais está envolvido nessa história. Se o motivo foi dinheiro, quero saber quem pode ter matado o homem por isso.

De Rosa franziu o cenho até suas sobrancelhas formarem um ângulo reto e felpudo na testa.

— E quanto a Clara Lisi, que queria mais dinheiro do que ele estava disposto a dar?

— Não se preocupe com Clara Lisi. Falarei com ela em seguida.

E Bora falou. Sua dor de cabeça fazia as luzes do presídio se transformarem em um mar de centelhas maléficas, pelo qual ele vadeava, cada vez mais enfurecido.

No início, Claretta suportou o interrogatório insensível. Depois, começou a chorar e pediu para falar com o inspetor Guidi. No final, como Bora não quis sair, ela como que desmaiou na cadeira.

— Não comeu nada o dia inteiro — disse um guarda a Bora. — Com medo dos bombardeios. Além disso, está adoentada.

O major não acreditou, mas não via nenhum sinal de que aquele desmaio terminaria enquanto estivesse por ali. Finalmente saiu, com pouco mais do que mera exasperação. Sem olhar para onde ia, deu um esbarrão em Guidi.

— Para onde diabos está indo, major?

Bora não disse nada.

A rua escura ganhava vida como o vento furioso. Da calçada, na penumbra, Guidi viu o alemão mancar apressado até seu carro e sentar-se ao volante sem dar partida. Estava extremamente frio. Frio demais até para nevar. Mesmo assim, Bora continuou sentado no veículo, e dele só se viu o brilho, semelhante a um vaga-lume, de seu isqueiro quando ele acendeu um cigarro.

Guidi atravessou o portão para entrar no presídio.

CAPÍTULO 7

Nando Moser foi abrir a porta da mansão arrastando os pés.

— *Na, Herr major!* – cumprimentou o visitante. — Pode entrar.

Bora agradeceu o convite com uma deferência, mas não entrou.

— Sei que já é tarde — disse ele, como se desculpando. Mas a verdade era que ele estava exausto demais para tentar dar mais um passo.

— São apenas 18h. Não é tarde de forma alguma. — Depois que entrou, Moser trancou a porta atrás dele, e o seguiu até o centro do salão fracamente iluminado. — É bom revê-lo. O que o traz aqui?

Bora estava de olhos pregados no piano Silbermann.

— Não sei, apenas passei por perto. — Ficou aliviado por Moser olhá-lo de uma certa distância, sem obrigá-lo a conversar. O simples fato de estar ali, de falar sua língua nativa, o reconfortava imensamente naquele momento. Bora sentiu como se um imenso fardo estivesse para cair de seus ombros, um fardo que ele se perguntava por que carregara por tanto tempo. Estava cansado, física e mentalmente. — Só preciso que me dê algum tempo — falou, envergonhado por dizer isso.

Mesmo se o fardo fosse algo material, não causaria menos dor do que agora. Olhando para o piano, Bora quase se descontrolou o suficiente para começa a tremer, mas não se permitiria uma fraqueza dessas.

Moser também voltou-se para o Silbermann.

— Esta casa foi construída para ser um refúgio, major. Os militares precisavam de algum lugar para descansar. Estou feliz por ter vindo e também por ter tocado piano naquela noite. O senhor toca muito bem.

Bora encolheu-se diante do elogio, sentindo repugnância ao ouvir a palavra "bem", quando sabia que essa qualidade estava presa ao passado.

Mas Moser sorria.

— A música é algo que aprendemos a julgar nesta casa. Ouvi seu falecido pai reger *O Navio Fantasma* em Bayreuth, em 1913. Foi a última e maior performance de Friedrich von Bora. Walter Soomer, se não me engano, foi o solista.

— Foi ele mesmo. Minha mãe até tem uma gravação.

— De que ária?

— "Desde uma época já muito distante."

— Parece que se encaixa muito bem na nossa situação.

— De fato. — Bora desviou os olhos do piano e fitou o velho. — Realmente, não sei por que vim aqui. Acho que precisava de um descanso.

— Para fugir dos seus turcos?

— Internos e externos, sim. Os internos são os piores.

— Mesmo assim, não devia deixá-lo ficar parado na porta. Não quer sentar-se? Podemos ficar perto do fogão.

Bora já estava caminhando na direção da escada. Sentou-se ali mesmo, de costas para a parede. Tirou o quepe e colocou-o no degrau seguinte.

Moser acomodou-se no banco do piano, procurando não incomodar o outro.

Naquele momento, Bora não conseguia olhar ou falar com ele. Vulnerável como vidro — como vidro fino — evitava olhares e palavras por julgá-los inseguros e sentia uma necessidade urgente de chorar pelo irmão morto. Não tinha qualquer preocupação com carreira ou segurança, a morte de seu irmão era o grande fardo daquela noite. E também sua esposa, solitária, sem carinho. O fardo ficou ainda mais pesado com todas as mortes da sua vida pelas quais Bora não havia chorado, perdas sofridas e aquelas que ainda estão por vir. Desde que fora ao local do acidente trazia em si essa necessidade, como uma ferida mais cruel do que as que cicatrizavam no seu corpo, uma ferida íntima e interminável, que não poderia mais ser suturada como as outras.

Assim, Bora decidiu que não resistiria à dor física. Era talvez a primeira vez desde setembro que ele não apresentaria nenhuma resistência a ela. Esta noite, ele preferia sofrer a dor na carne do que na mente. Quando chegasse ao fim, ele não se importaria consigo mesmo, motivo pelo qual seu corpo nunca o perdoaria. Ficou agradecido por Moser permanecer sentado e em silêncio na penumbra, com as mãos nos joelhos. Silêncio e sombras eram tudo o que o major seria capaz de suportar, agora que o fardo estava para cair.

Foi aí que a dor o atravessou. Mesmo assim, o pesar era absoluto, repleto de culpa e raiva inútil. Uma angústia frustrante, tão frustrante! A dor ficou menos assustadora. Bora a encarou, e não ousou pegar o fardo de novo. Então, sentado ali, entregou-se finalmente à dor. Havia outros fardos, outras responsabilidades. Naquele momento ele recusou todos. Não queria procurar o assassino. Tinha raiva de Lisi, da mulher dele, do dinheiro dele. Até pensar na missão lhe parecia repugnante. Irritava-o, só Deus sabia o porquê. Talvez porque todos os outros tivessem algo a ganhar com a resolução do crime, mas ele não. Não iria obter nada solucionando o crime. Nenhum alívio, nenhuma paz.

— É difícil encontrar paz — disse Moser, calmamente. — Nunca conseguimos encontrá-la no lado de fora. Vencer os inimigos externos só lhe dá espólios com os quais você pode construir uma casa.

Bora olhou para a parede. Depois falou:

— É pior que isso, quando não é permitido desistir.

— Às vezes é preciso, major, e esse é o ato mais heroico a fazer.

— Nunca poderei desistir.

— Então, sinto pena do senhor.

Bora fechou os olhos e descansou a cabeça contra a parede fria.

— Por quê? Fazemos nossas próprias escolhas e criamos nossos próprios inimigos: se não os matarmos, eles nos matam. E quando eles morrem, desprezamos seus cadáveres. Deixamos que outra pessoa os encontre.

— Algumas vezes.

— Não, sempre. Sempre. A menos que nos transformemos em necrófagos, precisamos deixar os mortos em paz. Eu sei *muito bem* disso.

E, como tinha escolhido a dor, ela aumentou, deixando-o tenso. Perna, braço, ombros, pescoço: ele se esforçou para controlar a voz, mas não conseguiu fazer nada além de respirar com uma paciência animal inerte, devagar e com dificuldade.

— Parece extremamente cansado, major. Está se sentindo mal?

Mal? Bora estava perdendo a batalha. Não conseguia mais conter os tremores e nem se importava se os outros notassem. Seus dentes batiam uns contra os outros.

— Estou doente, *Herr* Moser. E sentindo muita dor.

Bora ficou envergonhado ao verbalizar isso, como se estivessse expondo uma parte suja de si mesmo, que acabaria por contaminar todo o aposento. Ele tinha medo que isso acontecesse. Só que o cômodo continuou limpo e sem manchas, embaixo daquela grandiosa abóbada pintada, como que sob um misericordioso céu interior.

— Como posso ajudá-lo, meu pobre homem?

Bora virou o rosto para o outro lado até os tendões de seu pescoço doerem tanto quanto o resto. Nada iria ajudá-lo, nada.

Nada, a menos que possa me devolver meu irmão morto, ou minha mão, as outras partes do meu corpo, o amor da minha esposa.

Bora tremia para não gritar. No escuro, atrás dele, as trevas de olhos fechados e uma casa vazia, manhãs cintilando feito raios, rápidas visões mergulhando do nada assim que chegavam à sua memória. O irmão na estação, dando um sorriso igual ao da sua mãe. A linha delicada das mãos de Dikta, segurando-lhe o rosto enquanto o beijava. Rússia. Rússia. Rússia. O para-brisas do carro despedaçando-se. Tateando sua aliança no meio do sangue, encontrando-a pendendo da sua mão estraçalhada.

Pode me devolver pelo menos uma coisa? Ah, Cristo. Ah, Cristo.

Foi a voz do piano Silbermann, perigosamente próxima, que ofereceu uma resposta. Aguçada, cada som uma lâmina afiada. Melancólica, inflexível, cruel e inocente, indisposta ou incapaz de mentir.

Se Valenki tivesse, pelo menos, me dito quando. *Se eu soubesse* quando.

A angústia o dilacerava, como se sangue envenenado vindo do ferimento interno estivesse sendo libertado aos poucos, escorrendo sobre ele, e drenando-lhe o pesar. Não teria nada de volta. Mas a velha música abria cada veia amarga, deixando-as sangrar abundantemente e formar poças escuras, portanto Bora não chorou. Afinal, os homens não choram por fora.

A música disse não.

Passou-se muito tempo até Bora poder se mover ou falar de novo. A melodia já havia terminado e a casa estava mortalmente silenciosa. A dor era forte o bastante para deixá-lo tonto.

— *Herr* Moser, estou procurando alguém que não quero encontrar — disse.

— Mas vai.

— Nós o encontramos — Guidi informou a Bora de manhã, ligando diretamente de sua casa. — Não estava longe de onde vimos a primeira trilha de sangue. Se estiver com tempo ao meio-dia, venha vê-lo.

Bora apenas respondeu:

— Irei sim.

O policial colocou o receptor no gancho. Um insistente bater de xícaras anunciava que o café da manhã estava servido na cozinha. Calçando as meias ao lado da janela, ele viu um dia lindo, tão claro quanto uma janela limpa, com todas as coisas gravadas nitidamente nela. Até mesmo grãos de pó projetavam sombras em um dia como aquele. Esta era a manhã em que Guidi sabia que ia contar e descrever à mãe como o batom tinha ido parar no seu lenço. E, mais importante, *por que*, o que resultaria em uma interação menos cansativa do que discutir ou trocar monossílabos na hora das refeições.

Portanto, ele contou.

De pé junto à pia, sua mãe aceitou a trégua, as mãos firmemente unidas sob o avental, o senso de justiça mais apaziguado do que condescendente diante da vitória. Guidi abocanhou com vontade um pedaço de pão para evitar falar mais detalhes. Ela serviu café de chicória para ele. O engraçado foi que, naquela manhã, os olhos da mãe pareciam fixos e curiosamente redondos, como os olhos de uma galinha que vê a minhoca começando a sair da terra fofa e espera hipnotizá-la para que termine de sair.

— Então estava brincando quando disse que era uma prostituta.

Guidi tomou um gole de café depois de comer o pão.

— Por que eu daria meu lenço para uma prostituta, mãe? Vamos deixar tudo como está. Ela está numa situação difícil com as autoridades.

— Entendo. Não estou curiosa em relação ao seu trabalho. Nunca faço perguntas, você sabe.

Mas permaneceu ali, contando cada mordida que ele dava.

— O nome dela nada significaria para a senhora, mãe. Nem a conhece. Jamais falou com ela. Além disso, está na cadeia.

— Na cadeia? Do que foi acusada?

— Homicídio.

A minhoca já sairá completamente, mas agora a galinha não sabia se queria comê-la ou não. Complacente, Guidi relembrou à mãe que isso era cotidiano na profissão que ele escolhera.

— Seu marido também foi policial a vida inteira e pagava todas as contas. A senhora nunca pareceu se importar com isso.

— Sandro, *não se atreva*! Ficaria muito agradecida se não metesse a memória de seu pai neste assunto.

— Deus me livre. — Guidi comeu o último pedaço de pão, tomou o restante do café e decidiu deixar a mãe remoendo o assunto pelo resto do dia. Com as mãos abertas na mesa, enquanto se levantava da cadeira, disse: — Sabe de uma coisa, mãe? Eu levo mulheres para a cama.

Às 12h30, o necrotério temporário em Sagràte estava aberto, e fedia a podridão disfarçada com fenol.

Bora parou na entrada para entregar seu sobretudo a Turco, que cuidadosamente o pendurou no braço.

— O inspetor já chegou, meu caro?

Guidi ouviu as palavras através do vidro da porta seguinte, e saiu para recebê-lo. O major falou:

— Eu lhe disse que meus cães o encontrariam.

Eles entraram, e viraram-se para o corpo que jazia em cima da mesa. Imediatamente Guidi percebeu a observação atenta de Bora.

— Mas seus cães não foram os primeiros — comentou. — Olhe os pés. Alguma criatura arrancou pedaços deles.

O alemão perguntou, com os olhos fixos no cadáver:

— Onde exatamente ele estava?

— Não muito longe de onde nos encontramos. Sem os cães e com a neve caindo pesada daquele jeito não percebemos que ele desabara atrás de um emaranhado de raízes e galhos. O senhor tinha razão quando disse que ele não demoraria a falecer. Sangrou até a morte e já começou a perder a rigidez.

— Ele levou quantos tiros?

— Três. Dois no peito, veja.

— E obviamente estava sem sapatos.

— Isso foi a coisa mais estranha. Ele estava calçado quando o seguimos.

— Então não matava gente para roubar seus sapatos. Como eu suspeitava.

Guidi deu de ombros.

— Parece que ele os tirou antes de morrer. A alguns metros dali encontramos outro par, presumivelmente o do homem que foi morto na vala. Ele colocou os próprios sapatos em formato de cruz diante de si, nunca entendi por quê.

— Em formato de cruz? — Bora aproximou-se da mesa até a farda tocar na beirada suja dela. — Se tivesse demonstrado algum interesse, poderia ter lhe contado o restante da história de Valenki.

— E isso importa?

— Sim. — Debruçando-se ainda mais Bora examinou o morto. Tinha a cabeça raspada, com cabelos ruivos aparecendo timidamente na palidez do crânio e das faces. O pescoço arqueou-se para trás durante a agonia, mas já perdia a rigidez, como Guidi dissera. Os olhos e a boca estavam escancarados. Muito sangue saiu dos pulmões, subindo pela garganta e sendo expulso pelo nariz. O major examinou com atenção, e aquele escrutínio pareceu a Guidi um excesso de morbidez.

— O que espera encontrar no rosto dele? Ele apenas parece morto.

— De fato. — Bora recuou, calmamente. — Ele me lembra o coitado do Valenki. Já lhe contei que um dia perguntei como ele conseguia fazer suas previsões?

— Não.

— Bom, aquele russo respondeu que Deus surgira para ele, entre nuvens luminosas, e lhe concedera o dom de adivinhar o destino das pessoas. "Como?" perguntei. Vendo os que estão para morrer sem sapatos, mesmo se estivessem calçados. E completou: "Os mortos nunca usam sapatos, *uvazhaemiy* major, então os vejo sem sapatos, como logo estarão." Não posso falar pelos civis, Guidi, mas os soldados que ele apontou realmente morreram pouco depois. É claro que não era preciso ser profeta para prever desgraças naquele front. Sei que não faz muito sentido, mas essa história prova que sapatos deviam ter um significado muito peculiar para este pobre homem. E não foi por acaso que lhe contei tudo isso: esses acontecimentos nos sugerem uma possibilidade sobre a qual deveríamos refletir. — Bora tirou um cigarro do maço e o colocou entre os lábios. — Assim como não sabemos a intenção do maníaco ao roubar os sapatos das vítimas, também não sabemos o que Lisi quis dizer quando desenhou a letra C no cascalho. Talvez devêssemos aprender uma lição de nosso insano morto: quer fiquemos lisonjeados por entendê-las perfeitamente ou que elas nos enganem por completo, as coisas raramente são o que parecem ser.

— Muito bem. Como o senhor quiser, major. Mas, então o que houve com Valenki? — perguntou Guidi.

Bora acendeu o cigarro.

— Pobre Valenki. Esse negócio dos sapatos e dos mortos continuou durante algum tempo, até que um dia eu o vi agachado longe da cerca, com as mãos no rosto. Ele não era de chorar, portanto fui chamá-lo. Eu quis saber qual era o problema, e ele ficou ainda mais triste. Respondeu: "Ah, meu estimado major, vi meus próprios pés descalços, e sei muito bem o que isso significa. Que a Mãe de Deus tenha piedade de mim." Senti pena dele. Passei-lhe um cigarro pela cerca, pois ele adorava fumar, e falei: "Ora, Valenki, não leve isso tão a sério. Relaxe." Mas o russo não aceitou o cigarro. Encarou-me com os olhos esbugalhados. "Eu vejo sua mãe e a minha mãe chorando, estimado major, mas a minha não está chorando tanto quanto a sua." Cigarro?

— Não, obrigado, major. — Mas, quando Bora mostrou que eram *Chesterfields*, Guidi pegou um e colocou-o no bolso com todo cuidado, para que não se partisse.

Bora deu uma tragada profunda, e vagarosamente soltou a fumaça pela boca.

— Tentei levar aquilo na brincadeira. "Deixa de bobagem, Valenki, nem mesmo conhece minha mãe", mas devo confessar que aquelas palavras me impressionaram. Meu irmão caçula tinha acabado de se apresentar como voluntário na Frente Oriental, e eu já estava bastante preocupado com ele, mesmo sem nenhuma previsão. Quanto a Valenki, ele simplesmente sacudiu sua enorme cabeça careca. *"Hospodi pomilui, Hospodi pomilui."* E chorou, fazendo o sinal da cruz enquanto rogava misericórdia a Deus e à Virgem Maria. — Bora olhava para a frente, mas Guidi o viu piscar. — Por fim ele tentou fugir naquela noite, e os guardas o mataram.

— Seus homens foram os responsáveis por isso?

Bora pareceu genuinamente surpreso.

— *Meus homens?* Eu pareço ser o tipo de oficial que é destacado para um campo de concentração? Meu regimento estava acampado ali por perto, apenas isso. Mas andei pensando um bocado no Valenki e seus sapatos, Deus sabe por quê. Conversávamos quase toda manhã. Ele olhava para mim enquanto nos preparávamos para sair e gritava: "Hoje não é um bom dia, estimado major. Tenha cuidado." E, sem dizer nada aos meus soldados, se Valenki mandava eu tomar cuidado, certamente faria isso.

Guidi sorriu apenas o suficiente para não ofender o alemão.

— Mas você não acreditava nele.

— Por que não? Por que não deveria acreditar? Será que Deus não poderia ter mesmo falado com Valenki? Ele era tão bom quanto qualquer um de nós, com exceção de que era russo. E também era louco, o que provavelmente o tornava melhor que a maioria de nós. Veja, Guidi, "os mortos não usam sapatos". Estar descalço é o mesmo que estar morto. A meio mundo daqui, o pobre Valenki iria concordar. De qualquer forma, parabéns. Deve estar satisfeito por ter resolvido pelo menos este caso. Aliás, poderia me dizer se alguma outra pessoa encontrou este corpo antes de você?

— Está falando dos rebeldes?

— Exatamente.

— Não vimos outras pegadas.

De cigarro na boca, Bora colocou os dedos nas pálpebras do morto e as fechou.

— Isso é ótimo. Agora, gostaria de reaver a carabina desse homem e a munição.

— Estão na delegacia.

— Faça o favor de mandar seu cabo pegá-las. Sabe, esse desgraçado se parece mesmo com Valenki. Ainda assim, você se livrou dele.

— É. E enquanto isso o assassino de Lisi ainda continua à solta.

Bora respondeu com súbita irritação.

— É surpreendente que esteja com tanta certeza, pois não é assim que estou. A diferença, obviamente, é que quem matou Lisi não era um assassino em série.

A hostilidade de Guidi estava se acumulando desde o dia anterior, e aquelas palavras a alimentaram além da conta. Ele sentiu o gosto da raiva, e, pela primeira vez, gostou.

— E o senhor, o que fez com Clara Lisi ontem à noite? Ela estava histérica quando fui visitá-la.

— Quanta ingenuidade. Não fiz nada com ela.

— Mas achou que devia informá-la do aborto da filha de Zanella.

— E também lhe perguntei se tem um amante. Não queria perguntar isso, mas acho que é relevante.

O sangue de Guidi subiu à cabeça.

— Por que é que não aproveita sua posição e manda linchá-la?

— Pelo contrário, planejo manter um distanciamento emocional daquela mulher. E de todo o resto. O problema de vocês, latinos, é que sempre confundem firmeza com crueldade.

— Claro, a mesma firmeza que o fez mandar um caminhão de inocentes para um campo de concentração!

Bora reagiu como se tivesse sido atingido por um raio.

— Não se *atreva*, Guidi. Nunca conteste operações militares na minha frente.

Falou apenas isso, mas Guidi percebeu uma mudança completa em Bora, que o deixou cismado. Começou a acrescentar algo, mas o major, zangado, o fez calar a boca.

— Não. Não. — O silêncio entre eles era frágil e instável, ameaçador por parte de Bora, e inseguro para Guidi, um momento em que tudo poderia ir por água abaixo

Porém o alemão se recuperou relativamente mais depressa.

— Vamos nos ater ao assunto em pauta. Você me pediu para vir aqui. Aqui estou. Quer discutir sobre Clara Lisi, sobre o que *fiz* com ela? Ou só queria provar a mim que meus homens são exímios atiradores? Vou visitar a filha de Zanella à noite. Pode me acompanhar se quiser, ou posso terminar tudo sozinho e dividir minhas teorias com os fascistas de Verona.

— Que teorias? Assim como eu, você ainda não deduziu nada!

— Não, mas meu julgamento é imparcial, e por isso logo resolverei o caso. Sua preciosa Clara Lisi lhe falou o que consegui arrancar dela?

Guidi disse entre dentes:

— Mal posso esperar para ouvir.

— Ela estava noiva quando conheceu Lisi.

— E daí?

— Daí que fui investigar o noivo dela e descobri seu nome de batismo: Carlo.

Guidi não respondeu nada. Saíram do necrotério juntos, e, como estava sol, Bora resolver não vestir o sobretudo.

— E o senhor, inspetor? — indagou Turco.

— Não sou alemão. Me dá a porcaria do meu casaco.

Fora do pequeno prédio, a crosta de neve intocada ao longo do caminho do cemitério permitia que sombras graciosas e esguias dos ciprestes desenhassem uma cerca fantasmagórica no chão branco.

Bora caminhou pela neve.

— Adoro fazer isso — disse, esmagando a crosta da neve com os coturnos.

Bora agia como se eles não tivessem passado por um momento tenso há apenas alguns segundos. Ele estava tentando disfarçar, fingindo que a investigação — e as pessoas envolvidas nela — não significava nada para ele. Guidi sabia, e não iria deixá-lo escapar. Permanecendo do lado ensolarado da calçada, ele perguntou, presunçoso:

— Muito bem, o que descobriu, fora o fato de o nome do ex-noivo de Claretta começar com a letra C?

Bora olhou para ele.

— Pensei que nunca fosse perguntar. Ele era de Vicenza, e segundo me disseram foi visto pela última vez servindo em um submarino. O Ministério da Marinha me informou que o homem começou a carreira a bordo do navio lança-minas *Pietro Micca*. Presumivelmente cumpriu seu dever, então. Já liguei para a polícia de Vicenza para descobrir mais, e eles prometeram uma resposta para esta tarde. Clara Lisi perdeu os sentidos quando lhe perguntei, portanto ainda estou curioso para saber como foi que esse namorado recebeu a notícia de ter sido trocado por Lisi, e se eles continuaram ou não mantendo contato. — Parecia a hora certa de lembrar a Guidi o que Enrica Salviati lhe falou no Café: a ligação que Claretta recebeu e que a fez chorar. Mas Bora calou-se nesse momento. Calmamente, continuou andando entre as sepulturas, afundando os tornozelos na neve.

— Não estamos nos apegando a ninharias? — falou Guidi. — Talvez o namorado tenha ficado abatido, mas não temos certeza disso.

A resposta do alemão foi tranquila, quase descontraída.

— Veremos. — Sempre parando em frente a uma ou outra lápide, como um visitante ávido de museus, ele as observava e lia as inscrições. Para alguém impaciente como Bora, ele perdia muito tempo olhando as flores murchas em vasos de lata dourados e as coroas de flores cobertas de neve que pareciam pães doces. — Veremos.

— De qualquer forma, cinco anos me parece um tempo horrivelmente longo para continuar apaixonado por uma mulher que não está mais interessada em você.

Bora parou.

— Pelo contrário. Não é muito tempo.

No final do cemitério, em um canto remoto e escuro, estavam as covas rasas. Vendo que Bora caminhava para aquela direção, Guidi fez questão de ficar no sol.

— O que está procurando, major?

— Nada.

A polícia de Vicenza ligou às 15h, enquanto Bora estava no seu gabinete, lendo uma carta recém-chegada de sua mãe.

Segundo a polícia, a família de Carlo Gardini não tinha se oposto ao rompimento do noivado, já que Claretta não era de família rica.

— Mas, mesmo assim, major, Gardini não aceitou muito bem o rompimento. Foi à casa dela duas vezes e, segundo os vizinhos, em ambas ele fez um escândalo. Também temos uma queixa de 1937, informando que houve uma discussão pública entre as partes. Parece que eles trocaram umas bofetadas, diz o texto, "pelo uso incipiente por parte dela de água oxigenada com objetivos cosméticos".

Bora não conseguia prestar atenção enquanto seus olhos estavam grudados na carta vinda de casa, portanto a colocou virada para baixo na mesa.

— Algum registro recente das atividades de Gardini?

— Interrogamos o pai dele. Ocasionalmente, a família recebia notícias através do posto militar, mas depois do desastre da Marinha no cabo Matapan as cartas e os comunicados oficiais pararam. Ele não está em nenhuma lista de prisioneiros de guerra, nem foi dado como morto. Depois da confusão de 8 de setembro, ninguém sabe de nada. Há dois meses, uma conhecida disse à família que o viu em Vicenza, mas ela pode ter se confundido, é claro.

Bora escreveu em uma folha em branco: *Lembrar de me dirigir a patentes mais altas no Ministério da Marinha.*

— Muito bem — disse. — Obrigado. Avise-me se surgir alguma novidade.

Ele mal devolvera o receptor ao gancho quando De Rosa lhe fez uma ligação. Sem perder tempo, perguntou:

— Major, por acaso o senhor leu as notícias de ontem no *Arena*?

— Não recebo esse jornal aqui em Lago. Por que, o que deveria ter lido?

— A criada do Vittorio Lisi, a tal de Salviati...

— Sim?

— Foi atropelada por um bonde anteontem, perto da estação.

Bora lembrou-se imediatamente do engarrafamento em Verona, os passageiros aglomerando-se para sair do veículo.

— Ela está morta ou sobreviveu?

— Morreu. Testemunhas disseram que a menina escorregou enquanto atravessava os trilhos, por causa do gelo ou por talvez estar ficando doente. Levaram-na imediatamente ao hospital, mas ela faleceu antes de dar entrada. — De Rosa fez uma pequena pausa, para dar suspense. — Agora não pode me acusar de não o manter informado.

— É possível que alguém a tenha empurrado?

Pela hesitação do italiano, Bora imaginou se ele teria dito mais do que pretendia.

— Já lhe informei tudo o que sei, major. E a mulher que alega ser a primeria esposa, Masi, disse que quer voltar para casa. Falou que se o senhor ou Guidi tiverem outras perguntas para, por favor, fazerem logo. Não me importo de colocar meu gabinete a sua disposição, mas preciso saber se vão querer usá-lo.

Bora dobrou a carta da mãe e colocou-a no bolso da farda.

— Prefiro que traga Olga Masi até aqui — disse. — Preferivelmente esta noite. Às 19h em ponto. Vou avisar o inspetor, para que ele esteja presente.

A viagem que planejara fazer para interrogar a mulher de Zanella teria que ser cancelada.

Às 19h, De Rosa trouxe pontualmente Olga Masi, que ainda usava as mesmas roupas vistas no enterro. Não demonstrou nenhuma timidez diante do alemão, a não ser apertar as luvas e a bolsa contra o peito.

Disse a Guidi e Bora que tudo o que ela sabia era que Vittorio estava morto e que queria voltar para casa. Como ninguém jamais se importara de mantê-la informada sobre as atividades do ex-marido, agora não queria saber delas. Ela estava de consciência limpa havia muito tempo.

— Vittorio era assim mesmo. Bonito, másculo, gostava de um rabo de saia. Não havia como mudar isso. Era melhor fingir que nada estava acontecendo. Quando ele se casou comigo — e nessa hora Olga Masi voltou-se para Guidi, agitada — *g'avevo solo la dota del Friul: tete e cul...*

Guidi olhou rapidamente para Bora, cuja ausência de reação podia tanto significar que não entendera que o dote de uma moça pobre são sua "bunda e peitos", ou que fingira não entender.

— Meu Vittorio... — Olga Masi suspirou. — Sempre que ele desaparecia, eu esperava por ele. Sabia que ia procurar outra assim que eu olhava para outro lado. Era como uma ventania na esquina: uma hora sopra para cá, outra para lá. Esta *Signora* Clara da qual vocês falaram era mesmo muito idiota se não entendeu que Vittorio era assim. Não quero nada de herança. Já contei isso ao advogado que o senhor major mandou falar comigo. — Neste ponto, Guidi olhou novamente para Bora, que, encostado no parapeito, não tomou conhecimento do olhar. — Nunca pedi dinheiro a Vittorio, nem mesmo quando precisei. Agora que meus pais morreram e tenho um terreninho, não preciso de mais nada. Não tenho filhos, nem netos. Para que preciso de uma conta bancária?

A atenção de Guidi se voltou para De Rosa, cuja expressão marcial e um movimento ocasional do bigode traíam um esforço para não sorrir diante daquela boa notícia.

— A única coisa que desejo — acrescentou Olga — é levar Vittorio de volta para Roveredo, onde me casei com ele. E talvez dinheiro suficiente para comprar um jazigo onde caibam ele, eu e nossa filhinha. Já falei com o padre, e ele disse que concorda, apesar de Vittorio ter sido socialista e nunca termos nos casado na igreja. Mas terei que falar com o bispo, o padre disse.

— Já não sei sobre isso — objetou De Rosa. — Afinal, Vittorio Lisi pertence ao Partido, e o Partido que decide. Há um monumento de granito em construção.

— *Idiotisch.* — As palavras alemãs saíram da boca de Bora com uma inflexão de desprezo, e tanto Guidi quanto De Rosa olharam em sua direção. — Fiquem com o dinheiro, mas pelo menos deixem-na ficar com o corpo. Já não têm tudo o que queriam de Lisi?

De Rosa resmungou. Na beirada da cadeira, Olga Masi ajeitou o véu negro, que ficava lhe caindo sobre os olhos.

— Pelo menos uma vez na vida, terei Vittorio só para mim. Fico mais do que satisfeita, cavalheiros.

Depois da reunião, Bora e Guidi continuaram, a sós, no gabinete. O alemão foi até sua escrivaninha e sentou-se. Tinha ficado com o andar mais duro, e Guidi notara como seu aperto de mão estava excessivamente quente e seco. Mas Bora nada revelava sobre si. Acendendo uma luminária, perguntou:

— Trouxe o livro que pedi?

— Vou pegá-lo no carro.

Quando Guidi retornou com o livro legislativo, Bora já havia empurrado uma cadeira para o lado da mesa, e agora descansava a perna esquerda, de coturno e tudo, sobre ela. Espalhados no tampo estavam alguns instantâneos em preto e branco que ele pedira para De Rosa tirar das propriedades que Lisi tinha adquirido em Verona.

— Ele tinha bom gosto — disse o major, sem mostrar as fotos para Guidi. — Um apartamento perto da Porta Borsaria, um menor em frente ao Palazzo Bevilacqua e um de luxo em Corso Porta Nuova. Se pelo menos seu gosto para mulheres fosse o mesmo...

Guidi deixou o livro cair sobre a escrivaninha.

— Suponho que tenho uma boa razão para querer isso aqui.

— Sim. — Bora olhou para ele. — Em cinco minutos ou menos, explique-me os aspectos legislativos da bigamia na Itália.

Guidi não respondeu de pronto, embora a pergunta tivesse sido disparada com uma certa pressa, sinal de que Bora estava planejando alguma coisa. Ele abriu o livro sob a luminária, procurou a página correta, e leu o texto em voz alta.

— O ato de bigamia é regulamentado pelo artigo 359 do código Zanardelli, e no momento é considerado crime contra a instituição matrimonial. Anteriormente, era considerado como adultério — explicou. — "Desde 1929, o casamento religioso é válido também para as autoridades civis, conforme o Artigo 34 da Concordata entre Igreja e Estado. O casamento religioso é reconhecido como válido pela autoridade civil contanto que seja transcrito nos livros do Estado em restrita observação ao encorpo e à moralidade da lei.

— E um casamento fora da igreja?

Guidi virou a página, tentando encontrar o tema naquele texto complicado.

— Entre as causas de anulação devido a um casamento anterior, eles citam "ausência de livre consentimento" da parte do cônjuge ignorante.

Bora concordou.

— Ou seja, se o cônjuge não souber do casamento anterior. E se souber?

— Se for assim, major, a anulação é possível somente se o cônjuge denunciar o fato dentro de um mês a contar do princípio da coabitação ou a partir do momento em que ele ou ela descobrir a existência do vínculo anterior. Quanto ao autor do engodo, Vittorio Lisi, sua ação é considerada agravante, neste caso, segundo o parágrafo 1, versículo 555 do Código Penal de Rocco.

— Sim, mas como Lisi está morto a natureza agravante do crime nada significa para ele. Quem decide se o primeiro casamento é válido ou não?

— Normalmente um juiz penal. Mas ele pode transferir a resolução para o juiz da vara civil, conforme a Proposição Opcional, artigo 3 do Código Penal de Rocco.

Bora abaixou a perna, tirando-a da cadeira com dificuldade.

— Portanto, sob qualquer ângulo, o casamento de Clara Lisi é inválido.

— Infelizmente, sim. E tudo fica ainda mais complicado com os procedimentos da separação legal em andamento.

— Hum. Se trazer a primeira esposa era uma tramoia para ameaçar a possibilidade de Clara tornar-se a herdeira, tiveram muito trabalho sem necessidade. Pelo que entendi, a segunda esposa não tem direito algum, principalmente se tinha conhecimento do primeiro casamento.

— Mas isso você está presumindo.

— Sou livre para presumir, Guidi, não sou policial. O que estou me perguntando é se Clara Lisi sabia da existência de uma primeira esposa e, se sim, fingiu ignorá-la por motivos próprios? E, claro, estou louco para saber se foi ela quem anonimamente chamou Olga Masi para comparecer ao funeral.

Guidi forçou uma risada diante daquelas palavras.

— E o que ela teria a ganhar com isso?

— A anulação completa do casamento com Lisi. Até mesmo a Igreja Católica iria concordar em anular uma relação assim, abrindo caminho para que voltasse a se casar.

— E o que o faz pensar que Claretta queria se casar de novo?

— O ex-namorado e a ligação telefônica seguida de lágrimas sugestivas.

— O senhor não sabe quem telefonou, nem se o telefonema realmente aconteceu.

— Tem razão. — Devagar, Bora esfregou o joelho esquerdo. — Mas alguém deve estar falando a verdade no meio de toda essa bagunça. Afinal, a vítima fez o que quis desde o início da vida matrimonial. Por que Clara Lisi esperaria cinco anos para pedir o divórcio, se detestava a vida que estava levando? Agora, se um ex-amante tivesse surgido recentemente, ou *ressurgido* em cena, a separação poderia se tornar uma possibilidade atraente.

— Está tudo muito bem, major. Mas, com uma separação legal, Claretta iria automaticamente perder qualquer esperança de se tornar a herdeira.

— E isso importa? Talvez ela não seja a assassina, pois não havia como ela saber que Lisi morreria logo depois do divórcio. O médico disse que ele ainda teria durado muito tempo, e talvez ela desejasse ficar livre para se casar novamente.

Esse foi o primeiro sinal que Bora deu duvidando da culpa de Claretta. Guidi constatou que ele aceitou a hipótese com uma compostura admirável.

— E, se Clara Lisi já soubesse que Vittorio foi casado — continuou Bora — faria sentido ela esperar até a morte dele para expor o primeiro casamento. Se fizesse isso enquanto o marido era vivo, ele provavelmente teria se vingado. Mesmo assim — e então Bora mudou de tom, como se não pretendesse deixar Guidi aliviado de maneira nenhuma — ela é do tipo superficial, gananciosa. Pode ter resolvido se livrar dele quando o velho lhe negou alguma coisa ou suspeitou que tivesse um amante. Veja — Bora empurrou as fotos para Guidi. — Quer dar uma olhada nas propriedades de Lisi?

— Não. Mas antes de me retirar, major, pode me dizer quem foi que pagou um jazigo luxuoso para o fugitivo?

Bora encarou-o firmemente.

— Não faço a menor ideia.

Eram 21h quando eles se separaram. O major havia recebido uma denúncia de atividade dos rebeldes a nordeste da rota estadual e lideraria uma patrulha para lá antes do amanhecer. Não disse uma palavra sobre isso, é claro, mas Guidi notou as caixas de munição empilhadas no corredor do térreo.

Ao voltar para casa, Guidi não encontrou o jantar pronto pela segunda vez em dois dias. Fez para si um sanduíche de ovo, e comeu-o na cozinha. Ouvia o rádio ligado na sala de visitas em um programa religioso. Também ouvia um barulho exageradamente brusco de páginas de revista sendo folheadas. Para evitar a mãe, Guidi não passou no banheiro para escovar os dentes. Foi direto para a cama, e sonhou que era o ex-namorado da Claretta, voltando do oceano.

No posto de Lago, quando ficou óbvio que não conseguiria relaxar o suficiente para dormir, Bora sentou-se à sua mesa para reler a carta da mãe, analisando cada sentença escrita na caligrafia minúscula e ágil dela. A carta estava em inglês, assim como toda a correspondência que eles já haviam trocado na vida.

Sim, Martin, ela recebeu sua mensagem. Irá responder em breve, dê-lhe tempo para se adaptar... e, *Meu pobre e amado filho, como deve ser difícil aceitar uma mutilação permanente,* e ainda: *Tente entender.*

Ele entendia muito bem, realmente. Leu sobre o sofrimento da mãe, devido à morte de Peter e pela atuação dele, e depois suas palavras propositalmente breves e diplomáticas.

Minha querida Nina, foi a única coisa que ele conseguiu escrever na página em branco, *pergunte à Dikta se ela continua a me amar.*

CAPÍTULO 8

Às 8 horas, feixes de uma luz casta penetraram as janelas, como dedos. Emoldurado pela porta da cozinha, Guidi viu a mãe ocupada junto ao fogão de lenha, naquela luz ofuscante e atravessada.

— Bom dia.

Atravessando o aposento, foi fazer uma xícara de café para si e, durante o processo, ela nem se virou ou olhou para ele. Enquanto a mãe mexia vagarosamente a sopa, Guidi conseguiu colocar duas colheres de sucedâneo de café na cafeteira, e ela sobre uma boca do fogão. Teve até tempo de colocar uma xícara e um pires na mesa. Sabia perfeitamente bem que sentar-se para tomar café na cozinha equivalia a uma rendição, mas já estava cansado daquela tensão.

A mãe esperou até ele tomar o primeiro gole para falar:

— Sei muito bem o que é, Sandro, não pense que não. Esse seu silêncio não funciona comigo. Telefonemas misteriosos, viagens noturnas, sempre indo a Verona, enquanto eu preciso arrastá-lo para me fazer companhia a um cinema ou a uma loja de departamentos. Ela é casada, não é? Com filhos, talvez. Uma dessas mulheres da cidade, uma dessas peruas veronenses que sempre tiveram a reputação de serem quem são.

Guidi bebeu seu café. Em vez de ficar nervoso, sentiu curiosidade de ouvir o que sua mãe fantasiara durante os três dias de silêncio. Só para provocá-la, respondeu:

— É casada, sim. Como foi que descobriu?

A mulher deixou a colher de pau cair na sopa.

— Eu sabia. Sabia. Tudo por causa de Verona e daquele alemão com olhos de gato que só Deus sabe quantos crimes carrega na consciência. — Ao pescar a colher, ela lançou um jorro vermelho-tomate no ar. — E pensar que você podia ter se casado com a filha de um juiz do Tribunal de Recursos!

Guidi teve que rir.

— Mas claro. Se ela quisesse ter se casado *comigo*.

— Teria aceitado, se fosse mais insistente. Não foi ela que acabou se casando com um professor? Um rato de biblioteca, com menos oportunidades de carreira do que você, que tem diploma!

— Mas foi isso que aconteceu. Acho que deixei a oportunidade da minha vida passar. Quanto a minhas viagens para Verona com o Bora...

A colher mergulhou na sopa novamente, e não saiu mais.

— Seu pai, que Deus o tenha, se reviraria no túmulo se soubesse que você está trabalhando com alemães. Logo ele, que lutou contra a Alemanha na Grande Guerra, e foi condecorado com uma medalha de prata.

— Bem, ponha a culpa em Mussolini e no rei, que resolveram se aliar com os alemães.

— Não ouse sequer falar mal de Sua Majestade.

— Quem está falando mal dele? — Guidi colocou a xícara e o pires na pia. — Como se seu próprio pai não fosse Republicano, mãe.

— Também não venha falar do seu avô. *Ele* nunca se aliaria a um assassino de gente inocente.

— O rei fez a mesma coisa na Líbia, há trinta e poucos anos.

— Não foi a mesma coisa, Sandro. Eram africanos. Não se pode comparar.

— Por que não? Matar africanos não é mais crime agora?

— Fale o que quiser, mas eu não gostaria de ser vista na companhia dele. Não iria querer que as pessoas pensassem que concordo com *ele*. Um dia, *ele* vai pagar por tudo que fez.

— Ele, ele, ele... O homem tem um nome, mãe e é Bora. E não vai "pagar por nada". Você está só fazendo o que sempre faz, projetando seu senso de justiça em Deus, ou em qualquer coisa que acredite. Veja se pode entender de uma vez por todas. Nada aconteceu com aqueles que mataram seu marido, nada vai acontecer com Bora *assim do nada.* Se ele for punido, bom. Mas não acontecerá só porque seu Deus ou você mandaram.

— Isso, blasfeme bem na minha frente. Quero saber quem é essa mulher.

— E eu não vou contar. — Guidi vestiu o paletó, e o sobretudo por cima. — Preste atenção. Só vou me casar quando me apaixonar por alguém. E quanto mais cedo parar de me segurar numa coleira, mais cedo isso vai acontecer. — Ele abriu a porta da frente, deixando entrar uma lufada de vento que folheou o calendário na parede do corredor. — Se continuar insistindo em me atormentar, peço transferência para a Sardenha, onde pelo menos eu me livro de você. — Guidi bateu a porta depois de sair, inspirando profundamente o ar frio, coisa que não costumava fazer. Da entrada, ouviu a mãe se recriminando solitária na cozinha.

— Casada e assassina! Por que não morri quando meu abençoado marido se foi, antes de todas essas tribulações?

Em Verona, apenas um denso eco de luz diurna preenchia o pátio da prisão, e quase não penetrava o aposento.

Claretta torcia para que o visitante fosse Guidi. Bora viu isso claramente na expressão dela quando entrou e a cumprimentou com um aceno. Fora até ali logo após a patrulha noturna, nauseado e febril, parando apenas para fazer a barba no lavatório do diretor.

—Voltei para lhe fazer mais algumas perguntas — disse. — É muito importante que me responda com franqueza absoluta, uma vez que só poderemos provar sua inocência por meio da honestidade e dos fatos.

Era, sem dúvida alguma, a abertura de um discurso que se esperava de um oficial alemão. O olhar impaciente de Claretta fez perceber isso. Ela se sentou, cruzando os braços. Seus seios subiram nesse movimento, uma rápida elevação sob o tecido. Ainda assim, naquele vestido cinza, ela parecia dispensável e comum, desagradável de uma forma que Bora dificilmente poderia explicar.

— O que quer saber dessa vez, major?

— Somente duas coisas. Você sabia que seu marido já tinha se casado, em Friuli e, se sim, sabia se alguém estava chantageando seu marido?

Quando Bora terminou, o rosto de Claretta subitamente empalideceu. Suas faces, sem maquiagem, ficaram brancas como leite. Longe de sentir pena dela, o alemão não perdoaria nem mesmo o fato de ter cruzado os braços, interpretando-o como um gesto malicioso.

— Quê? — gaguejou ela.

A reação foi verdadeira, mas poderia ser por muitos motivos. Ele continuou:

— Tenho razões para acreditar que, quando nos conhecemos, a senhora me contou uma inverdade quanto a seu matrimônio com Vittorio Lisi.

— Não sei aonde quer chegar. De que outra esposa está falando? Vittorio nunca me disse que tinha outra mulher!

— Pode não ter dito, mas não tenho certeza de que você não soube disso por outra pessoa. O nome Olga Masi soa familiar?

— Nunca ouvi falar.

— Sabia que ela ainda estava em Verona até esta manhã?

Claretta umedeceu os lábios. Olhando para o outro lado da sala vazia, disse:

— Como poderia saber, se nem sei quem é ela?

— Bem, alguém em Verona sabia da existência de Olga Masi. E não só isso, alguém a informou de que Vittorio Lisi tinha falecido, o homem com o qual se casara em Friuli há 29 anos. E alguém lhe disse que você era sua esposa atual. Alguém também lhe disse onde ia acontecer a cerimônia fúnebre.

— Não acredito no senhor.

— Não acredita que estou falando a verdade ou que ela está em Verona?

— Não existe outra esposa. Está inventando isso para me obrigar a admitir uma coisa que não fiz. Eu conheço seu tipo.

— Isso eu duvido muito. — Bora lhe entregou uma folha de papel. — Uma certidão de casamento civil. Acabou de chegar. Pode ver por si mesma.

Claretta agarrou os cotovelos, como se estivesse com frio. Não quis pegar e nem olhar o papel.

— Pode guardar — disse. — Não quero ler nada.

E Bora o fez.

— Agora, fale-me a verdade, pois vou descobri-la sozinho mais cedo ou mais tarde.

— Prefiro falar com o inspetor Guidi. Por que ele não veio?

— Teve outros compromissos. Agora diga-me se seu marido estava sendo chantageado por causa do primeiro casamento, e eu lhe prometo que o inspetor Guidi virá até aqui amanhã.

Claretta abaixou a cabeça. As fileiras de cachos louros cascatearam sobre sua testa com um efeito juvenil — talvez estudado — mas ela estava realmente muito pálida.

— Já lhe falei mais de cem vezes, major. Não sei nada sobre os negócios de meu marido. Está perdendo seu tempo.

— Perder tempo é algo que nunca faço. Se não colaborar comigo em relação a Olga Masi, garanto-lhe que vou fazer de tudo para provar que é culpada, e do jeito que as coisas vão, não vou ter quase nenhum trabalho.

— Por favor, deixe-me em paz. Não estou bem.

Bora foi até a porta, e a abriu.

— Conte-me a verdade, que vou embora.

— Você não está entendendo! — Claretta curvou-se, ainda de braços cruzados. — Estou doente — gemeu. — Estou me sentindo tonta.

— Chamarei um médico, então.

— Só me deixe sozinha!

Bora saiu, perguntando onde estava o diretor.

— Espere, espere — falou ela com o rosto nos mãos, balançando-o ligeiramente de um lado para outro. — Não quero discutir com mais ninguém. O que mesmo o senhor queria saber?

Bora fechou a porta e permaneceu de costas para ela.

— Tenho duas perguntas: a senhora sabia se Olga Masi existia, e alguém a chantageou?

Durante um minuto não houve resposta. Posteriormente, ela enterrou as mãos nos cabelos, afastando os cabelos das têmporas — um gesto bastante manjado que Bora inclusive já tinha visto milhares de atrizes fazerem em filmes de má qualidade.

— Vou lhe contar tudo o que sei, major. No dia em que Vittorio morreu, à noite, encontrei um bilhete datilografado debaixo da porta do meu apartamento. Quatro linhas, me informando que Vittorio tinha outra mulher no norte e que se eu quisesse evitar um escândalo, teria que colocar 5 mil liras em uma cesta de lixo na estação ferroviária. No início achei que fosse uma piada cruel e de mau gosto, porque todos sabiam que Vittorio era rico. Não levei a mensagem a sério. Quando encontrei um segundo envelope na caixa postal no dia seguinte, eu o queimei na lareira, como fiz com o primeiro. No terceiro dia, nem mesmo me dei o trabalho de abri-lo.

— Queimou esse também?

— Sim.

— Devia tê-lo mostrado à polícia.

— Para quê? Se fosse uma piada de mau gosto, eles não iriam fazer nada. Se fosse verdade, por que eu diria à polícia que existia outra esposa? Além disso, no terceiro dia depois da morte de Vittorio eles começaram a vigiar meu apartamento, portanto não acreditariam em nada que eu tivesse a dizer.

— Talvez seja porque minta com frequência.

Claretta virou o rosto pálido e infantil para ele.

— E o que há de mal nisso? Todo mundo mente, e quando se fala a verdade, ninguém acredita. Estou sozinha agora, e preciso me cuidar. Por que deveria me importar com o que outros pensam? Seja o meu casamento válido ou não, ainda tenho direito de ficar com as joias e peles que Vittorio me deu. São muitas, como sabe. E, se sair daqui um dia, saio de Verona para nunca mais voltar. — Reclinou-se na cadeira, e o vestido fino realçou-lhe o busto.

Desajeitado, Bora procurou cigarros na túnica.

— Além disso, major, sei que sou uma mulher atraente. Portanto, não devo desperdiçar o único talento que tenho. Quando Vittorio e eu fomos para Veneza, em 1940, apresentaram-me a Blasetti, o diretor de cinema. Ele me disse que tenho um olhar mágico e que pareço com Clara Calamai. Disse-me que a conhece pessoalmente, e que se formos postas lado a lado parecemos irmãs. Assim, tenho uma certa confiança de que poderia me dar bem fazendo filmes se me dedicar a isso. — Como Bora tinha acabado de encontrar o maço, Claretta disse: — Posso fumar um também?

Bora lhe deu um cigarro, e saiu da sala.

No corredor, o diretor do presídio lhe disse que o inspetor Guidi estava ao telefone.

— Pode usar minha sala, major.

Guidi contou que De Rosa tinha acabado de ligar.

— Disse que tentou encontrá-lo e não conseguiu. Deixou bem claro que esse foi o único motivo pelo qual falou comigo. Está muito nervoso e alega que não tem tempo a perder.

— Por quê? — Bora apagou o cigarro no cinzeiro do diretor. — O que aconteceu?

— Aparentemente, um dos policiais à paisana que De Rosa colocou para vigiar o prédio de Claretta notou um indivíduo suspeito no bairro há duas noites.

— Homem ou mulher?

— Homem. Tocou a campainha da porta dela duas vezes, e, como ninguém atendeu, foi observar a sacada e as janelas do outro lado da rua, mas logo depois foi embora, depressa. O policial à paisana não tinha permissão para sair do posto, mas conseguiu dar um jeito para ter mais liberdade na noite passada. Esperou em uma porta distante, e a mesma coisa aconteceu. O homem tocou, ninguém atendeu, olhou para as janelas. Quando o policial se aproximou, o outro já havia dado meia-volta e sumido.

— De Rosa lhe deu uma descrição física do suspeito?

— Por ser tarde da noite e a hora do blecaute, tudo o que sabemos é que ele parecia jovem, de estatura mediana. Mal dá para tirarmos daí, mas De Rosa me fez jurar que eu o manteria informado.

Bora entendeu, pela dor que surgia em seu corpo, que baixara a guarda pela primeira vez desde que tinha saído em patrulha. A febre acrescentava uma sensação de mal-estar à dor. Ele respondeu:

— Por via das dúvidas, ficarei em Verona. Encontre-me aqui assim que puder. Vou ficar na casa do coronel Habermehl. Anote o endereço.

Naquela noite, o coronel Habermehl encarava o armário de bebidas com uma expressão afetuosa. O álcool lhe proporcionava uma alegria rubicunda e contínua, e apesar de ter conseguido segurar sua carreira até ali, não valia mais nada depois das 15h. O sangue estacionado nos minúsculos vasinhos que lhe cobriam o rosto o enganaria em um desses dias, por sua própria culpa.

— Diabos, do jeito que eu vou acabarei tendo um derame — disse naquela noite. — Mas há jeitos piores de morrer. Como disse Paul Josef: "Um rebelde merece mais de um golpe", portanto, aí vai uma terceira dose de veneno! — Depois, falou: — Está acontecendo alguma coisa, Martin, você não me engana. Beba um conhaque e me conte qual é o problema. Abri um Napoleon que trouxe da França e ficarei ofendido se não aceitar.

Bora não tinha a menor intenção de recusar. Deixou Habermehl servi-lo de uma dose dupla, e bebeu-a de uma só vez.

— Não é nada, *Herr Oberst.* Não ando dormindo muito bem. As preocupações de sempre no trabalho.

— Acho que está pegando uma dessas doenças da estação, como é mesmo que se chama...

— *Influenza,* tanto em alemão quanto em italiano.

— É isso mesmo. Bom, de qualquer forma, saúde. "Acredite no futuro. Só então você poderá sair vitorioso." Blá, blá, blá... Recebeu alguma notícia de casa?

— Todos estão bem.

— E a esposa?

— Ela também.

— Quando foi que a viu pela última vez?

— No Natal. — Bora serviu-se de outra dose de conhaque, mas bebeu-a apenas em parte.

— Ano passado, ou durante a licença na Russia? Só? Eu tinha razão. Devia ter voltado de avião para a Alemanha após o acidente. É melhor elas verem você rapidamente, quando alguma coisa grave acontece. Assim as mulheres ficam emocionadas.

Bora colocou a bebida de lado. Não tinha nenhuma resposta para dar a Habermehl, e foi sorte Guidi ter sido anunciado naquele momento.

— Esta noite talvez consigamos prender o sujeito que está chantageando Clara Lisi — disse ele, depressa. — E pode ser que ele, por sua vez, nos leve ao assassino.

O homem mais velho serviu-se de uma nova dose.

— Bem, boa sorte. Uma pena sua esposa não tê-lo visto enquanto estava acamado. Agora, vai precisar suar para convencê-la de que ela tem sorte por você estar vivo.

Como se o major precisasse de um lembrete como aquele. Ele, então, saiu da sala de visitas, entrando em uma elegante sala de espera, onde Guidi o apresentou ao policial à paisana.

— Mandei colocar um aviso na porta de Claretta, major. Explicarei tudo enquanto o levo até lá.

— Está armado?

— Sim. Mas, veja bem, não temos nenhuma prova de que esse homem tenha algo a ver com o assunto, e além do mais não vamos querer matar uma testemunha em potencial.

Bora mostrou o coldre da arma que trazia consigo.

— Deve pensar que não tenho nada mais a fazer do que sair por aí atirando em pessoas. Não pretendo abrir fogo, mas ninguém jamais vai me surpreender desarmado. — Com um sorriso inesperado, acrescentou: — Yanez não se comportaria da mesma forma?

— Yanez? — Guidi pensou que não estivesse ouvindo direito.

— Claro. — Bora saiu à rua antes de Guidi. — Só porque sou da Saxônia, não significa que li apenas Karl May quando pequeno. Depois que acabei de ler as aventuras de Old Shatterhand e de Winnetou, devorei os romances de aventura de seu grande Salgari, durante meus verões em Roma. Não sei dizer quantas vezes fumei meu *enésimo cigarro*, à la Yanez, enquanto estava na Polônia. Naturalmente, isso foi antes de muitas outras coisas acontecerem.

Se Guidi esperava ouvir mais, ficou desapontado. Bora disse somente:

— Não esqueça de tirar a trava de segurança da arma, Guidi.

O policial à paisana era louro, robusto e com cara de boxeador. Seu nome, por incrível que pareça, era Stella. Quando Guidi pediu que o inteirasse de todos os detalhes, ele folheou seu caderno com o polegar molhado de saliva.

— O que se passou foi o seguinte: em ambas as noites, o suspeito apareceu entre as 18h e 19h. Na primeira, eram 18h20, e na segunda, 18h40. Ele veio pela parte direita da rua transversal, tocou a campainha, encarou a fachada do prédio e foi embora da mesma maneira. Eu podia tê-lo detido ontem à noite, mas um caminhão alemão vinha pelo Corso. — O policial olhou de relance para Bora, que nada disse. — Isso deve tê-lo assustado. Ele já tinha desaparecido quando consegui atravessar.

Bora pediu a Stella que desenhasse um mapa aproximado do quarteirão e marcasse nele os movimentos do desconhecido.

— Notou se havia algum cúmplice? Algum veículo?

— Não ouvi nenhum barulho de motor. Mas ele pode ter sido deixado ali por um carro à distância, ou então usado uma bicicleta.

Bora analisou o mapa.

— Qual é o melhor ponto para esperarmos sem sermos vistos?

— Há um beco depois da portaria, à esquerda. Não se pode ver muito bem, depois do toque de recolher. Se a lua não aparecer hoje, vai ser difícil. Se quiser, vou com o senhor.

— Não — disse Bora.

— Sim — replicou Guidi, evitando com um gesto maiores objeções por parte de Bora. — Precisamos de um terceiro homem, major.

— Eu pretendia usar soldados alemães.

Stella arrancou o mapa do caderninho e entregou-o a Guidi.

— É melhor não. Os movimentos dos soldados alemães são cuidadosamente observados. Se notarem que estão em qualquer parte do bairro, provavelmente ninguém irá aparecer.

De onde estava sentado, perto do armário de bebidas, Habermehl entreouviu a conversa em italiano sem entender sequer uma palavra. Mas, nos 15 anos em que o conhecia, descobrira que Bora agia com mais autoconfiança sempre que tinha menos razões para isso.

"Martin cometeu um imenso erro ao se casar", o padrasto de Bora dissera a Habermehl no Natal do ano passado. "Esse casamento acabará antes da guerra."

A rua ao lado do prédio de Claretta encontrava-se escura e a lua, se havia, estava completamente escondida atrás das nuvens.

Bora estacionara o BMW no beco, com os faróis apagados. Sem fumar, falando muito pouco, ele e Guidi esperavam sentados nos bancos dianteiros. Fazia um frio terrível, dentro e fora do veículo, mas eles deixaram as janelas abertas para evitar que os vidros embaçassem. Guidi teve a impressão de que Bora estava tremendo, o que, no mínimo, não era do seu feitio.

— O que há, Guidi? O que está olhando?

— Não estou olhando nada. Estou esperando, como o senhor.

Bora se desculpou. Um segundo depois, tirou o quepe. Embora tivesse virado o rosto para a janela ao seu lado, Guidi viu — não, não viu, apenas distinguiu mal à luz mortiça que penetrava por entre as nuvens — que Bora enxugava o rosto e o pescoço.

— Guidi, nunca lhe contei os detalhes secundários que descobri pela parteira. Mas, se vamos visitar a esposa de Zanella, é melhor você tomar conhecimento deles.

— Eles acrescentam alguma coisa à investigação?

— Não. Mas tirando o fato de que fora Lisi que insistiu para ela fazer o aborto, e sobre isso já lhe falei, ela disse que a moça estava amedrontada. Elas duas estavam, aliás. Era lua cheia e, segundo a parteira, todo aborto que ela fazia na lua cheia acabava resultando em algum tipo de luto.

— Conversa fiada.

Bora recostou-se no banco.

— Estou apenas informando os detalhes secundários. Ela falou que o feto moveu-se durante algum tempo, mas morreu quando a placenta saiu.

Guidi, cuja noção de obstetrícia era a de qualquer solteirão comum, limitou-se a concordar com a cabeça. Do outro lado da rua, contra a fachada sombria da casa de Claretta, a folha de papel pregada na porta era a única coisa visível. Stella estava oculto em algum lugar, mas sem sombra de dúvida, aguardava também.

— Algo mais, major?

— Ela declarou que jamais soube o nome da moça. Creio que podemos presumir que era a filha de Zanella. Tudo o que a parteira alega saber é que o pai da moça era militar.

— O que não é uma pista particularmente útil hoje em dia.

— Não, e a parteira admitiu que essa não fora a primeira vez que Lisi trouxera garotas com problemas. Ele esperava no carro todas as vezes, e geralmente as levava para casa. Mas quase sempre as moças estavam no primeiro trimestre de gravidez, e as coisas corriam bem. Se é que se pode dizer isso dessas circunstâncias.

Os pés de Guidi estavam congelados. Ele mexeu os artelhos e bafejou nas mãos cobertas por luvas finas.

— E quanto à outra parteira?

— Felizmente, ela saiu da cidade no fim de agosto. Já ouvi mais histórias de aborto do que gostaria

Subitamente alerta, Guidi curvou-se para a frente.

— Olhe. — O aviso que o italiano colocara na porta de Claretta só dizia que os horários dos trens iriam mudar, mas o objetivo era atrair a atenção. Até ali, a mancha vagamente visível do cartaz havia se destacado no escuro, mas agora não podia ser vista, como se algo ou alguém estivesse entre ela e os policiais.

— Ele chegou, Guidi.

— Talvez.

Um triângulo pálido de asfalto surgiu onde um intervalo entre duas beiradas de telhado permitiram que uma meia-lua fininha lançasse sua luz sobre ele. O vulto aparecera nesse triângulo esbraquiçado, e agora estava diante do cartaz. Estava escuro demais para ler, e Guidi escolheu uma cópia desbotada e mal-impressa de propósito. A brisa trouxe e levou embora a chama hesitante e breve de um fósforo, seguida de outra, e uma terceira.

— Ele está tentando ver se diz algo sobre Claretta. Vamos.

Bora e Guidi saíram do carro silenciosamente e esgueiraram-se para fora do beco. Guidi seguiu pela parede até um ponto totalmente escuro, no qual poderia atravessar e chegar à esquina oposta. De onde estava, a mão do estranho, que procurava proteger a chama trêmula do fósforo, estava vermelha e translúcida como carne viva.

Quanto a Bora, por hábito abriu o coldre ao se aproximar da porta de Claretta quase em linha reta. O vento soprava contra ele e disfarçava o barulho de seus passos. Ele compreendeu, pelo leve tinido que ouvia, que o desconhecido, decepcionado depois de ler o cartaz, estava tocando a campainha. Três toques curtos, como um sinal. Pelo rabo do olho, Bora percebeu que Guidi dobrara a esquina. A noite o engoliu. Não se via nada do lado esquerdo. A campainha elétrica da porta tocou outras três vezes nas entranhas do edifício envolto em trevas.

Guidi já estava longe demais para ouvir o chamado. Sem fazer ruído, foi até o final da estreita rua, onde se posicionou para esperar novamente. A lua piscou e as nuvens a encobriram. *Lua mentiorosa*, pensou Bora, dando mais um passo adiante. Estava consciente da dor na sua perna esquerda, como quando alguém participa intelectualmente do sofrimento de outra pessoa. A tensão do momento lhe oferecia um alívio temporário da agonia física, e nela ele movimentava-se com cuidado, com segurança. Era só uma questão de segundos antes que Stella abordasse o estranho. O resto aconteceria depressa, e se tudo desse certo, Guidi trataria de bloquear a saída.

Prendendo a respiração, o italiano contava a passagem do tempo.

Bora percebeu um movimento à sua esquerda.

E, naquele instante, sem aviso, a sirene de bombardeio soltou um uivo alto e estridente. Como uma espiral, subindo a um nível ensurdecedor, vinha de um prédio vizinho. Bora amaldiçoou aquele estardalhaço.

Se estava sendo emboscado ou não, o estranho esquivou-se ao mesmo tempo que Stella tentou pular em cima dele. Seguiu-se uma breve luta corpo a corpo e, em seguida, um tiro à queima-roupa, impossível de se ouvir no meio daquela barulheira, como uma explosão silenciosa.

O alemão parou de pensar. Saiu correndo para perseguir a sombra que corria, e a atacou pelas costas, o peso de seu corpo derrubando o desconhecido. Stella gemeu na rua quando os homens tropeçaram nele.

— Ele tem uma arma, major! — E, quando Stella se moveu, Bora perdeu o adversário. Cegamente, lutou contra um corpo que corcoveava e chutava, cheio de cotovelos e ângulos. Com seus movimentos dificultados pelo sobretudo, Bora usou seu tamanho para levar vantagem, mas não foi suficiente. Frustrado deu um soco com o punho direito, e mesmo assim, o estranho conseguiu sair de debaixo dele, devido às suas duas pernas em condições de uso. Bora não quis deixá-lo escapar. Continuou atrás dele, como se toda aquela barulheira infernal não significasse que bombas poderiam cair a qualquer momento. A dor e a tontura da febre haviam desaparecido, como se uma esponja as houvesse eliminado. Enquanto perseguia o estranho pela rua onde Guidi desaparecera antes, o major não sentia mais seu corpo.

— Ele está armado, Guidi. — Mas nem mesmo ele conseguiu ouvir o que estava dizendo. A alguns metros, uma língua de fogo brilhante surgiu das trevas e passou raspando por ele. Bora retribuiu o fogo dessa vez, mirando em um ponto baixo.

Parar para mirar foi o suficiente para romper o encanto. A agonia o cortou com a facilidade aterrorizante de uma navalha. Bora, que tinha acabado de jogar seu peso para a frente a fim de não perder sua presa de vista, perdeu os sentidos por um instante, no momento em que colidiu com toda a força contra ele. Ao cair, derrubou o homem, e perdeu-o outra vez.

Guidi estava preparado. No fim da rua, onde nas trevas havia um cinturão de uma dança ondulante de holofotes e faróis de artilharia, ele percebeu a silhueta do desconhecido vindo na sua direção e viu-o tentar se desviar abruptamente no último instante. O policial podia ter atirado, mas não o fez. Eles se engalfinharam, e então Guidi conseguiu empurrá-lo e virá-lo de barriga para o chão. Distinguiu o vulto do revólver e pisou no punho que se remexia, chutando a arma para longe. Ele não sabia se os outros estavam feridos, ou se coisa pior tinha acontecido. Mas pelo menos o uivo da sirene finalmente diminuiu, até terminar em um imenso, estonteante silêncio.

Guidi gritou no escuro:

— Major Bora! Stella, tudo bem?

Stella respondeu de longe, em uma voz estrangulada de barítono.

— O filho da puta me acertou no ombro!

Bora ficou de joelhos. Não soube de onde veio a voz que respondeu que ele estava bem.

O bombardeio jamais aconteceu. Provavelmente foi outro alarme falso, causado por uma combinação de nuvens noturnas no refletor. Não se ouviram motores ou explosões distantes. O entrecruzamento de holofotes antiaéreos cessou. Na escuridão renovada, Bora levou todos no carro para o hospital, e Stella havia conseguido estancar a hemorragia com um trapo e blasfemava entre os dentes cerrados, e o prisioneiro ia sob a mira da arma de Guidi.

Acelerando, freando, mudando de marcha a todo momento, Verona estava voltando à vida após o alarme. Jogados para fora das suas camas pelo barulho, inquilinos sonolentos voltavam de porões e abrigos, fantasmas tropeçando nas camisolas, aqui e ali arriscando-se a atravessar na frente de um BMW que seguia à toda. Stella saiu antes do hospital. Quando chegaram à central de polícia da Piazza dei Signori, Guidi descobriu que a entrega do prisioneiro e todas as explicações eram responsabilidade sua. Bora havia desaparecido com a desculpa de precisar lavar o rosto.

— Tem um oficial alemão comigo — disse Guidi ao policial de plantão. — Tenho certeza que ele vai querer fazer relatório também.

— Bem, onde está ele?

— Já vem.

— Sente-se, inspetor.

Mas Guidi não se sentou. Somente depois de entregá-lo à polícia, foi que o itlaiano conseguiu dar uma boa olhada no prisioneiro.

— Cedo ou tarde você vai ter que falar — disse, com toda a calma, enquanto observava o policial revistando-o. Havia algo familiar naquele rosto jovem e contraído. Meio iluminadas por um abajur no chão, suas feições não eram exatamente conhecidas, mas lembravam-no de alguém. Ele passava pela revista com as pernas abertas, olhar revoltado e hostil. Guidi não conseguia tirar os olhos dele. — Vai ter que falar. — *Onde Bora se meteu?* pensava, ao mesmo tempo.

Guidi ouviu passos no corredor, mas não eram do alemão. Duas morenas de casacos de pele curtos, com ombreiras enormes, passaram arrastando os pés, reclamando já roucas com um patrulheiro jovem por terem sido detidas. Elas trocaram olhares com Guidi quando passaram, um olhar cínico, e não interromperam as reclamações. O jovem guarda empurrou-as adiante.

— Calem a boca, suas putas.

Guidi não podia imaginar o que acontecera com Bora. Foi até a porta e olhou para o corredor. Ali, afundado em uma cadeira, num ângulo inimaginável, um bêbado roncava com as mãos voltadas para cima nos joelhos, como um mendigo. Ao lado dele, um homenzinho minúsculo de olho roxo estava de pé, ainda vestindo seus pijamas e, do outro lado do corredor, um menino com um sorriso de escárnio arranhava com a unha uma superfície de madeira localizada entre suas coxas.

Guidi voltou para a sala, e encontrou o prisioneiro de algemas e sentado.

— É claro que esses documentos são falsos — dizia o policial, com desprezo. — Um típico *papir* falsificado, usado para enganar os alemães. Ele é tanto "assistente técnico" quanto eu. — E mostrou a Guidi um passe pessoal onde se lia, na borda, *Comando Alemão de Ligação e Engenharia* e, do lado oposto, *Feldnachrichten Kommandantur.* Autorizava o portador a circular livremente "a qualquer hora do dia ou da noite e até mesmo durante bombardeios" e informava que a bicicleta dele não podia, sob nenhuma circunstância, ser confiscada ou requisitada. — Foi muito bom ele não estar com a bicicletinha dele, ou jamais teriam conseguido capturá-lo. Não quer falar, mas antes de o sol nascer prometo que teremos, pelo menos, o nome dele. Olhe só. — O policial mostrou para Guidi a data dos documentos. — Eles nem se incomodaram de escrever "Ano XXI da Era Fascista" depois de 1943. Ei, você! Quem foi o idiota que fez essa porcaria de *papir*?

Os nós dos dedos do italiano estavam começando a doer por causa dos golpes que tinha dado na cara do sujeito. Olhou para longe dos documentos, fitando novamente o rosto do prisioneiro.

— Acho que sei quem é — falou, surpreso por ter levado tanto tempo para se lembrar. Saiu da sala, percorreu o corredor, e desceu os degraus, indo até a rua, onde o BMW estava estacionado. Surpreendentemente, o major havia se esquecido de trancá-lo. Guidi pegou no banco da frente a pasta que Bora tinha obtido da Marinha, e folheando-a, voltou à delegacia.

Ele estava procurando pelas fotos, e soltou uma delas de um clipe. O instantâneo continha um grupo de marinheiros e Guidi procurou a figura marcada com um círculo. Claro, ele tinha se barbeado. Em vez de bronzeada, a pele era de um branco hibernal. Perdera um pouco de peso. Mas o rosto, principalmente os profundos olhos rancorosos, e a postura, com as pernas abertas, eram os mesmos.

— E o porte de arma? Como foi que conseguiu? — berrou o policial para o prisioneiro quando Guidi retornou à sala. — Esse revólver é inglês, seu safado, como foi que conseguiu *isso*?

Alguns passos adiante, de costas para a porta, Bora estava de pé, escutando.

— Ah, finalmente apareceu — disse Guidi. — Major, o senhor não sabe quem prendemos!

O alemão o encarou. Ele estava com a expressão de costume, fria e indiferente. À parte uma pronunciada palidez e o fato de que ele pareceu ter colocado a cabeça debaixo da torneira, nada estava errado.

— Quem?

— Este é o ex-namorado de Claretta!

— Entendo. — Bora voltou sua atenção para o homem, sem demonstrar qualquer rancor. — Ele é bem alto para alguém que trabalhou em um submarino.

Eles ficaram na delegacia até mais ou menos as 22h.

Uma vez que o prisioneiro foi levado para a cela, Bora passou algum tempo convencendo o policial de plantão a evitar um novo interrogatório até receber "outras instruções". Ele examinara minuciosamente a arma e os documentos falsificados, assim como as fotos e os papéis da Marinha.

— Muito interessante, Guidi — comentou. — Rapidamente, discou um número no telefone da delegacia. A palidez de seu rosto se estendera para os lábios, uma palidez mórbida, da brancura da neve. Destacava-se como uma mancha prateada acima do colarinho cinza, até mesmo na claridade dúbia do abajur. Quando a ligação se completou, Bora falou em alemão, talvez com o quartel-general ou talvez com outra pessoa.

Guidi subitamente entendeu que ele estava pedindo para falar com um capitão da SS.

— *Ja. Ja. Ich glaube, dass er ein Bandit ist*, falou Bora, baixinho. Traiu-se ao fechar brevemente os olhos, como se a revelação ou o simples esforço de falar o deixassem exausto.

O italiano tentou compreender outras palavras que Bora sussurrou em alemão. Então, o ex-namorado de Claretta era um guerrilheiro. Não fora a primeira vez que Guidi tinha visto um, mas este parecia perigoso e intratável, como um pássaro selvagem. Ao contrário do que se esperava, não seria fácil arrancar alguma coisa dele. Daí a ligação de Bora. Guidi saiu da sala.

Na cela, privado de munição e dos poucos objetos que trazia consigo, o rapaz sentou-se, com uma camisa de mangas compridas e descalço, sem as meias. Guidi pensou no prisioneiro russo do qual Bora tanto falou. "O coitado do Valenki" como o major se referia a ele. E pensou também no maníaco que os alemães trouxeram com três tiros no corpo. Com um ar de desafio sombrio e abatido, Carlo Gardini, turma de 1915, evitou o olhar de Guidi.

— Está tudo combinado — informou Bora ao policial quando ele e Guidi se preparavam para partir. — Amanhã, às 7h, um representante do Serviço de Segurança virá aqui para interrogá-lo.

Uma camada fina de granizo havia caído sobre a cidade neste ínterim. Quando ambos saíram da delegacia, os poucos carros estacionados por perto estavam com os tetos brilhantes e granulados. O frio era insuportável, chegava a doer. O italiano enrolou o cachecol no pescoço. Uma pena não ter trazido o chapéu. Essa foi uma das poucas vezes em que se arrependeu de não ouvir um conselho da mãe. Ele esperou que Bora abrisse a porta do BMW. Mas o major lhe entregou as chaves.

— Pode dirigir.

Não era típico dele confiar sua pessoa a outrem, especialmente ao se tratar de chegar a tempo e andar em alta velocidade. Sem tecer nenhum comentário, Guidi pegou as chaves e sentou-se ao volante. Bora recostou-se contra a porta antes de entrar. Uma vez dentro do veículo, Guidi ouviu-o respirando com força, e tentar controlar a própria respiração.

— Aqui vamos nós — disse o policial, girando a chave.

O carro tinha um motor poderoso. Guidi não estava acostumado com isso. Deslizou da vaga para a rua coberta de gelo, passando de raspão na calçada oposta antes de conseguir controlar a direção. Ele fez o melhor que pôde. Até mesmo nas vias urbanas, precisou tomar cuidado a cada esquina, sempre tentando evitar uma derrapagem. Logo estava ganhando velocidade e pisando fundo no acelerador, atravessando ferrovias e trilhos de bonde. Bora não fez nenhuma crítica, e na hora em que saíram do centro da cidade, Guidi já tinha passado da prudência para uma certa dose de temeridade prazerosa.

Eles passaram pelos subúrbios roncando. Guidi até ficou chateado por ter de parar em um bloqueio alemão em campo aberto, onde os documentos foram pedidos e verificados. Bora apresentou seus papéis primeiro e, quando o soldado espiou dentro do carro para ver quem estava ao volante, ele respondeu, brevemente: *Polizeikommissar Guidi, mein Freund*.

Após isso, ficaram sozinhos de novo, na estrada rural. Casas sombrias, fábricas e fazendas abandonadas passavam como raios, devoradas pela noite atrás do carro. Nenhuma perspectiva, nenhum horizonte pôde ser visto durante um longo tempo, até aquela escuridão absoluta começar a romper-se em faixas luminosas, débeis e incolores, à medida que a lua nascia e se misturava com as nuvens. Um rio surgiu, como uma tira de papel-alumínio.

— Tenha cuidado, a ponte já está com gelo. — Apesar das suas tentativas de autocontrole, Bora estava tremendo e sua voz o traía.

Guidi olhou-o de relance.

— Pode deixar. — E reduziu a marcha, aproximando-se da passagem a uma velocidade moderada, e atravessando-a sem problemas. — E agora, o que vai acontecer com Carlo Gardini?

Bora não respondeu de imediato.

— O Serviço de Segurança assumirá o interrogatório — disse ele depois de algum tempo. — Gardini portava um Enfield e muita munição. Não é um revólver facilmente encontrado na Itália. Uma excelente arma de guerra, eu tinha um na Espanha em 1937.

— Se a SS o prender, as autoridades italianas não vão ter nenhuma chance de interrogá-lo.

Dessa vez, Guidi ficou vários minutos calado. Pelo que conseguiu distinguir na escuridão, o major estava recostado e respirava com dificuldade. Se ele procurava não tremer, ou se tentava esticar sua perna esquerda, não pareceu perceber que não havia espaço suficiente para isso e seu joelho bateu na borda do painel. Guidi viu que ele teve um reflexo violento e como seu autocontrole estava por um fio.

— Você está bem?

Bora resmungou uma frase imprópria em alemão. Corrigindo-se, disse:

— Falarei com o capitão Lasser — acrescentou, em italiano. — Ele sabe por que preciso fazer isso.

— Quem é Lasser? E *o que* você precisa fazer?

Bora não respondeu.

Meia hora depois, Guidi ainda estava imaginando o que deveria fazer. Continuou tentando iniciar uma conversa com o major, que respondia de forma cada vez menos lúcida.

— Devíamos parar um momento, Bora?

— Não. Continue, continue. Estou bem. Apenas um pouco cansado.

— Talvez seja melhor eu levá-lo diretamente para Lago e depois mandar Turco me buscar.

— Já falei que não. Preste atenção à estrada.

Depois, fez-se silêncio novamente. O alemão afastou-se dele, e Guidi só podia ouvir sua respiração depressa e ruidosa. Quando as primeiras casas de Sagràte começaram a surgir na escuridão ao longo da estrada, seguidas por igrejas e pela prefeitura, e finalmente pela delegacia, Guidi suspirou aliviado.

A voz tensa de Bora disse:

— Não pare aqui. Vá direto à sua casa.

— Posso ir a pé daqui, major.

— Para a sua casa.

Guidi foi até lá, então, no lado oposto da cidade. A janela do quarto de sua mãe estava escura, mas o italiano apostava que ela estava sentada ali, esperando por ele.

O alemão pediu as chaves de volta.

— Devo chamar o tenente Wenzel, major?

— Não é preciso.

Mas Bora sabia que não ia conseguir dirigir pelos poucos quilômetros até Lago. Voltou à delegacia, e passou por ela, parando — como fez diversas vezes — diante do posto militar próximo. Viu que Wenzel ainda estava acordado pela pequena fresta iluminada na janela do andar de cima.

Pareceu-lhe subitamente absurdo que ele se enocntrava ali. Ele se perguntou como tinha chegado ali e por quê. Perguntou-se *onde* estava, por um momento tendo certeza de que essa era a Rússia, e que ele nunca mais sairia desse país.

As mãos tremiam demais para ele tirar a chave da ignição. O major fez força para removê-la, puxando até conseguir. Abriu a porta do carro para sair, ou talvez tenha sido uma sentinela que tenha feito isso.

Bora retribuiu a continência. Disso ele se lembrava. Deu alguns passos até a porta do posto e falou alguma coisa. Não tinha a menor ideia do quê. A porta era alta e negra, incrivelmente estreita, ameaçadora, e de alguma forma perigosa. Quando tentou entrar, ela saiu do seu campo de visão, afundando sob seus pés.

De manhã cedo, Turco meteu jornais enrolados na lareira, com cuidado para não manchar os punhos da camisa. Também encontrara um pouco de lenha seca e cascas de castanhas quebradas para alimentar o fogo.

Guidi encontrou-o agachado ali.

— Bom dia, inspetor. *Ossequi.*

— Olá, Turco.

— Por acaso falou com o major esta manhã?

— Bora? Não. — Guidi tirou o sobretudo. — Por quê, ele ligou?

Satisfeito com o crescimento do fogo, Turco fechou a porta da lareira e regulou a válvula.

— *Nossignuri.* Achei que talvez ele tivesse lhe contado o que aconteceu aí no posto.

— No posto militar? Não notei nada de diferente. — Guidi desenrolou o cachecol do pescoço, sem tirá-lo de todo. — O que você acha que aconteceu?

— *Vah*, você sabe que eu estava de plantão ontem à noite. Como sei que não gosta que fumem aqui dentro, às 2h saí para enrolar um cigarrinho. A porta do posto estava escancarada, e havia uma ambulância estacionada perto dela.

CAPÍTULO 9

Bora acordou em um quarto de hospital, com uma freira rezando aos pés da cama.

— Eu devo estar pior do que pareço — disse ele.

— Ah, não se preocupe — falou a freira, guardando o terço. — Faço isso sempre que posso.

Bora ouviu a própria tentativa de risada, embora não houvesse nenhum motivo para isso.

— Não se mexa — acrescentou a freira. —Você acabou de sair de uma cirurgia. O Dr. Volpi aproveitou que estava inconsciente para limpar seu joelho de uma vez por todas. Ele fez algo no seu braço também.

— Como vim parar aqui?

— Não sei muito bem. Parece que o senhor estava com um febrão. Seus soldados telefonaram para o médico local pedindo-lhe para vir o mais rápido possível, e ele lhe deu uma injeção de efedrina. Depois, temendo que pudesse estar com uma septicemia, mandou-o para cá na hora. Estava inconsciente quando o vi pela primeira vez, e o médico disse que sua pressão estava próxima a zero. Já está aqui há dois dias. Posso fazer sua barba, se quiser.

Quando seu corpo começou a despertar, Bora voltou a sentir dor, e muito mais do que desejava naquele instante. A náusea também estava presente.

— Não, Irmã, eu mesmo posso fazer isso.

A freira fez um gesto um tanto envergonhado, de quem discorda, e foi até uma mesa de metal para pegar uma bacia com sabão e água.

— Agora, fique bem quietinho e comporte-se. Dê-me uma chance de merecer o Paraíso.

Com gestos rápidos e experientes, ela começou a passar espuma no rosto dele. Suas mãos eram ossudas, mornas. Mãos firmes. Bora se lembrou de que foram elas que lhe ofereceram uma oportunidade de se agarrar em algo e escapar da morte, apesar de parecer impossível de que tivessem força suficiente para isso.

— Desculpe-me por ter lhe dado pontapés em setembro.

— Não se incomode com o que aconteceu em setembro, major. Devia ter visto como o Dr. Volpi ficou furioso desta vez. Começou a telefonar para todos os lugares feito um louco, até encontrar um hospital militar que tinha um pouco de penicilina. Pegou dos americanos na Sicília, segundo me disseram. Só Deus sabe como conseguiram trazê-la de tão longe.

O major não queria saber de mais detalhes da sua saúde. Sabia que era seu dever perguntar se havia alguma mensagem para ele, mas não quis. Sentia-se pior a cada minuto e acabou conformando-se em deixar a freira barbeá-lo.

— Que dia é hoje, Irmã?

— Terça-feira, 14 de dezembro.

— Terça. E eu aqui, perdendo tempo!

A freira guardou a navalha e o pincel e foi regular as persianas de madeira da janela sem cortinas, atenuando a intensa luz solar que invadia o cômodo. Disse a Bora, enquanto se preparava para sair:

— Devia tentar amar um pouco a si mesmo, major Bora.

Ao contrário dela, o Dr. Volpi não demonstrou nenhuma empatia na voz ou nos gestos. Entrou assim que a Irmã saiu, com um mau humor sem tato que revelava mais do que simples preocupação.

— O senhor não merece sentir-se tão bem quanto está se sentindo. Só tinha prata coloidal aqui e isso, por si só, já causa febre. Se não fosse pela penicilina que consegui... Aliás, deve a sua vida a um suboficial do hospital militar de Pádua, um siciliano de nascimento. Graças a Deus ele manteve contato com seus irmãos que conseguiram evitar a prisão. E não estou falando em prisão por motivos políticos.

Bora compreendeu. A máfia deu informações aos americanos em troca de medicamentos preciosos, que os vendiam a altos preços em outras partes. Ele teria protestado se não estivesse diante de Volpi, que falou:

— O suboficial me devia um favor, e por ser um *homem de palavra* não quis deixar de me pagar. Injetei uma tonelada de penicilina em você nessas últimas 48 horas! Vai ter dificuldade em se sentar por um tempo, mas não é nada comparado com o que poderia ter acontecido.

Bora começava a reconhecer o quarto. Nuances esbranquiçadas, detalhes. Persianas, o parapeito de mármore, pequenas rachaduras no reboco da parede sob o parapeito, semelhantes a uma cabeça de cavalo. Náusea. Cheiro de desinfetante. Até mesmo a mutilação de seu pulso esquerdo estava coberta de curativos, como naquele dia de setembro. Ele falou, tentando desculpar-se:

— Nem consigo imaginar o que aconteceu.

— Não *consegue imaginar*? Uma infecção estreptocócica com uma força capaz de mandá-lo de volta para o Criador e uma pulsação zerada, que tentamos detectar três vezes seguidas. Meu pai estava certo quando dizia que vocês, alemães, parecem animais: são difíceis de matar. Eu falei à Irmã Elisabetta que você precisa ficar de cama e não deve se levantar por motivo algum. E lembre-se que estou depositando a responsabilidade nela. Só depende de você não obrigá-la a transgredir minhas ordens.

Como permanecer parado não diminuiria a dor, Bora virou-se de lado.

— Pelo menos me deixará ir ao banheiro.

— De forma alguma. Irmã Elisabetta, traga uma comadre. Bem, agora preciso ir ver os outros pacientes, major. Aliás, um inspetor de polícia já ligou duas vezes e um coronel alemão veio saber como estava. Mandei ambos para o inferno.

A freira veio, conforme o pedido do médico. Bora soube que ela estava ali somente pelo roçar da saia, pois não a viu. A fraqueza e a dor tornavam tudo insuportável, até as pequenas coisas. Ele comentou, os olhos voltados para a janela:

— Irmã, estou com vergonha. Pode me acompanhar até o banheiro?

— Não. Mas, se preferir, aguardo lá fora.

— Preferiria não urinar aqui.

A freira riu de leve.

— Por que não? O senhor é casado!

— Porém certamente não esvazio a bexiga na frente da minha esposa, nem na cama.

— O médico disse que o senhor não pode se levantar. Tenha paciência. Isso também é uma provação.

Suas palavras o arrasaram. O major fez força para não ceder, mas não foi muito bem-sucedido.

— Se a senhora soubesse, prezada Irmã. Só tive provações no último ano.

— Isso significa que Deus o ama.

Em Sagràte, Guidi leu a carta que Turco trouxera.

— Não, Turco, não acho que ele está morto, pois Wenzel estaria mais desesperado do que está. Mas não há nada aqui sobre o que aconteceu com o major. Como não querem me dizer nada pelo telefone, terei que ir a Verona. Exatamente o que eu precisava, Bora sair de cena na hora em que prendemos uma testemunha. Agora só Deus sabe o que a SS está fazendo com ele. — Guidi colocou as cartas importantes de lado e jogou o resto no lixo. — Use-as para atear fogo na lareira amanhã. Se De Rosa ligar de volta, diga-lhe que não tenho a menor ideia de onde Bora está. E como ele fala alemão fluentemente pode descobrir sozinho. Não estou com nenhuma vontade de falar com ele.

Como o Turco não se moveu, Guidi olhou para ele.

— O que foi?

— Um fazendeiro encontrou um par de sapatos dispostos em cruz atrás do seu estábulo, à beira do rio. Sob a neve, portanto já deviam estar lá há uns dias. *Diu nni scanza e liberi*, inspetor. Talvez o condenado tenha conseguido matar outras vítimas das quais nunca descobrimos. — Turco foi atiçar o fogo. — Mas parece que se passaram mil anos desde que começamos a perseguir o homem, não é?

Guidi apanhou o casaco, as luvas, o cachecol e o chapéu.

— Eu já vou indo. Ah, e preste bem atenção: se a minha mãe insistir em saber onde fui, diga-lhe que não sabe. Se ela insistir em incomodar, diga-lhe que pedi transferência para a Sardenha.

O fato era que Guidi não gostava de hospitais. Evitava-os sempre que podia, e esta viagem tinha outros efeitos colaterais, como as estradas cobertas de gelo, os bloqueios rodoviários e seu rancor por Bora, o culpado de tudo.

Foi a Irmã Elisabetta quem o recebeu, levando-o por um corredor impecável, revestido de azulejos e com altas abóbadas. O policial prendeu a respiração para não sentir o fedor de substâncias medicinais que saía das portas semiabertas em volta.

O quarto de Bora ficava no fim do corredor. Uma conversa em alemão podia ser entreouvida dali. O coronel Habermehl estava saindo naquele exato momento, ocupando toda a porta com sua imensa massa azul-acinzentada.

— *Sorge dich nicht*, Martin! — Ele sorria.

Assim que Guidi entrou, Bora disse:

— Preciso falar com você.

— Como está se sentindo?

— Já estive melhor. É sobre o Gardini. O coronel Habermehl falou para eu não me preocupar, mas tenho bons motivos para isso. Hoje faz três dias que ele está sob a custódia do Serviço de Segurança. É imperativo conseguir acesso a ele o quanto antes. Pedi ao coronel para trançar seus pauzinhos por mim. De Rosa vai mantê-lo informado.

Havia uma cadeira ao lado da cama, mas Guidi resolveu não se sentar. *É sobre Gardini.* Foi Bora quem o entregou para a SS. Se havia algum pauzinho sendo trançado neste momento, era o de Gardini.

— Bem, major, vim falar exatamente sobre isso. E já que estou aqui, também planejo passar pela prisão. O que vamos dizer a Claretta?

— Melhor contar a verdade. Tente descobrir se ela e Gardini andavam se encontrando, ou se ele ia vê-la à noite. Diga-lhe que, se os detalhes estiverem corretos, o álibi do homem pode apoiar o dela, e que o crime de adultério é preferível ao de homicídio doloso.

Guidi não reagiu às palavras, embora elas tenham-no deixado amargurado. Apoiou o peso do corpo em um pé e depois no outro, encarando Bora. Recém-barbeado, ele estava, como sempre, impossível. Não usava a prótese e, da sua manga esquerda, só se via um toco recoberto por várias camadas de curativos. *Wenzel deve ter trazido seu pijama,* pensou o inspetor, *porque não está de avental como os outros pacientes. Aposto que foi a esposa quem lhe deu o pijama, ou a mãe. E aposto também que Claretta o considera atraente. Ele é realmente atraente, afinal de contas.*

— Então — disse —, não acha que foi Gardini quem matou o marido?

Bora ajeitou o travesseiro sob a cabeça.

— Não sabia de nada até ter conhecimento total dos fatos. Meramente deduzo muita coisa. Ainda temos que terminar todos os interrogatórios, inclusive o da mulher de Zanella. Pretendo sair daqui depois de amanhã, nem que tenha que matar meu médico para isso. Você falará com Clara Lisi, é claro. — Bora estendeu a mão para pegar um livro no criado-mudo, onde curativos e medicamentos aguardavam o momento de serem usados. Abriu o livro — um livro em alemão, uma biografia de Mozart, a julgar pelo título na lombada — e tirou dele uma folha de papel. — Quando voltar para Sagràte, faça-me o obséquio de entregar este bilhete ao tenente Wenzel. Pobre Wenzel, eu lhe dei um baita susto.

Guidi saiu. O dia estava claro, com um sol de inverno cegante, que tornava o interior da prisão de Verona cavernoso e esquálido.

Minutos depois, Claretta soluçava diante dele, com o rosto escondido nas mãos.

— Sinto muito pelas más notícias — falou ele. Mas sentiu ciúmes da reação dela, e ficou sem saber o que fazer diante daquela demonstração de pesar. — Ora, vamos, tenha calma. Não fique tão triste, ele só foi preso. — E observou os ombros da mulher, arredondados, sacudirem-se com o choro. Como ela era frágil e rosada, até mesmo naquela sala cinzenta. Seria fácil ceder e abraçá-la para ela parar. Porém, ele se limitou a tocar seu cotovelo. — Eles não fizeram nada ainda, não fique assim.

Que mentira. Claretta não se deixou convencer.

— É tudo culpa minha, porque eu dei o nome dele!

— Não, não. Teríamos descoberto de um jeito ou de outro. Não precisa chorar.

Ela deixou Guidi erguer-lhe a cabeça e enxugar seu rosto com um lenço.

— Por que não foi *você* que veio naquele dia? Não quero falar com o major.

— Pois não vai mais, Clara. Ele está no hospital.

— Ótimo! — E agarrou a mão dele, o olhar furioso e molhado pelas lágrimas. — Tomara que morra, tomara que morra nesse exato minuto!

O calor úmido daquele toque percorreu o corpo do inspetor com uma dor jubilante. Guidi ficou excitado e comovido pelo toque, torcendo para que ela não soltasse sua mão.

— Pelo menos diga *pra mim*, Claretta. Estava se encontrando com Carlo Gardini à noite?

Ela levantou-se da cadeira, e impulsivamente pendurou-se no pescoço dele.

Quando o cirurgião entrou no quarto de Bora, a irmã Elisabetta estava dizendo:

— Que moça linda. Escreva para ela, escreva. Coitadinha, não a deixe preocupada sem ter notícias suas.

Bora lhe mostrava uma foto da sua esposa, que tinha retirado da carteira para usar como marcador na biografia do Mozart.

— É hora de mais uma injeção de penicilina, Irmã. — Aplique mais em cima, já enchemos esse músculo de picadas.

A injeção ardeu feito fogo. O major agarrou-se ao livro, tentando manter a compostura com os olhos fixos no *Viagens pela Itália*, mas não conseguia nem ver as palavras. Parecia que labaredas saíam do seu lombo, e um minuto depois, a dor que lhe desceu pela perna foi incapacitante. Após dispensar a freira, o cirurgião sentou-se na beira da cama e entregou um termômetro a ele.

— Vire-se. Ponha isso debaixo do braço para verificarmos como está indo. Sou contra o fumo, mas se se sentir melhor, pode pedir à Irmã Elisabetta para lhe acender um cigarro.

Bora esperou até a dor sumir para falar.

— Não quero fumar, mas preciso lhe pedir um favor.

— Somente se não for para o senhor se levantar.

— Preciso de uma informação.

Depois de ouvir o pedido de Bora, o médico fraziu o cenho.

— Que tipo de pedido é esse, logo após mostrar as fotos de família? O que foi que fez, engravidou uma mocinha qualquer?

— Não. Estou apenas curioso.

— Devolva-me o termômetro. — O cirurgião verificou a temperatura com alívio visível, que não compartilhou com Bora. — Bem, temos vários doutores em Verona. Praticamente qualquer médico pode fazer isso, mas se está atrás de especialistas, conheço um ou dois que posso recomendar.

— Interessam-me aqueles que têm consultórios particulares, não os associados a hospitais ou clínicas.

— E por que quer os nomes deles?

— Gostaria de contactá-los por telefone.

— Esqueça. Não vai se levantar da cama.

— Pode, pelo menos, pedir à Irmã para ligar por mim?

— Peça diretamente a ela. Se ela está disposta a bancar sua secretária, além de virá-lo na cama, é problema dela.

Minutos depois, as mãozinhas da freira, rachadas por sabão e álcool, desapareceram nas profundezas de seu hábito. Ela repetiu a pergunta que Bora lhe pediu para fazer.

— Só isso, major?

— Sim, mas devo alertá-la de que é uma mentira.

— E espera que eu minta?

— E por uma boa causa, Irmã. Segundo o princípio de duplo efeito, uma pequena transgressão é mais do que contrabalanceada pelos seus resultados benéficos.

A Irmã Elisabetta sorriu.

— Agora está tentando ensinar o pai-nosso ao vigário, major.

Naquela noite, de volta a sua casa em Sagràte, Guidi atravessou a cozinha sem cumprimentar a mãe. Distraidamente, ainda de sobretudo, foi até a pia, ensaboou as mãos, enxugou-as sem molhá-las novamente e sentou-se à mesa. Quando a mãe serviu sua sopa, ele se levantou mais uma vez e começou a andar de um lado para o outro. A certa altura, foi até a porta da frente, escancarou-a, bateu-a com um estrondo e retornou a andar de um lado para o outro.

Qualquer que fosse o nível de paixão irrefreada que demonstrou, sua mãe ficou assustada.

— Sandro, o que aconteceu?

— Nada.

— Está doente?

— Não. — Uma vez mais Guidi voltou a sentar-se à mesa e encarou a sopa. Desabotoou o casaco, mas não o tirou. — Olha aqui. — E mostrou o lenço a ela, amarrotado e manchado de rímel. — Preciso lavar isso, mãe.

Até mesmo de manhã cedo podia-se sentir bafo de bebida no hálito de Habermehl, apesar das pastilhas Valda que ele vivia mascando. Grande demais para sua farda, as calças azul-acinzentadas da Força Aérea esticavam-se para todos os lados, e ao se sentar à cabeceira de Bora, o tecido parecia prestes a rasgar nos joelhos.

— Martin, falei com o superior direto do *Hauptsturmfuehrer* Lasser. Ele me prometeu que manteria o prisioneiro em Verona por mais 24 horas. Você tem acesso livre a ele, mas falou por alto que eu estava pedindo um grande favor. Seja qual for o assunto que queira discutir com Gardini, seja rápido, porque não sei o que vão fazer com ele.

— Se dependesse de mim, já estaria fora daqui, *Herr Oberst*. Mas não importa o que aconteça, saio amanhã. — Embora a Irmã Elisabetta não falasse alemão, Bora calou-se quando ela olhou para dentro do quarto.

— Major, tem um oficial da Guarda Republicana aqui, chamado De Rosa. Diz que é urgente.

Habermehl reconheceu o nome. Pegou o quepe sobre a mesinha de cabeceira.

— Quer que eu lhes dê licença, Martin?

— Não, fique, *Herr Oberst*. Vamos ouvir as novidades. Posso precisar de sua ajuda novamente.

De Rosa entrou, apressado. Fez uma continência fascista completamente tenso, e dirigiu-se ao major em alemão, com toda a exasperação que obviamente sentira.

— Senhor, chegou ao meu conhecimento que um líder guerrilheiro foi capturado e traiçoeiramente subtraído às mãos das autoridades italianas. Vim lhe pedir, já que foi o senhor que o entregou a seus compatriotas, que o devolva a nós sem demora.

Indiferente à política da Itália, Habermehl tinha se levantado da cadeira e no momento folheava o livro sobre Mozart à janela. Encontrou a foto da esposa do major, e a ergueu, para poder contemplá-la à luz. Quando percebeu que Bora estava a ponto de perder a paciência com De Rosa, desatou a rir, para evitar um incidente pior. E riu para fazer o italiano perceber como seu pedido era absurdo, e também porque conhecia muito bem o fanatismo e o odiava.

Às 7h30 da manhã de terça-feira, quando Bora abandonou o hospital, o médico nem mesmo quis olhá-lo no rosto.

— Lavo minhas mãos. Faça o que quiser, a vida é sua.

Por volta das 8h, o *Hauptsturmfueher* Lasser, da SS, que lembrava muito o ator Alan Ladd, que ele podia ou não conhecer, examinou disfarçadamente as condecorações do major antes de falar.

— Já não nos conhecemos?

A mesma pergunta, de um homem diferente da SS. Ele respondeu:

— É possível. Verona é uma cidade pequena. Talvez no enterro de Vittorio Lisi, há alguns dias.

— Não, não. Estou falando de missões militares. Não esteve na Polônia em 1939? Ah, sim. Agora me lembro. Cracóvia, Quartel-General do Exército. Serviu sob o comando de Blaskowitz.

— Todos nós servimos sob o comando do general Blaskowitz. Ele era o líder do *Generalgouvernement*.

O gabinete de Lasser, um dos muitos no prédio de seguros requisitado pelos militares — chamado de Palácio INA — era frio o suficiente para condenar a respiração dos homens. Por trás dessa minúscula nuvem de irritação, Lasser não acreditava na tranquilidade de Bora, ele era capaz de jurar. Mencionara o assunto somente porque o general Blaskowitz tinha a reputação de ser hostil para com os homens da SS, e na Polônia alguns de seus jovens oficiais ousaram denunciar seus abusos contra a população civil. Bora, que entregara relatórios pessoalmente sobre as atividades da SS a Blaskowitz na sua cabana de caça em Spala, sabia onde Lasser queria chegar.

— Bem, saímos da Polônia há muito tempo atrás. Pelo menos — disse, baixando o olhar para as condecorações de Lasser — você foi para a França depois. Fiquei dois anos na Rússia, inclusive em Stalingrado.

— Você se voluntariou para ir, assim como na Polônia. Muito bem, o que quer de nós?

— Somente a oportunidade de falar com um prisioneiro. Afinal de contas, fui eu quem o entregou a vocês. E acredito que o coronel Habermehl já disse que minha presença aqui nada tem a ver com política.

Os olhos do oficial da SS semicerraram-se.

— Esse guerrilheiro, o tal Gardini, é o pior que existe, teimoso e imprudente. Gosta de abusar da sorte. Se não estou enganado, apesar de estar perdido na parte rural da Itália, você entende esse sentimento.

— Penso que está enganado.

— Não foram seus homens que deixaram um caminhão inteiro de judeus escapar na semana passada? Sei de tudo isso.

— Então sabe muito bem que o veículo quebrou. Era noite, eles passavam por uma floresta, um terreno traiçoeiro, e os guardas foram dominados. E só. Devia estar claro para o seu superior que minha unidade não foi treinada para esse tipo de tarefa.

Lasser não conseguiu fazer Bora desviar os olhos primeiro. Mas, como estava no caminho, o major precisou passar por ele ao sair. Precisou fazê-lo com todo o cuidado, pois qualquer movimento brusco lhe causava dor e fazia surgir centelhas luminosas dançando ao seu redor.

— O senhor tem 5 minutos — berrou Lasser, às suas costas. — Portanto, seja rápido.

Desde a Rússia, ele não acreditava que pudesse sofrer de claustrofobia.

A ausência de horizontes perseguira-o desde o fim do verão russo, e depois no outono e no inverno. Neblina, chuva ou neve sempre impossibilitaram, de uma forma ou outra, que se enxergasse o fim daquele mundo, de forma que ele liderou seus homens como se estivesse perdido, apesar de todos os mapas e instruções.

Hoje, a chuva pungente e o pátio altamente cercado perto do Palácio fechavam-se sobre ele como uma caixa sem tampa, tornando-o irritadiço e mal-humorado. O fato de ele ter conseguido esses poucos instantes com o prisioneiro já era por si só um milagre, um dos que Habermehl às vezes realizava através de sua influência. Naquela situação, não havia tempo para conseguir as informações que queria, mas precisava tentar.

Gardini já se encontrava dentro de um caminhão do exército sob guarda armada. Um prisioneiro, um soldado. Bora sabia muito bem o que aquela "transferência" realmente significava, e se pôs a imaginar se já haveria um saco para o cadáver na cabine do veículo ou se eles nem mesmo se incomodaram com isso. A chuva criava elos encadeados, que desciam da cobertura do caminhão — um colar triste — e cada cena como essa, cada morte, era, durante os últimos dois anos, uma busca pela própria morte, o que não acrescentava uma piedade egocêntrica, mas apenas abatimento à longa espera.

Gardini provavelmente acreditava que seria levado para outro presídio. Não disse nada a respeito, assim como Bora. Ele não subiu no caminhão, não somente porque sua perna estava doendo demais para isso, mas também porque aquele espaço logo seria poluído pela morte. Portanto, permaneceu na chuva, ao lado da tampa traseira do caminhão, e Gardini observava-o de cima.

— Não temos muito tempo — disse, ciente da ironia de suas palavras. — Então é melhor me falar logo. Clara Lisi está na prisão, acusada do assassinato do marido. Imagino que isso signifique mais para você do que para mim. — Ele fingiu não notar a testa de Gardini franzindo. — Portanto, se tem algo a ver com este caso, desembuche. Não vai ficar mais encrencado do que já está. Afinal, deve ter coragem, ou de outra forma não teria vindo à cidade três vezes, sabendo muito bem que podia ser capturado.

— Quatro vezes. Vim quatro vezes.

— Parabéns, então. Entendo como é importante ver a mulher que amamos. Foi você que matou Vittorio Lisi?

— Não tenho nada a declarar.

Bora declinou com um gesto a oferta do soldado de ajudá-lo a entrar no caminhão e sair da chuva. Ele não se incomodava com a chuva. Do seu lugar, Gardini somente disse, como que cuspindo as palavras:

— Vocês são um bando de idiotas se acham que foi Claretta que matou o homem.

— É verdade, somos uns idiotas às vezes. Então, me tire da minha ignorância.

— Eu nem mesmo sabia que o canalha do Lisi tinha morrido. Muito menos que tinham prendido Claretta. Vim porque precisava revê-la.

— *Precisava* ou *queria*?

Gardini o encarou, com hostilidade.

— Tem alguma diferença?

— É claro.

— Eu precisava e queria. E agora?

— Imagino que tenha sido você quem telefonou para ela há algum tempo atrás. Falou que planejava fazer-lhe uma visita?

E, enquanto Bora estava inquirindo o homem o odor de chuva sobre as lajotas do pátio evocou outra época, outro lugar. Um momento em que ele beijava Dikta, antes da guerra, sem saber se ela o amava, mas dominado pelo desejo que sentiam um pelo outro, o que escondia seu amor, e ele torcia para que escondesse o dela também. A casa de campo dos pais em Gohlis, a venerável porta de entrada dos Bora para uma infinidade de espaços cultos, cantos ainda amigáveis de sua infância, agora bem menos inocentes depois de visitá-los com sua esposa. A chuva, durante muito tempo, o lembrava daquele beijo.

O fato de ele estar ali de pé com um homem que estaria morto em uma hora era como cair de um espaço livre de possibilidades em uma armadilha. O pátio, a tarefa a cumprir, sua carreira — armadilhas dentro de outras. E ele não seria o único a morrer naquele dia.

Gardini continuou calado. Os homens de Lasser claramente o espancaram. Manchas vermelhas nas suas mangas marcavam os lugares onde ele enxugou o sangue que lhe escorrera pelo nariz. Do jeito como estava sentado, Bora podia reconhecer o desconforto de um corpo que fora espancado exaustivamente.

— O que eu realmente quero saber — prosseguiu — é se esteve com Clara Lisi na tarde do dia 19 de novembro.

— Não vou lhe contar.

— Esteve em Verona naquele dia, ou em algum lugar perto da cidade?

— Já lhe disse tudo o que tinha a dizer, major.

O tempo se esgotou. Bora afastou-se do veículo, e Gardini esperou até ele estar quase fora do alcance da audição antes de chamá-lo de volta. Naquela vez, tinha uma tensão diferente na voz. Estava menos rancoroso, ou talvez esse não fosse o sentimento mais importante naquele momento.

— Como ela está?

— Bem.

Deram partida no motor, e não se falou mais nada.

No segundo andar do quartel-general da SS, Lasser não estava mais em seu escritório. No lugar dele estava o *Standartenführer* anônimo com uma cicatriz no lábio.

Chamou Bora quando este passou. Sem fechar a porta, disse:

— Estou com seu relatório bem aqui, major — anunciou, e quando Bora tentou responder alguma coisa, interrompeu-o rudemente. — Poupe seu fôlego. Sabemos como é bom com as palavras. Não temos como vencê-lo nesse jogo. Mas não somos alunos de filosofia.

Bora ouviu a si mesmo falando algo imprudente.

— Se é essa sua avaliação, espero que dê permissão para que possa me retirar, pois tenho muito a fazer, e receber elogios sobre minha oratória é um desperdício do seu tempo e do meu. Com relação ao incidente, o senhor devia estar protestando com as autoridade italianas. Segundo o artigo sete, o transporte era deles, e a responsabilidade também.

Os olhos do oficial da SS continuaram pregados à pasta que tinha nas mãos.

— Você é Martin-Heinz Bora, destacado para O.B. Sul e, antes disso, para O.B. Leste, Terceiro Grupamento do Exército?

— Sou.

— Sua área não ficava dentro do alcance operacional de 1941 do *Einsatzgruppe* B?

— Imagino que sim. Se bem me lembro, o *Einsatzgruppe* B ia do norte de Tula ao sul de Kursk. Era difícil não se enquadrar dentro desse alcance.

— O nome Rudnya significa algo para você?

Bora recuperou prudência suficiente para não fazer comentários.

— É um topônimo — disse.

— Perto de Smolensk, não é?

— É um local perto de Smolensk, exato. Espero que não esteja testando minha proficiência em geografia soviética.

— Longe disso. Tenho aqui comigo uma cópia do Relatório de Situação Operacional URSS, número 148, de 19 de dezembro de 1941. Há uma referência à execução de 52 judeus nele.

— Então, não deve estar se referindo a Rudnya. Houve dez vezes mais execuções lá. Esses 52 foram capturados em Homyel e fuzilados por se fazerem passar por russos.

— Não foram, graças ao senhor, major.

Era estranho como alguém podia suar em uma sala tão fria. Bora respondeu:

— Não era exatamente minha missão ajudar o *Einsatzgruppe*. Parecia a mim que eles iam muito bem sozinhos.

— O senhor não foi chamado para responder por sua recusa em prestar apoio armado às operações das unidades especiais de Rudnya e Homyel?

— Não. Estava no campo quando ambos os pedidos vieram, e no dia que voltei ao nosso acampamento, as operações já tinham sido realizadas.

— Mas não estava fora em Shumyachi.

— Não. Nesse local eu simplesemente neguei, como manda o parágrafo 47 1.b do Código Penal Militar. Foi, antes de mais nada, uma decisão relacionada ao moral dos meus homens. Metade deles tinha filhos, e uma infecção dermatológica não me pareceu motivo suficiente para fuzilar uma enfermaria pediátrica inteira.

—Você não é qualificado para avaliar condições médicas.

— Mas sou altamente qualificado para avaliar o moral das minhas tropas.

Estava claro que a pasta continha muito mais do que seu relatório acerca do incidente ocorrido em 1º de dezembro. De onde estava Bora não conseguiu distinguir os outros documentos, mas estes lembravam relatórios datilografados da Divisão de Crimes de Guerra do Exército, tais como ele mesmo tinha escrito e assinado.

O ato de comprimir os lábios esticou a cicatriz do lábio do oficial da SS.

— Seu relatório pode falar qualquer coisa, Bora. Mas vou lhe dizer o que penso. Acho que você não fez nada para evitar a fuga dos judeus e nada para recapturá-los. Graças aos equipamentos horríveis dos italianos, não tenho como provar que sabotou o caminhão, embora tenham descoberto que uma junta esférica do tirante de direção dianteiro estava frouxa. Você escolheu a pior rota e mandou o caminhão seguir viagem à noite. Além disso, acho que combinou com a igreja local para encenar a prisão do padre, que depois levou o resto do grupo para locais aos quais não temos acesso. Isso tudo combina com relatórios que temos a seu respeito no leste, onde seus conhecimentos táticos militares de repente sumiam quando se tratava de judeus. Havia alguns escondidos no campo, perto do seu posto em Lago, e agora não há mais nenhum.

Alguém os avisou, bem na sua área. É muita coincidência. Se não tivesse os amigos que tem, eu diria que você é amiguinho dos judeus.

Como na sala de emergência, Bora subitamente sucumbiu à agonia. Disse, furioso:

— Não aprecio esse termo.

— Dane-se, seu aristocrata grandiloquente. Se não fossem seus contatos, já teríamos lhe dado uma lição há muito tempo. Quero que saiba que vou cuidar pessoalmente para arrancar as mãos dos seus amigos de seus ombros. E aí veremos quanto tempo sua sorte vai durar.

Guidi esperava por Bora na Piazza Cittadella, nos fundos do Palácio INA.

— Major, o senhor tinha que trazer Gardini logo para cá? Sabe quantos conseguem sair vivos daí de dentro?

O italiano não sabia da missa um terço. Bora ainda tentava recuperar o fôlego, e não só por ter acabado de descer dois lances de escadas, do gabinete de Lasser até ali.

— Não quero parecer egoísta, Guidi, mas até agora perdi vários homens e uma das minhas mãos para os guerrilheiros. Se acrescentar as questões ideológicas, que para mim são muito mais importantes do que as pessoais, vai entender por que agi dessa forma. Gardini matou pelo menos três soldados alemães e conseguiu explodir um tanque de gasolina. Ele sabia o que estava fazendo, e aonde ia parar se o pegássemos.

— O senhor pelo menos falou que Claretta está presa?

— Sim, mas ele provavelmente pensou que inventei isso para fazê-lo confessar. Precisava acreditar que eu estava mentindo, acho. Morre-se melhor sem preocupações. Não faça essa cara, Guidi. Na Rússia, enforcávamos os guerrilheiros ao longo das estradas.

— E Claretta?

Bora sabia que estava sendo cruel, mas não se sentia caridoso naquele momento.

— Se for culpada, continuará presa. Se não, já que está tão preocupado, por que não a pede logo em casamento?

Saíram de Verona pouco depois, em direção à aldeia de San Pancrazio. Guidi estava calado ao lado do motorista do exército, preparando as perguntas para *a mulher de Zanella.* No banco traseiro, Bora ostensivamente lia sobre as viagens de Mozart pela Itália, estendendo a perna para descansá-la.

A chuva removerava a neve. Os campos passavam sob a forma de faixas e quadrados marrons, divididos por salgueiros e mato, entrecortados por valas cheias de água cor de chumbo. As fazendas iam e vinham, com suas pilhas de feno desalinhadas e terrenos lamacentos. O policial assistia a esse desfile. E também, pelo canto do olho, via como Bora estava, na verdade, contemplando a foto da esposa, escondido no livro aberto.

A lama havia congelado e derretido em frente à fazenda. Guidi, o escolhido para bater à porta, afundou naquele pântano até a beirada dos sapatos. Limpando as solas à entrada, disse:

— *Polizia.*

Uma mulher corpulenta e de boa aparência veio abrir a porta. Ao ver a farda de Bora, ficou visivelmente abalada, e foi necessária a intervenção branda do inspetor para lhe garantir que nada havia acontecido com seu marido na Alemanha. Uma vez dentro, começou o interrogatório enquanto Bora ouvia de pé, ao lado da porta.

— Não queremos ouvir mais esse nome nessa casa — começou ela. — Não me peça para pronunciá-lo. Ele era um safado da pior espécie, inspetor. Deus é testemunha de quanto ele nos causou pesar e lágrimas, e desejo que passe a eternidade nas chamas do inferno, que é para onde foi. O Senhor abençoe o homem que o matou.

— Ou a *mulher* — comentou Bora na porta, de olhos baixos.

Guidi ignorou o comentário.

— Não precisa contar toda a história da sua filha — disse ele. — Sabemos como foi.

— Sabem? — Ela mostrou os dentes amarelados e quadrados, num sorriso sarcástico. — Sabem *mesmo*? E quem lhes contou? A parteira que a abriu? Os amigos *dele*? A mulher que comprou para si, e que ainda não era suficiente para ele?

Bora olhou-a de relance. Se não fosse pelo idioma, podia perfeitamente estar de volta ao Oriente. Um após o outro, rostos rígidos de mulheres eslavas voltaram à sua memória, suplicando sem lágrimas ou implorando por justiça. Ele matara seus maridos, seus animais, tomara suas casas. Reabrira suas igrejas, lhes deu comida, sentou em sua companhia à noite. Este era apenas mais um rosto de uma mulher cansada da vida e com uma história para contar.

Ela falou:

— Eu já trabalhei como empregada quando era moça. Acha que não sei como os homens ricos tratam suas criadas? E contei isso à minha filha. Deus sabe que avisei a ela. Mas quem iria imaginar que um aleijado com idade para ser avô dela faria o que fez? Minha filha era jovem, é só o que tenho a dizer em sua defesa. As crianças não são culpadas.

Guidi assentiu.

— Seu marido voltou para casa depois que o exército o dispensou e, pelo que sabemos, foi falar imediatamente com Lisi.

— Mas claro. Gostaria apenas que ele tivesse ficado com o fuzil, para poder ter feito justiça ali naquele momento.

— O que ele disse a Lisi?

— O que qualquer pai jogaria na cara de um porco como ele. E ainda teve o descaramento de nos oferecer dinheiro, como se isso fosse trazer nossa filha de volta. Mas os ricos são assim mesmo. Jogam o *schei* na sua cara, e acham que você tem a obrigação de esquecer tudo. Bom, para nós nada mudou. Nada.

Guidi olhou para o major, cujo silêncio era igual ao da entrevista de Enrica Salviati. Ele se perguntou, só Deus sabia o porquê, se não era uma timidez tipicamente aristocrática.

— Bem — prosseguiu ele — pelo que sabemos, foi seu marido quem pediu uma compensação monetária.

Como ossos dispostos em duas linhas paralelas, os dentes da mulher surgiram de novo.

— *Quem* falou isso? Quem quer que tenha sido, é um desclassificado, um canalha. O dinheiro daquele porco não serviria nem para limpar a bunda.

— Seu marido tinha acesso a um carro? — A pergunta veio de Bora, olhando para o lado de fora pela única janela da cozinha, para onde havia se deslocado.

— Por que está perguntando? Era porque ele foi motorista de ambulância no exército? — respondeu a mulher, amargurada. — Esse foi o motivo para o levarem à Alemanha.

O major de repente perdeu a paciência, embora não quisesse encarar a mulher.

— Não utilizo pessoalmente os serviços do seu marido. É o esforço de guerra que necessita dele. Faça o favor de se limitar a responder minha pergunta, por favor. — Ele sabia que ela o olhava firmemente, mas que não iria chorar. Chovia de novo, sobre um mundo tão plano quanto a Rússia, porém não tão desolado e imenso. Bora pensou na mãe, no seu rosto lindo e nas lágrimas que Valenki dissera que ela derramaria pelos filhos. Ele não conseguia se lembrar de sua esposa chorando, nem um dia sequer. Quando se afastou da janela, a mulher estava com as mãos unidas. Conhecia também este gesto. Permaneceu olhando os dedos inchados entrelaçados, com suas veias azuis salientes.

— É isso que querem saber? — Ela fez um gesto com a cabeça para Bora se aproximar, mas ele fingiu não entender. — Se sim, ouçam com atenção, pois vou lhes contar o que aconteceu com todos os detalhes. Se meu marido tinha acesso a um carro? Tinha. E conseguiu um. O carro estava a sua disposição no dia em que mataram o aleijado. Ele o conseguiu no depósito do exército. Tinha um amigo lá, não sei como fez, mas chegou aqui dirigindo. Todos sabiam que o aleijado tinha se separado da esposa e morava sozinho com uma criada. Meu marido falou aqui mesmo, nesta mesa, que decidira resolver o assunto de uma vez por todas. É isso mesmo, *matar* o homem, o que mais? Se vieram aqui para ouvir isso, então já ouviram. Mas infelizmente Deus não lhe concedeu a graça de se vingar.

Guidi não sabia como o alemão era capaz de se manter calado e taciturno daquele jeito. Ele mudava o pé constantemente, demonstrando sua impaciência.

— Por que, Lisi já estava ferido quando seu marido chegou?

— Melhor que isso, inspetor. Meu marido ainda estava no caminho quando viu a criada dele descendo a estrada aos gritos. Ele freou para não atropelá-la, e ela continuou gritando e chorando, pedindo ajuda, dizendo que alguém tinha matado o patrão dela, ou coisa assim, e se ele poderia procurar socorro.

— Imagino que ele não tenha ido — disse Bora, impulsivamente.

— Tem toda a razão. Ele a levou para a estrada estadual e deixou-a lá. Disse que ela podia pedir carona para outra pessoa. Como se passassem muitos veículos por ali! Ele só queria tirá-la de lá para poder chegar à vila sozinho, e foi o que fez. Só que o aleijado já estava morto, ou quase morto, o safado. — As mãos calejadas se separaram. — Não somos tão primitivos a ponto de não entendermos que é inútil se zangar com os mortos. Mas meu marido falou que permaneceu ali, rindo, olhando o porco caído com a espinha toda torta. Era tarde demais para fazer qualquer coisa, mas ele disse que ainda lhe deu um bom chute na cara, como lembrança da nossa filha morta.

Bora ficou impressionado, uma reação que Guidi não deixou de perceber.

— E depois? — perguntou.

— Ele agora está no inferno, e Deus abençoe quem o mandou para lá. Meu marido devolveu o carro ao depósito no mesmo dia e, no início da outra semana, vocês, alemães, vieram buscá-lo para fazer trabalho forçado.

Bora endireitou-se ao lado da janela, procurando os cigarros na farda.

— Nossa decisão não teve nada a ver com isso, pode ter certeza. Como seu marido planejava matar Lisi?

A mulher ergueu as mãos, abrindo as palmas no ar.

— Com as mãos. Não é difícil matar aleijados, sabia?

O major lembrou-se de que tinha deixado os cigarros no carro, e estava desesperado para fumar um naquele momento.

— Nem sempre — replicou.

Com o caderninho no colo, Guidi tomava notas a uma velocidade incrível.

— Seu marido disse se bateu no portão ao entrar ou sair do terreno?

A mulher fitou-o, furiosa.

— Meu marido *nunca* bateu com o carro. Costumava disputar corridas na serra quando era jovem.

— Ele mencionou se encontrou algum carro no caminho para a vila ou ao voltar dela?

— Não falou nada, e eu não perguntei. Mas, apesar de todo esse esforço para encobrir a verdade sobre a morte do porco, ela virá à tona mais cedo ou mais tarde. Primeiro disseram que foi um acidente, e agora falam que a mulher o matou por dinheiro. Os ricos nunca matam por dinheiro. Isso eu sei. Eles querem é poder. O aleijado estragou a vida de tanta gente que vocês vão ter que ficar procurando o culpado até o dia do Juízo Final.

Quando Guidi se levantou para se juntar a Bora, que tinha ido até a porta e já estava saindo, ela continuou sentada.

— Se quiserem me prender — gritou — fiquem à vontade. A prisão não pode ser pior do que tudo que passei.

— Não vou prendê-la — respondeu Guidi.

A lama finalmente conseguira entrar nos sapatos do italiano quando eles chegaram ao carro. Bora sorriu maliciosamente ao olhar as próprias botas sujas.

— Uma sabedoria proletária comovente, não? — comentou, brincando. — "Os ricos não matam por dinheiro." Nem os pobres, aparentemente.

— Não tem graça, major. Não dá para verificarmos todos os veículos do depósito do exército.

— Especialmente porque mandamos todos para a Alemanha. Não se preocupe, essa senhora está falando a verdade. É mais um beco sem saída em que nos metemos.

— Graças a De Rosa! E o senhor ainda dá ouvidos a ele.

Bora mandou o motorista dar partida no carro.

— Guidi, Guidi, o que farei com você? Tem o senso de humor de um inquisidor, mas não é desumano como os juízes da Inquisição devem ser. Não *dou ouvidos* a De Rosa. Ele é o lixo que deixaremos para trás quando terminarmos o que viemos fazer na Itália. Seus companheiros podem ter tentado chantagear Clara Lisi e fracassado. Podem ter matado Enrica Salviati, quem sabe? Quanto a mim, procuro ter em mente o que Mussolini escreveu sobre vocês: "Não é impossível falar com os italianos. É simplesmente inútil."

— Então, se Zanella não foi o assassino, nem Gardini, nem De Rosa, Claretta é quem vai ser acusada, para podermos encerrar o caso.

— Eu nunca disse que eles foram eliminados da lista de suspeitos. O único integrante entre eles que tem um álibi ruim é De Rosa. Gardini seria o mais fácil de acusar, mas creio que não usaria um carro para fazer um serviço que poderia resolver com um tiro.

— Bem, temos mais uma pista para seguir. Se Lisi emprestava dinheiro aos fascistas de Verona, como você disse...

— Não ponha palavras na minha boca.

— Podia ser uma conspiração, e não simplesmente um encobrimento.

Bora pareceu ligeiramente intrigado.

— Já procurei livrar De Rosa das acusações o máximo que podia. Seria interessante se, no final, descobríssemos que ele é o assassino, afinal de contas. O coronel Habermehl tomaria um drinque ou dois ao ouvir essa revelação.

— E se as letras no calendário de Lisi indicarem os nomes de seus devedores?

— Então teremos que trabalhar com metade do alfabeto, pois não tem "C" no calendário.

O inspetor se irritou quando Bora abriu o livro e começou a ler enquanto estavam conversando.

— Não podemos desistir agora!

Despreocupadamente, o alemão virou a página.

— Sendo completamente franco com você, Guidi, estou farto desse caso. Pode ser culpa da febre, mas estou começando a sonhar com ele à noite, e não é esse tipo de sonho que gosto de ter. Esta manhã acordei com a ideia de que devia levar em consideração uma Imaculada Conceição nesse caso. O que a Imaculada Conceição tem a ver com isso, fora o fato de começar com "C"? Não, Guidi, já fizemos tudo o que podíamos por hoje. Queira fazer o obséquio de me deixar ler, por favor. Se precisar de mim depois de hoje, vou estar fora às vezes. A maior parte do tempo fora. Deixe um recado com Wenzel. Ele não gosta de você, mas passa religiosamente todos os seus recados.

Depois de tudo isso, Guidi viu que Bora estava na defensiva. Mais do que apenas decepcionado, podia estar evitando um bate-boca para cultivar alguns pensamentos perturbardores. Era um distanciamento mental prudente da parte dele, que impedia que outros seguissem um caminho paralelo.

CAPÍTULO 10

Guidi não conseguiu entrar em contato com Bora nos dias seguintes.

Como sempre, o tenente Wenzel agiu de forma fria e o BMW nunca estava estacionado ao meio-fio. Os recados que Guidi deixou não foram respondidos. Mais uma vez, o major se afastou, usando suas responsabilidades como desculpa para se isolar.

Ocorreu ao inspetor que ele estranhamente se acostumou a se relacionar com Bora naquele jeito confrontador e tenso, um atrito de personalidades que funcionava de uma forma ou de outra. Entretanto, o major não precisava abandonar a investigação justo no momento em que Claretta estava para ser julgada.

Após as lágrimas, ela ouvira Guidi, de olhos arregalados, por todo o último encontro dos dois, onde o policial protestava que ela não merecia ser sacrificada. Pela primeira vez, ele notou cabelos escuros aparecendo junto às raízes de seus cachos enquanto ela passara os dedos por eles. Além disso, viu também uma migalha de pão presa entre seus incisivos, para ele um sacrilégio, como uma mancha em um belo retrato. Ele procurou esquecer a cena depois do choro de Claretta, por não ter sido nada profissional da sua parte. O beijo se transforma em carícias tolas e absurdas, até eles acidentalmente derrubarem a cadeira, e o barulho transformou aquele interlúdio em puro constrangimento Agora o italiano sentia-se culpado, e furioso por Bora conhecê-lo tão bem. Porém, aquela migalha de pão, aquela migalhinha de pão alojada entre os dentes de Claretta foi o mais perturbador de tudo, algo que recordava a vaidade dos seres mortais. Um sinal do tédio, da banalidade e dos fatos físicos vergonhosos, pois imagens idealizadas não têm raízes capilares negras e não precisam escovar os dentes. Ele ficou assombrado ao constatar o quanto a ideia que fazia de Claretta antes do beijo era abstrata. Até mesmo seus belíssimos e empinados seios lhe pareceram saliências assexuadas, isso sem contar o que mais havia sob as roupas rosadas e envolvidos por roupas de baixo cor-de-rosa. O que Bora poderia sequer entender sobre uma educação de beato? Ele parecia um homem que mantinha a religião fora da cama. Tudo o que Guidi sabia fora que sua mãe estava amuada e que aquele maldito alemão tomou chá de sumiço.

Então, no dia 22 de dezembro, quarta-feira, um telefonema do diretor do presídio fez o mundo de Sandro Guidi cair.

Na quinta à tarde, ele ainda estava se recuperando da notícia. Sentado em seu gabinete, deprimido, com os pés apoiados em um banquinho ao lado da lareira, olhava fixamente para suas meias, tentando pensar em outras coisas para se distrair. Uma imagem vinha logo através da outra, todas quebrando-se como ondas na areia do seu descontentamento, até ele se lembrar de Valenki. Imaginava-o alto e esfarrapado, como o insano que os homens de Bora haviam acertado nas colinas, e para quem o major comprou um luxuoso jazigo anonimamente. Um pobre coitado, desesperado, com a maldição — e a bênção — de ter um sexto sentido. Sem dúvida, Bora perguntou a Valenki o que aconteceria com ele. Era o tipo de homem que faria isso, e ainda por cima só para se castigar. Guidi ficou morbidamente curioso para saber se alguma vez teria sido possível ler a resposta de Valenki no rosto de Bora.

Aquecendo os pés e digerindo a sopa da mãe, ele se deixou cochilar ao lado da lareira. No sono superficial, que sempre vem quando se está desconfortável em uma cadeira, os sonhos mais loucos flutuaram até ele. Sonhou com prisioneiros russos atirando em cachorros alemães e com tripulantes de submarinos nos campos de Sagràte. E sonhou também com Bora beijando Claretta na cama do posto de comando, momento no qual acordou, assustado e furioso.

Turco estava no escritório com ele, de pé ao lado da escrivaninha, falando ao telefone.

— *Sissignuri, sissignuri.* Sim, senhor. Vou dizer a ele. Tenha um bom dia.

— Quem era, Turco?

— O major Bora, inspetor. Deixou um recado para que o senhor o encontrasse em Lago às 13h para irem juntos a Verona.

Guidi tentou se livrar do sono, mas não de sua irritação para com o alemão.

— Daqui a 20 minutos! Para fazer o quê, ele falou? — Como se Bora fosse de discutir qualquer coisa com subordinados.

A resposta do outro o surpreendeu.

— *Quannu mai*, inspetor. Ele comentou algo sobre uma igreja.

— Uma igreja? — Guidi sentou-se, muito empertigado. — O que uma igreja tem a ver com tudo isso? Que diabos ele quer?

— Uma igreja: foi tudo o que ele disse.

Bora ainda se mantinha calado quando se encontraram. Levou Guidi até o BMW e deu partida no motor.

— Vamos para São Zeno — disse ele, secamente.

— Entendo. Por quê?

— Além do fato de depois de amanhã ser Natal? É um mosteiro beneditino.

— Eu sei. Mas por quê?

— O principal tema teológico de Zeno era o nascimento vindo de uma virgem.

— O senhor não está sendo claro, major.

— Vittorio Lisi iria gostar disso, não acha?

Guidi se esforçou para não levantar a voz.

— Espero que a visita tenha algo a ver com o nosso trabalho. Não estou com paciência para fazer turismo.

— Apenas me escute. Como estamos em guerra, eles tocarão o *Requiem* de Mozart, em vez de cânticos natalinos. Sua monumental obra-prima de despedida, gostará dela mesmo se não a conhecer. Além disso, Mozart me ajuda a pensar. Seu sobrenome original era Motzert, sabia?

— Major, nada de rodeios, por favor. Soube da novidade envolvendo Claretta?

— Não. O quê?

— Ela está grávida.

Bora abruptamente freou o carro.

— Eu sabia! Bom Deus, eu *sabia*!

— Ela adoeceu na noite de terça. Chamaram um médico e ficou claro que era uma gravidez. Ela não tinha dito nada a ninguém.

— De quantos meses?

— Quatro.

— Ah! Pelo menos legalmente, o filho poderia ser de Lisi, afinal de contas.

— Não sei como pode brincar com uma coisa dessas.

— Não estou brincando, é uma questão legal.

Guidi olhou para baixo.

— De qualquer forma, ela falou que não esteve com Gardini no dia do assassinato, portanto o álibi dela não serve.

— Está enganado. Eu já sei onde ela esteve desde a semana passada. Procure na minha maleta: há uma folha com o endereço de um consultório médico onde Clara Lisi passou toda a tarde de 19 de novembro. Graças à minha imparcialidade, tive a inspiração genial de entrar em contato com os melhores ginecologistas de Verona. Ela poderia ter saído da cidade, é verdade, mas valia a pena tentar.

O inspetor nem se preocupou em procurar o endereço.

— Perdão, mas custo muito a acreditar que um médico lhe deu o nome de suas clientes, e ainda por cima por telefone.

— Não pedi pelo nome de ninguém. Minha pergunta — e nesse momento Bora não especificou que fora a Irmã Elisabetta quem ligou — foi simplesmente se alguém encontrou uma bolsa que *Signora* Lisi tinha deixado na sala de espera no dia 19 de novembro. Como eu esperava, todas as respostas foram negativas. Porém uma enfermeira no endereço correto disse que se lembrava de ter visto a *Signora* Lisi naquele dia.

Guidi teve um acesso de raiva.

— E por que não me contou isso antes? Por que desapareceu por semanas?

— Porque nem todas as mulheres que vão ao ginecologista estão grávidas. Sei muito bem disso. Não queria que sofresse uma decepção, a não ser que houvesse necessidade absoluta.

Aquelas palavras deixaram Guidi ainda mais furioso.

— Como se o major se importasse comigo.

A igreja de São Zeno erguia-se de um espaço aberto na periferia a oeste de Verona. Uma estrutura monumental, de tijolos e calcário alternados, subia ao lado da fina torre de seu antigo mosteiro. Bora estacionou o BMW no beco que separava as duas construções, para que não pudesse ser visto. O dia estava nublado, e o vento espiralava as nuvens separadas, transformando-as em gavinhas de cristais gelados.

Bora se demorou a entrar. Guidi, que esfriara consideravelmente a cabeça, ficou um pouco do lado de fora. Na porta, ele parou para olhar os relevos de bronze. Destacados por máscaras inquietantes e boquiabertas, os painéis contavam a história de São Zeno, cujo símbolo parecia ser algo como uma vara de pescar com uma espécie de poleiro na ponta.

Dentro da igreja, a nave era interrompida por escadas que desciam até uma cripta profunda. Mais adiante, uma elevada sacada com estátuas contornava um outro nível, e após ela, um terceiro chegava à abside, onde se estendia um longo altar-mor. As cadeiras foram alinhadas no térreo e alguns cantores já estavam no andar de cima. Não havia quase ninguém nos bancos. Bora sentou-se na primeira fila, onde Guidi se juntou a ele. Dentro de alguns minutos, as pessoas começaram a chegar aos poucos, agasalhadas com as roupas tipicamente tristes e misturadas dos tempos de guerra. A orquestra veio por último.

Os acordes de abertura do *Réquiem* foram baixos, mas logo subiram, formando um coro cheio, do qual a voz do soprano destacou-se no verso *Tu és digno de hinos, Ó Deus, em Sião.*

Ninguém foi sentar-se na primeira fila ao lado de Guidi. Todos — exceto Bora — pareciam conscientes de como a farda parecia deslocada naquele lugar. Com o quepe decorado com águias de asas abertas, ele ouvia com uma humildade incomum, como se a música e as palavras fossem para ser levadas a sério, e ele devesse prestar muita atenção nelas.

Quando o coro chegou ao agourento *Dies Irae*, o inspetor reconheceu as palavras e, sombriamente, deixou a mente vagar, olhos ora na abóbada em forma de quilha, ora nas estátuas da balaustrada acima da cripta. Quando ocasionalmente olhava para Bora era para tentar descobrir o motivo de estar ali através da observação, já que não havia outro jeito. Mas o rosto do alemão nada revelou, fora que a música o comovia.

E, quando Guidi finalmente se conformou a ter que ficar ali sentado durante a execução da peça, na estrofe *Dia de lágrimas será aquele/ Em que os pecadores renascerão das cinzas/ Renascerão para o julgamento*, Bora inesperadamente se levantou e, sem uma palavra, atravessou a nave sob o escrutínio da plateia, indo até uma porta lateral. Guidi esperou pelo próximo "Amém" para fazer a mesma coisa.

A porta dava para o claustro. E ali estava Bora, sentado de costas para o céu encoberto, emoldurado por finas colunas rubras. Rosas trepadeiras enfeitavam as arcadas entre elas, com seus ramos espinhosos. Da igreja, a música erguia-se e caía em ondas, como se o próprio prédio estivesse respirando puros sons. Bora continuou sentado, cabisbaixo.

Guidi não tentou se aproximar. Havia algo intocável nele, uma solidão diferente da de um soldado, embora fosse responsável por ela. Atrás das arcadas, um início de noite se esboçava no horizonte vespertino. O céu parecia desmaiar naquela luz fugidia, mas a noite seria clara e a lua iria brilhar.

— Muito bem, major. O que foi?

Bora olhou para cima, mas sem erguer o rosto.

— Saí porque já entendi o que precisava entender. E também porque esta última parte do *Réquiem* não é de Mozart.

— Isso significa que sabe quem é o assassino?

Bora sacudiu a cabeça, ou para negar a pergunta ou recusando-se a responder.

— Estava escutando a música e pensando em Zeno e seus tratados religiosos. Como o nascimento da Virgem, a Imaculada Conceição, representa a independência, a *ausência suprema de preconceitos.* É tudo culpa minha, Guidi. Eu sabia esse tempo todo, e mesmo assim continuei com meus preconceitos. Agora mereço o que vai acontecer.

Durante um segundo, nada mais que isso, Guidi captou o que a mente de Bora lhe lançou, mas não tão bem que pudesse apalpar a ideia e sentir sua forma. Resolveu deixá-la escapar.

— Se não tem solução, de que lhe servem esses seus *sentimentos*?

— Para nada. Mas agora você vê a sorte de Valenki: a loucura fazia tudo encaixar-se direitinho na sua mente. Bora ergueu-se. Foi até uma porta no fim do claustro, que provavelmente levava às celas, e disse:

— Por favor, me espere aqui, preciso falar com uma pessoa.

Guidi o viu chegar à porta e bater. Por um momento, pensou ter reconhecido o monsenhor Lai no homem alto que veio abrir a entrada, mas não podia ser. Como o monsenhor Lai...? Não, era impossível.

Quando saíram da igreja de São Zeno, o campo parecia imerso em uma penumbra azulada. Uma lua minguante, ainda um tanto cheia, surgira diante deles, lembrança da foice que antes havia ceifado e tornaria a ceifar as estrelas no círculo de sua ampla auréola.

O major mal tinha pronunciado uma palavra desde que abandonaram a cidade de Verona, totalmente mergulhada em trevas. Talvez ele tivesse perdido o interesse no caso, ou simplesmente não tinha mais nada a dizer a respeito, mas Guidi sentia que mudanças importantes aconteceram na cabeça do alemão e ele não queria falar sobre elas.

O inspetor sugeriu:

— Se ligarmos hoje, ainda podemos evitar que transfiram Claretta para o tribunal.

Bora continuou calado. Da escuridão, enquanto seguiam no carro, curvas suaves surgiam, uma após a outra, ligeiramente brilhantes com orvalho gelado. Os acostamentos cobertos de cascalho estavam repletos de arbustos e moitas, caídas de capim. A estação estava quase no fim; apenas o vento evitaria a neve.

Guidi havia afundado na sua própria reflexão sobre tudo isso, quando Bora freou subitamente, tão sem aviso que o italiano teria batido com o rosto no para-brisas se não tivesse segurado o painel com as duas mãos. O carro, que antes ia a uma velocidade constante, parou de repente, cantando os pneus.

E, ainda assim, Bora continuou calado.

— O que é, o que está havendo? — Guidi perguntava com o coração na boca, pensando se tratar de uma emboscada.

Bora largou o volante e desligou o motor. Instantaneamente tudo ficou silencioso, uma escuridão e um silêncio sinistros. Guidi se rcompôs.

— Olhe — disse o alemão. Guidi obedeceu, tentando observar algo nos arbustos ao longo da estrada, e Bora o corrigiu. — Não, mais adiante. Olhe o que há a nossa frente. Olhe a lua. Todas aquelas reflexões inúteis sobre letras e nomes em livros de anotações e as tentativas de combinar o sinal no cascalho com alguém... E a resposta estava na nossa cara o tempo todo. Olhe a lua.

Guidi olhou para cima, através do para-brisas. O motor soltava leves estalos à medida que esfriava. Agora que estavam parados, o vento sussurrava ao redor do carro. Porém, nesse momento, o inspetor seguiu o caminho palmilhado pela mente de Bora, tão de perto que suas mentes quase se amalgamaram. Em rápida sucessão, as ideias se formaram, criando um mosaico, peça por peça. Ele se voltou para o outro, que tinha voltado a ficar calado.

— A lua crescente. Mas é claro! A letra "C" nada tinha a ver com isso, ou mesmo Claretta e Carlo Gardini. A marca no cascalho é uma meia-lua. A vila do crescente otomano, com sua colunata circular, a esquecida sonata *Halbmond* de Mozart. Lisi desenhou uma lua crescente para nos indicar a casa de Moser! Era nisso que estava pensando no claustro de São Zeno, não? E ainda assim, pensei: — Não. — Guidi procurou convencer-se de que não havia mais esperança. — Não, major, pode ser um exagero. Mera coincidência. O carro de Moser está cheio de mossas e arranhões, mas o senhor andou nele. Teria notado..

Bora não quis nem mesmo olhar para Guidi.

— Notei um longo arranhão do lado esquerdo do Mercedes, na manhã em que ele me levou a Verona.

— Isso não prova que ele foi o autor do homicídio.

— Não? Agradeço-lhe por ser tão generoso, Guidi, mas tudo se encaixa. A dificuldade de Moser em manter sua bela mansão, a luz cortada na maior parte dela, o frio jardim, ou seja: o fim dos bons tempos. E Lisi adquiria constantemente propriedades históricas, interessava-se por restauração de interiores. É verdade, Guidi.

— Moser, então, era um dos devedores de Lisi.

— Tenho certeza que sim. Uma sorte nós o termos encontrado, logo ele. — Pouco à vontade, Bora acariciou o volante com a mão enluvada. — Naturalmente, nos papéis do morto, a letra correspondente a Moser era o "M". Mas, nos últimos momentos de lucidez de Lisi, a casa com a meia-lua de colunatas representou seu dono, e devemos considerar que é mais fácil desenhar uma meia-lua do que um "M". *Halbmond*, meia-lua, a lua crescente. Moser. Um último trocadilho que Lisi nos deixou. — Bora soltou o volante. — *Luna mendax*, afinal de contas. Por que isso não me ocorreu quando me perguntou o que o provérbio significa?

— Continuo sem saber disso, aliás.

— Significa que a lua forma um "C" no céu, mas *mente*. De acordo com o folclore, quando você vê a lua com o formato de "C" no céu, pensa que ela é uma lua *crescente*. Mas não é. É minguante, na verdade. Quando ela está com a curva virada para o outro lado forma um "D", e aí pensa-se que ela está "descrescendo", quando não está. Por que não me ocorreu que o "C" representava a lua o tempo inteiro? — Bora soltou um suspiro profundo. — A angústia que senti em São Zeno tinha fundamento. Os preconceitos que tanto critiquei em você, eu mesmo tive culpa deles, e pelo motivo mais indesculpável e vergonhoso: porque Moser parecia inofensivo e falava minha língua. Porque ele me *entendeu*, bom Deus.

Guidi quase sentiu pena dele.

— É possível que você esteja errado, sabe?

— Não. Você não falou com ele como eu quando fomos para a cidade. O que ele falou, sem suspeitar de nada, me deixou transtornado, mas eu não sabia o porquê. Ou então não queria saber. As pessoas dizem todo tipo de coisa. E você tem razão, Guidi, parecia coincidência demais. E, ainda por cima, uma muito ruim. Quando você insinuou que Lisi pode ter sido um agiota, eu sabia que Moser provavelmente era um de seus devedores, mas não tinha provas. Pior, não lhe contei essa suspeita. Eu podia *ver*, como Valenki na Rússia, ou como o maníaco que roubava os sapatos das vítimas, por que motivos jamais saberemos. Vi, mas decidi que estava cego. — Bora girou a chave na ignição, reativando o motor. — Teremos uma longa visita para fazer de manhã.

— Ele vai negar.

— Não. Desconfio que será facílimo falar com ele.

Bora não disse mais nenhuma palavra durante o resto da viagem. Depois de deixar o amigo na estação de Sagràte ele dirigiu até Lago, seguido pela lua crescente.

Guidi ficou impressionado por Moser nem mesmo tentar discutir, embora esperasse que isso fosse acontecer, e ficar aliviado por ter sido Bora e ele que descobriram, afinal de contas. Pela curva firme e defensiva dos lábios do major, o inspetor viu como ele estava angustiado por ter que acusar um senhor idoso.

Moser respondeu:

— Ora, major, nem me adianta negar a verdade à esta altura. Fui educado para não mentir nunca. — Seu rosto redondo e suave mostrava uma empatia franca pelos jovens diante de si. — Matar é uma coisa, e mentir sobre isso, outra. Como um bom soldado, o senhor sabe que o homicídio pode ser racionalizado. Podem examinar o carro. Está estacionado nos fundos.

— Já o fizemos — disse Guidi.

A luz cruel da manhã filtrava-se em um tom rosado e abatido através de cortinas e janelas empoeiradas. No teto abobadado, raios do sol nascente começavam a entrecruzar-se através de cabeças de touro. Da glória que despertava nas nuvens pintadas, as bandeiras turcas com luas crescentes chamaram a atenção de Guidi.

Moser retomou sua atenção.

— A vida sempre nos faz pagar pelos nossos erros, inspetor. Na noite em que os encontrei na estrada, não os teria tratado de maneira diferente, mesmo se soubesse que estavam investigando a morte de Lisi. E se os dois soubessem que era o autor dela, tenho certeza de que ambos teriam aceitado minha hospitalidade da mesma forma. — Deu um passo em direção a Bora, cujas emoções não estavam muito bem contidas. — Foi um belo raciocínio que o senhor usou para entender a mensagem de Lisi. Quem teria imaginado que ele desenharia uma lua crescente para indicar a mim e minha casa? Isso transformou minha morada em uma lua mentirosa. Mas, no fim das contas, nem mesmo acabar com a raça daquele agiota teria salvo este lugar. Só estava meramente pedindo mais tempo, na esperança de morrer antes da data de pagamento. *Dia da Ira*, major Bora. — Moser foi até o piano e sentou-se em frente ao teclado. — Quero que saibam que só fiz o que fiz porque Lisi me contou que queria transformar esta casa em um hotel. Minha casa, um hotel! O albergue dos soldados, onde Mozart tocou o Silbermann quando criança! Ele *precisava* morrer. — O velho pareceu surpreso com a lógica do seu argumento. — Quem imaginaria que o último dos Mosers criaria coragem para se tornar um criminoso e cometer um assassinato? Um assassinato, é isso. Sim. E eu o planejei tanto quanto o senhor planejou sua carreira, major Bora. Afinal, eu tinha uma arma. A do meu pai, usada pela última vez para caçar javalis na Sérvia, mas ainda apropriada para a ocasião. Planejava ir até a casa de Lisi, entrar e atirar nele. O plano mudou quando o vi sozinho na cadeira de rodas ao lado dos canteiros de flores. Deus, que casinha de mau gosto, cor-de-rosa como uma prostituta, e com uma decoração horrorosa! Sabia o que devia fazer, major. Entrei pelo portão aberto e bati a toda velocidade nele. Depois, dei marcha à ré. Mas, ao sair não calculei muito bem a largura do portão e raspei em uma das pilastras. Pensando bem, foi tudo muito fácil. Moralmente repreensível, porém fácil.

Guidi falou:

— Seu para-choques também se danificou.

— Bom Deus, inspetor, e como não estaria? Bati em Lisi com toda a amargura da minha pobreza e solidão, diante daquela riqueza angariada por meios escusos e de um abominável mau gosto! — Como Bora tinha se aproximado do piano, Moser voltou o rosto para ele, com uma expressão cordial. — *Na, Herr Major.* Espero, para seu próprio bem, que nunca chegue a perder seu querido lar como eu.

O militar foi surpreendentemente franco, especialmente levando-se em consideração que Guidi estava presente.

— Penso nisso com frequência, do jeito que essa guerra vai. Se *meus turcos* me derrotarem, perderei muito mais que a minha casa. Perderei meu país.

— Então, o senhor me entende.

— Não. Entendo a necessidade de matar, mas não a de cometer assassinato. E, para o bem da minha sanidade como soldado, preciso saber distinguir bem entre as duas.

Moser sorriu livremente.

— Meus ancestrais devem ter pensado da mesma forma, mas não faz diferença. Olhe para o teto, e me diga se não foi um extermínio sofisticado que construiu esta casa, mesmo com as luas crescentes tendo sido pisoteadas e o pórtico disposto em forma de crescente da bandeira turca, um pedaço retangular representando uma terra. A guerra não passa de um imenso homicídio, major.

Lamentável, mas graças a Deus acabou, pensou Guidi. Deu um passo na direção da porta para pegar seu caderninho, que tinha deixado no carro de Bora. Nesse momento, o major, olhando para as teclas do piano e não para o velho, fez outra pergunta:

— *Herr* Moser, quando a *Signora* Lisi lhe pediu para fazer aquilo?

Um silêncio imediato, perfeito, sobreveio no salão, suspenso e intrincado, como uma teia de aranha. Delicado e difícil de romper, porém Bora ainda não tinha terminado o interrogatório.

— Quando falou com ela, *Herr* Moser?

O velho deu um longo e resignado suspiro antes de responder. Parecia culpado pela primeira vez desde que Bora e Guidi haviam entrado.

— Então entendeu isso também. Foi por telefone, major, em meados de novembro. Mero acaso. Veja, eu estava atrasado com meu pagamento naquele mês, o que não era incomum. Mas Lisi insistia para que os devedores ligassem e marcassem hora para falar com ele em Verona. Geralmente acrescentava mais um tanto aos juros da dívida, sabe como é. Portanto, essas ligações eram sempre difíceis de fazer, e além disso, eu usava um telefone público. Um dia foi a esposa dele, Clara, que atendeu, e começamos a conversar. Preciso lhe dizer, major, uma mulher boa como ela, sofrendo tanta violência apesar de tudo o que fazia por ele... aquilo me deixou revoltado.

Guidi ficou chocado. Assistiu, em vez de simplesmente ouvir, Bora falar calmamente a Moser.

— Compreendo. O que a *signora* Lisi lhe contou a seu respeito?

— Não muito, pois é bastante reservada. Mencionou o filho que concebeu com ele, seu trabalho como atriz antes de ele obrigá-la a abandonar os palcos. A morte trágica dos pais pela gripe espanhola. Mencionou, não, isso eu deduzi, pela sua reticência, que Lisi se atrevia a tocá-la, apesar de sua doença.

Enquanto Guidi estava paralisado no meio caminho entre as escadas e a porta, Bora mantinha o absoluto controle de suas palavras e da situação.

— É mesmo? A que ponto acha que Clara Lisi está adoentada?

— Pelo que vejo, acho que não a conheceu ainda, major. Nem eu, é verdade, mas conversamos por telefone de novo, duas ou três vezes. Pobre Clara, confinada à cama desde que o último filho deles nasceu, meses atrás. Quando ela me *pediu,* major... — E Moser endireitou os ombros. — Isso talvez o senhor entenda. A mim, de repente, pareceu façanha digna de um cavaleiro. Meu desejo grosseiro de vê-lo morto enobreceu-se graças ao pedido. Agora havia algo de sagrado no ato de destruir aquele ser humano monstruoso. Não somente eu, mas livraria muitos outros, sabe Deus lá quantos, de suas dívidas, e ainda vingaria os anos de sofrimento de uma mulher boa e pura. Eu esperava ir até seu quarto depois do tiro, e dizer à *Signora* Clara que não precisaria mais se preocupar. Porém, o monstro estava ali, na entrada da casa, e o resto o senhor já sabe. A arma, inspetor, está no celeiro.

Guidi disse que sim, de maneira mecânica. Por alguma razão, temia que Bora lhe contasse a verdade sobre Claretta. Mas ele nada mais falou sobre ela.

— *Herr* Moser, há algo que eu possa fazer pelo senhor?

Como se estivesse sufocando, o italiano sentiu necessidade de sair daquela casa. Os poucos passos que deu para ir buscar seu caderninho no carro expuseram-no ao frio de um dia espantosamente claro, preenchendo o amplo semicírculo da colunata. Apenas minutos atrás, o pensamento de poder contar a Claretta que ela estava livre o deixara eufórico. Agora, ele não sabia o que sentia, a não ser que estava confuso. O que aconteceria depois era tão diferente do que previra, que necessitou de mais coragem do que tinha, para planejar o futuro. Quando voltou para dentro da casa, Moser estava de pé no centro do salão e Bora a vários passos de distância, ainda encarando o piano.

— Já estamos prontos, inspetor?

— Sim. Tem um lugar à sua espera no carro.

Com uma educação antiga, Moser fez uma reverência.

— Agradeço. Me dê apenas um tempo para pegar uns trocados. — Devagar, mas com as costas retas, o velho foi até a bela escadaria. Uma vez no alto da rampa, voltou a fazer uma reverência para ambos. — Com sua permissão.

— Major — começou Guidi —, não posso nem encontrar as palavras para dizer... — Mas Bora não deu sinais de estar escutando. De costas para as escadas, permaneceu parado, olhando fixamente para a silhueta cor de mel do Silbermann. Vigiando, ao que parecia. Ao quê, Guidi não podia dizer. — Vou ligar para a polícia de Verona assim que encontrarmos um telefone público. — Sem olhar para ele, Bora fitou a bela extensão do instrumento musical. — Claro que o senhor vai querer ligar para De Rosa, e para o coronel Habermehl também...

A detonação estrondosa vinda do andar de cima causou uma série de ecos através da abóbada, e Guidi estava tão despreparado para ela, que levou um momento para reagir.

— Ah, droga, não, não pode ser!

Atrapalhado, foi até as escadas, jogando o cigarro ainda apagado por cima do ombro. Passando por Bora, subiu os degraus de dois em dois. O alemão deixou-o subir. Seu rosto tenso, instantaneamente pálido, ficou para trás.

Guidi gritou para ele:

—Você deu sua arma a ele! Eu saí por um instante e você deu sua arma para ele!

O major abriu o coldre vazio. A uma velocidade minuciosa, subiu as escadas. No quarto, Guidi estava ajoelhado ao lado do corpo de Moser. O sangue empapou o tapete puído sob sua cabeça, onde formava um semicírculo escuro. Bora ficou apenas tempo suficiente para pegar de volta sua P38, que sem nem mesmo limpá-la, recolocou no coldre e voltou a descer.

Quando Guidi foi encontrar-se com ele no jardim, Bora já havia ido além da colunata. Ali, pedestais cobertos de hera sustentavam estátuas representando as quatro estações. As imagens erodidas pelo tempo lembravam açúcar mordiscado, e a farda cinzenta de Bora destacava-se como uma sombra entre elas.

—Vou ter que incluir isso no meu relatório, major. — Guidi se forçou para parecer inabalável.

Bora lançou-lhe um olhar rápido indignado.

—Vá em frente.

Bancos de pedra interligavam os pedestais. Guidi sentou-se em uma das superfícies esburacadas e ali ficou, sorvendo a luz solar crua e fria do fim de ano com os olhos fechados, de modo que uma escuridão vermelha e azulada o cercou.

— Pelo menos me diga por que fez isso.

— E por que não faria? Ele me pediu

— Podia ter negado.

— Não tive essa intenção. Não seria bom para ninguém mantê-lo vivo para o julgamento. Tudo o que ele queria era morrer nesta casa, e eu lhe dei a chance de realizar esse desejo. Foi somente uma pequena concessão.

— Mas, por causa disso, o senhor se tornou cúmplice na morte dele.

— Que seja.

— Ao passo que Enrica Salviati...

— Já lhe disse, Guidi, e você sabe melhor que eu: na Itália fascista, as pessoas *costumam* tropeçar nos trilhos quando o trem está vindo. Ou um bonde. E se os camaradas tivessem resolvido silenciá-la, para que não houvessem mais fofocas sobre esse *santo falecido* que era Lisi? Pode ter sido isso, não pode? Você tem toda liberdade de examinar o assunto, embora eu duvide que chegue muito longe.

Guidi abriu os olhos e viu Bora a apenas alguns passos, cabisbaixo, aquele sol de inverno.

— Com Moser morto, major, Claretta fica sendo a única a responder pelo assassinato de seu marido. O senhor vai ter que testemunhar, contando o que sabe a respeito.

— Não. Mas *você* vai.

— Desde o início o senhor mandou nesse jogo. Por que eu deveria assumir o caso agora?

— Porque eu não posso.

— E por que não?

— Vão me transferir de Lago. — Bora inesperadamente pareceu muito jovem, mais jovem do que Guidi e, apesar da sua farda e patente, muito mais vulnerável, correndo muito mais perigo.

— Transferido? Assim, sem motivo?

— Há motivos.

Guidi engoliu em seco. Estava, mais do que nunca, ciente de que o militar não contava nada a ele, a não ser migalhas, sempre ocultando o resto. Mas poderia não ser por arrogância, porém por prudência ou respeito. Ou coragem. Passou-lhe pela cabeça — um pensamento rápido, que já havia entrevisto antes — que talvez tenha sido mesmo o monsenhor Lai que ele encontrou no claustro de São Zeno. Que talvez entregar Gardini à SS fosse o preço que Bora tivesse que ter pago à sua consciência de militar para justificar o que fizera pelos outros, para salvar outros, escondido, arriscando a própria vida.

— Só depende de você concluir este caso como se deve, Guidi. Eu já não tenho mais tempo.

O italiano sentiu a tentação de detectar uma insinuação nas palavras dele, e procurou ter cuidado para não parecer impulsivo e colocar tudo em risco.

— E então, para onde vai? — perguntou.

— Espero poder conseguir um cargo em Roma.

— E se não conseguir?

— Então, não sei o que irá acontecer.

Guidi tornou a fechar os olhos. Sabia que Bora estava se afastando, pelo barulho do cascalho sendo esmagado por seus passos mancos e comedidos.

Os dois jamais poderiam ser amigos. Apesar de Bora o ter chamado de *mein Freund*, isso não significava nada. Sem querer olhar em volta, Guidi sentiu o vento levantando-se para sussurrar palavras incompreensíveis em seus ouvidos. A neve logo cairia, montada no vento norte, como que numa sela invisível. Hoje ou amanhã, Claretta voltaria a agir, de acordo com a forma que ele interpretasse seu papel na morte de Lisi. Será que negaria tudo? Com certeza, com um olhar inocente, usando a seu favor aquela providencial gravidez. Iria chorar ou sorrir para ele, e ele desviaria os olhos de suas lágrimas ou de seu sorriso. *Amanhã: Natal de 1943. Novembro é um mês curto e cruel e dezembro mata o ano.*

Logo ele não iria mais poder ouvir os passos de Bora. Quando olhou, viu que ele tinha voltado ao BMW. Mas Sandro Guidi permaneceu sentado no banco, saboreando o vento amargo do norte. Precisava ponderar no seu coração o fato de que Bora e ele tinham, contra todas as probabilidades, se tornado o que em outras circunstâncias qualquer pessoa chamaria de *amigos*. Precisava, fosse qual fosse o significado disso para suas almas.

Além do jardim, pálida acima da borda irregular da sebe crescida de buxo, a lua voltou a afundar no céu. Guidi levantou-se do banco e foi em direção ao carro do exército, para sentar-se ao lado de Martin Bora.

Este livro foi composto na tipologia Bembo Std,
em corpo 11,5/16, e impresso em papel off-white,
no Sistema Cameron da Divisão Gráfica
da Distribuidora Record.